시니어 신무협 장편소설
ORIENTAL FANTASY STORY & ADVENTURE

일보신권
5

dream books
드림북스

일보신권 5
궁극의 일권

초판 1쇄 인쇄 / 2010년 1월 18일
초판 1쇄 발행 / 2010년 1월 28일

지은이 / 시니어

발행인 / 오영배
편집장 / 김경인
펴낸 곳 / (주)삼양출판사 · 드림북스

주소 / 서울특별시 강북구 미아8동 322-10호
대표 전화 / 02-980-2112 팩스 / 02-983-0660
편집부 전화 / 02-980-2116 팩스 / 02-983-8201
블로그 / blog.naver.com/dream_books

등록번호 / 제9-00046호
등록일자 / 1999년 3월 11일

ⓒ 시니어, 2010

값 8,000원

(주)삼양출판사 · 드림북스의 서면 허락 없이는 어떠한
형태나 수단으로도 이 책의 내용을 이용하지 못합니다.

ISBN 978-89-542-3552-5 04810
ISBN 978-89-542-3281-4 (세트)

* 지은이와 협의하에 인지는 생략합니다.
* 잘못된 책은 구입한 곳에서 바꾸어 드립니다.

시니어 신무협 장편소설
ORIENTAL FANTASY STORY & ADVENTURE

일보신권

5

궁극의 일권

dream
books
드림북스

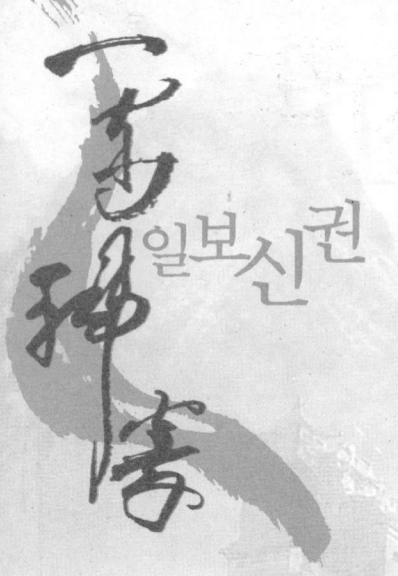

목차

제1장 수습   *007*

제2장 당예   *041*

제3장 장건에게 불어온 봄바람(?)   *073*

제4장 굉운의 의도   *107*

제5장 강호에 불어온 봄바람   *135*

제6장 문각의 진전　　　　　167

제7장 소림을 향하는 청춘남녀들　　201

제8장 뜻밖의 깨달음　　　　231

제9장 한걸음 더 가까이　　　259

제10장 쌍코피의 전설　　　　297

제1장

수습

장건이 풍진의 일검을 받아낸 이후, 풍진은 약속을 지켰다.
쩡!
자신의 검을 바닥에 거꾸로 꽂아 넣고는 발끝으로 검신(劍身)을 걷어차 반으로 부러뜨렸다. 그리고는 남은 반 토막의 검을 애달픈 눈으로 보며 검집에 갈무리했다.

이어 풍진은 중독이 되어 푸르스름한 얼굴임에도 해독을 하려 하지 않고 소림의 방장 굉운을 보며 크게 외쳤다.

"오늘 나의 무례한 행동으로 소림에 불미스러운 결과를 초래하였으니 진심으로 사과하겠네! 강호의 큰 백세지사(百世之師)인 소림의 정기를 훼손한 대가를 무엇으로 치룰 수 있을까

마는, 오늘의 일과 청성은 아무런 관련이 없으니 방장께서는 부디 그 점을 감안하여 주시게나."

사과라는 것은 아무나 할 수 있는 일이 아니다. 더구나 풍진은 강호에서 그 위치가 낮지 않은, 아니 가장 최고의 자리에 있는 우내십존 중의 일인이었다.

내키지 않으면 무력으로라도 상황을 뒤집을 수 있는 우내십존이다. 그럼에도 불구하고 풍진은 약속대로 사과를 하였으며 소림의 처분을 기다리고 있는 것이다.

"과연……."

굉운은 작게 고개를 끄덕였다.

풍진은 그런 사람이었다.

홍오에게 한을 가지게 된 것도 무인으로서의 긍지가 지나친 까닭이었다. 그런 그가 자신의 말을 뒤집을 리 없다. 당장에 굉운이 목숨을 내놓으라 해도 따를 것이 분명하다.

풍진은 비록 정중하게 사과는 했으나 사과한 후의 태도만큼은 당당했다. 비쩍 마르고 볼품은 없었지만 그의 당당함에는 소림의 뭇 나한승들도 감탄할 지경이었다.

좌중이 굉운의 대답을 기다렸다.

고요함이 감도는 와중에 굉운이 반장하며 천천히 입을 열었다.

"아미타불. 강호의 대소사(大小事)는 모두가 크고 작은 은원에서 비롯되며, 오늘의 일 또한 과거의 은원에서 시작된 바,

누구도 청성의 검께 잘잘못을 따지기는 어려울 것입니다."

모두가 굉운의 말에 동감했다. '복수'는 강호를 움직이는 가장 거대한 줄기이며 풍진이 가진 최대의 명분이기도 했다. 같은 이유로 피해를 입은 소림이 풍진에게 복수한다 해도 누가 뭐라 할 수 없는 것과 같다.

굉운이 말을 이었다.

"다행히 청성의 검께서 손에 사정을 두신 바, 본문 제자들 중에 목숨을 잃은 자가 없으니 오히려 큰 가르침을 얻었다 여겨도 좋을 것입니다. 이대로 돌아가신다 하더라도 붙잡지는 않겠습니다."

나한승들의 얼굴색이 살짝 변한다. 아무리 명분이 있다 하더라도 다른 곳도 아니고 소림의 영역에서 피를 본 자를 내버려두면 소림의 체면이 상한다.

하지만 굉운의 말은 끝이 아니었다.

"그러나 멀리까지 오신 손님을 소림의 문간에도 들이지 않고 내쫓는다면 그 또한 예의가 아니겠지요. 지금이 아니면 다시 모시기 어려운 분이지 않습니까."

풍진은 소탈하게 웃었다.

"방장의 호의를 내 어찌 무시할 수 있겠는가. 듣고 보니 이번이 아니면 다음은 기약하기도 어려운 나이일세. 그럼 염치 불구하고 잠시 몸을 의탁하도록 하겠네."

나한승들은 굉운의 의도를 알 수가 없었으나 따를 수밖에 없었다.
"한데……."
풍진이 장건에게 시선을 주며 말했다.
"저 아이부터 어떻게 해야 할 것 같네만."
스스스.
쓰러져 있는 장건의 몸에서는 치명적인 독기가 흘러나오고 있었다.
풍진을 중독시킨 맹독이었다. 누구도 쉽사리 다가갈 수 없는 상태였다.
별수 없이 당사등이 성큼 나서서 장건에게 다가갔고, 잠시 후 장건에게서는 더 이상 독기가 흘러나오지 않았다.
당사등이 장건에게서 손을 떼며 말했다.
"독공을 완전히 터득하지 못하면 몇 번이나 같은 일이 벌어질 걸세."
이후 풍진은 나한승들의 인도를 받아 손님의 자격으로 소림에 들게 되었다.
그것이 며칠 전의 일이었다.

　　　　　*　　　*　　　*

생기 넘치던 푸른 녹음이 옅어지고 그 자리를 하얀 눈설이 조금씩 메우고 있었다.

높은 봉우리에 걸린 조각구름들과 그 아래 눈 덮인 산사의 풍경은 고즈넉하기 이를 데 없다. 그곳이 얼마 전 두 차례의 거센 풍랑을 맞았던 소림이라고는 생각할 수 없을 지경이다.

대신 늘 소림을 감싸고 있던 은은한 향내 대신 약재 달이는 냄새가 가득한 것이 평상시의 소림과는 확연히 다른 모습이다.

달그락 달그락.

소림의 정문으로 끊임없이 약재 등의 구호물자를 실은 마차와 수레들이 연이어 들어서고 있었다.

청록빛의 무복을 입은 네 명의 무인들도 그 수레의 행렬에 끼어 있었다. 표정이 하나같이 비장하여 곁에 있는 사람들까지 자못 긴장하게 만들었다.

정문에서 기다리고 있던 당사등이 그들을 보고 눈인사를 했다. 무인들은 당사등을 보고 한달음에 그에게 달려갔다.

그리고는 당사등의 앞에서 무릎을 꿇고 비통한 표정으로 외친다.

"백부님."

그들의 목소리에 소림을 들어오던 사람들이 놀라 쳐다보았다.

당사등이 '허허' 웃으며 무인들을 일으켰다.

"일어들 나라. 내가 죽기라도 한 것처럼 왜들 그러는 게냐."

당사등은 당씨 세가 전통의 무복 대신 단출한 하얀 무명옷을 입고 있었다. 얼마나 소림에서 마음고생을 했는지 천하에서 손꼽는 고수인 당사등의 눈가에도 피로가 쌓여 있는 것이 보인다.

"개인적인 일로 본가에까지 누를 끼쳐 미안할 따름이구나."

현 가주의 동생이며 당가의 실세 중 한 명인 당유원은 이 같은 모습에 통탄을 금치 못했다.

"백부님, 얼마나 고생이 많으셨습니까."

당유원은 피눈물을 흘리는 듯한 눈으로 당사등을 보았다. 당사등은 당유원을 달랬다.

"괜찮다."

당사등이 분위기를 바꾸려는 듯 물었다.

"내가 말한 약재들은 모두 챙겨왔느냐."

"일단 급한 대로 제가 가져올 수 있는 것만 챙겨 왔습니다. 곧 배편으로 더 도착할 것입니다."

"본가의 창고가 텅텅 비었겠구나."

당유원도 당가의 무인들도 씁쓸한 표정을 짓는다. 이번 일에 당가는 상당한 가산을 사용하기로 했다.

당유원은 문득 고개를 두리번거렸다.

"그런데⋯⋯ 질녀는 어디에 있습니까."

"독공을 가르치러 갔다."

"네? 그럼 질녀가 써 보냈던 얘기가 사실이었습니까."

당사등은 참지 못하겠는지 쿡쿡 하고 웃었다. 전혀 그답지 않은 웃음이었다.

"그런 아이가 곧 우리 식구가 될 테니, 그깟 창고 쯤 싹 비워지면 좀 어떠냐. 나는 이번 일이 비록 내 실수로 비롯되었다고는 하나 결코 손해 보는 장사가 될 것 같지 않구나."

당유원은 아직도 믿지 못하는 얼굴이었다.

"왜 오면서 그런 이야기를 소문내라 했는지 이제야 알겠군요. 청성의 검을 받아낸 아이라니……."

"더 자세한 얘기는 저녁에 예를 만나 물어 보거라. 지금은 만나야 할 사람이 있다. 준비는 해왔느냐."

"물론입니다."

소림에서 중독된 이 중에는 고위급 관리의 가족이 끼어 있었다. 무려 정사품의 관직인 지부(知府)대인의 가족이다. 다행히 위험한 정도까지는 아니었으나 그냥은 넘어갈 수 없는 일이었다.

당유원과 당가의 무인들은 뭇 사람들의 눈초리를 받으면서 수레를 끌고 당사등을 따라 정문 안으로 들어섰다. 방장실로 안내하기 위해 사미승이 나와 있었다.

방장실에는 방장 굉운을 비롯해 반령포(半嶺袍)를 입은 관리 한 명이 동석을 하고 있었다. 정육품에 해당하는 관직인 정주부 통판(通判)이 지부대인의 명을 받고 나온 것이다.

당유원은 품 안에 넣은 두 장의 비단 봉투를 다시금 매만졌다. 거액의 전표가 들어 있는 봉투다.

대부분의 관리처럼 통판관인 엄숭도 뇌물을 좋아한다는 걸 겨우 알아냈다.

이 봉투 두 장이 소림과 당가의 운명을 좌우할 터였다.

하지만 말실수를 하거나 관리의 심기를 건드려서는 안 된다. 관리도 무림인을 두려워하나 무림인 역시 관리를 대하는 것은 쉽지 않다.

'최악의 경우가 된다면 무력을 사용해야겠지만 그렇게 될 것 같지는 않군.'

방장실에는 방장 굉운과 통판 엄숭이 함께 자리하고 있었다. 자못 엄숙한 분위기였으나 통판 엄숭의 표정은 그렇지 못했다.

당유원은 오늘의 일이 뜻밖에도 잘 풀릴 수 있다 판단했다.

통판 엄숭은 독선을 보자마자 불안한 기색을 금치 못하고 있었다.

방장 굉운의 곁에 딱 달라붙어서 짐짓 태연한 척하고 있을 뿐이었다. 혼자서 천오백 명을 중독시킨 독선의 능력이라면 손가락만 까딱해도 목이 달아난다는 걸 아는 까닭이다.

그러나 이미 방장 굉운과 당사등은 이야기를 끝낸 후였다.

소림으로서는 관의 개입을 원하지 않고, 당가에서도 일이 확대되는 걸 원치 않는다. 통판 엄숭이 굉운을 믿고 의지한다면 그만큼 당가도 편해질 수밖에 없다.

당유원은 겨우 작은 한숨을 내쉬었다.
이제 남은 것은 최소한의 희생으로 중독된 환자들을 치료하는 것이었다.

*　　　*　　　*

풍진은 타고난 무인광이다. 자신보다 강한 자를 인정하지만 약한 자도 무시하지 않는다. 무인은 오로지 가진 바 무(武)로 말할 뿐이며 그 외의 다른 것은 필요치 않다고 생각한다.

예전 홍오에게도 그런 감정을 가지고 있었다. 후기지수 중 최강이라 불린 홍오를 강한 무인으로 인정하고 다른 이들처럼 그를 선망했다.

그와 한 번 손을 겨루는 것이 당시의 풍진에게는 목표였다. 이기는 것이 중요한 게 아니라 홍오의 무위를 직접 볼 수 있다는 것만으로도 족하다 여겼다.

하나 홍오는 풍진을 무시했다. 풍진을 무인으로 대접하지도 않았다. 길가에 굴러다니는 돌멩이보다도 못한 취급을 했다. 심지어 자신의 제자보다 못할 거라 폭언을 퍼부었다.

그것이 억울하고 서러워서 풍진은 긴 세월을 정진했다. 홍오에게 보란 듯 자신의 강함을 드러내고 인정받길 원했다.

어찌 보면 그것은 분노보다도 애증에 가까운 것이었다. 최강자에게 인정받고 싶은 마음이 오랜 세월 한을 쌓게 했다.

그런데 홍오를 본 순간, 풍진은 당사등이 그러했던 것처럼 같은 감정을 느꼈다.

그 옛날 그토록 강하던 홍오는 그 자리에 없었다.

그렇다고 무시할 정도는 아니었으나 마음만 먹는다면 순식간에 머리를 날려 버릴 수도 있을 정도였다.

홍오는 약해지지 않았다. 다만 풍진이 강해진 시간 동안 강해지지 못했을 뿐이었다.

반대로 풍진은 상상을 초월해 강해졌다. 벽을 보여준 홍오를 뛰어넘기 위해 그렇게 절치부심한 결과였다.

그러나 그렇게 하여 홍오를 만났는데 홍오는 이미 복수라는 말을 꺼내기조차 아까운 초라한 존재가 되어 있었다.

지금의 홍오는 약하고 볼품없는, 그래서 강짜만 부리는 늙은 중일 따름이었다.

개미가 손가락을 물었다고 화가 나 손가락으로 눌러 죽이는 것은 간단한 일이다. 그러나 그렇게 개미를 죽이면 그만이지 개미에게 원한을 품고 복수를 꿈꾸지는 않는다.

지금 홍오를 보는 풍진의 시선이 그러했다. 굳이 따지자면 홍오를 개미가 아니라 발톱을 세운 맹수에 비교해야 할 테지만 그건 그리 중요하지 않았다.

인정받는다는 건 자신보다 강한 자만이 할 수 있는 특권이다. 이미 자신보다도 한참이나 약해진 홍오는 더 이상 풍진에게 인정받아야 할 대상이 아니었다.

깊은 허탈감.

무엇을 위해 살아온 것일까.

뭣 때문에 사문을 등지면서까지 이런 쓸모없는 중놈에게 복수를 하려 했을까.

그래서 풍진은 홍오를 마주친 순간, 풍진은 아무 말도 할 수 없었다. 그저 허허로운 웃음으로 자신의 마음을 대신할 뿐이었다.

하나 풍진의 웃음을 본 홍오는 눈이 뒤집힐 것 같았다.

홍오는 눈을 치켜뜨고 호랑이처럼 으르렁댔다.

"이 망할 놈이, 웃어? 어디 할 말 있으면 해보라 이거다. 네가 감히 소림 산문 안에서 내 제자를 죽이려 했느냐고!"

"허허허…… 어허허허."

"이 망할 말코도사 놈이 소림을 우습게봐!"

홍오는 웃기만 하는 풍진을 향해 분노를 터뜨렸다. 눈가에 살기가 어렸다.

서너 걸음 떨어진 거리에서 홍오가 주먹을 내질렀다.

확!

홍오의 승복이 한꺼번에 뒤로 젖혀지며 권풍(拳風)이 쏟아졌다. 풍진은 슬쩍 몸을 내밀었다. 피하는 게 아니라 오히려 몸을 내맡기는 듯하다.

결과는 자명하다.

펑!

풍진은 바람에 휘말린 걸레쪼가리처럼 날아가 버렸다.

이것은 심지어 홍오조차도 예상하지 못한 일이었다. 풍진이라면 충분히 자신의 공격을 막거나 피하지, 대놓고 맞을 줄은 몰랐다.

주변에 있던 사람들이 놀라 풍진에게 달려갔다. 풍진은 쌓아놓은 약초들 사이에 처박혀 있었다.

"클클클."

풍진은 자신을 부축하려는 이들의 손길을 뿌리치고 혼자서 일어났다.

홍오가 놀란 눈으로 물었다.

"네 이놈…… 정말 미친 거냐? 정통으로 맞았으면 뒈졌어."

"카악! 퉤엣."

풍진은 선혈을 한 움큼 가볍게 토해냈다.

그리곤 또 웃는다.

"클클클."

목소리가 새는 것으로 보아 갈비뼈가 부러졌든가 폐에 상처가 생긴 것 같다. 결코 작은 부상이 아니었다. 그럼에도 불구하고 풍진은 여전히 웃음을 멈추지 않았다.

한참이나 웃던 풍진이 돌연 웃음을 뚝 그쳤다. 그리고는 한 마디 툭 던졌다.

"재밌냐? 가만히 서서 맞아주니 재미없지? 지금 내 심정이 그렇다."

"뭐?"

"어차피 네놈에 대한 볼일은 끝났다. 장건이란 녀석이 내 검을 받아 버렸으니 내가 무슨 말을 더 하겠냐. 이미 그때 포기했어야 했던 일을……. 쓸데없이 기대를 한 내가 잘못이지."

"이놈이 자꾸 뭐라고 씨부렁대는 거야?"

"할 일도 없으니 온 김에 절밥이나 먹고 돌아가야겠다. 아니면 이참에 머리 깎고 중이나 되어 보던지."

"허! 이 말코가 아주 돌아 버렸구나."

풍진과 홍오의 분위기가 미묘해지자, 주변에 있던 사람들은 슬금슬금 둘을 피해 돌아갔다.

풍진과 홍오는 한참이나 그렇게 서로를 마주보며 서 있었다.

소림에 불어 닥친 폭풍은 그렇게 거의 마무리 되어 가고 있는 듯 했다.

그러나 혈풍이 아닌 다른 바람이 소림에 불어오기 시작하고 있다는 걸, 이때는 누구도 알지 못했다.

　　　　＊　　　＊　　　＊

장건의 상처는 거의 다 아물어 있었다. 겨우 사 일 만에 갈

라진 살이 붙고 피가 멈췄다.

평범한 검이 아니라 검기가 깃든 검에 맞으면 상처가 잘 낫지 않는다. 검에 실려 있던 검수의 공력이 상처에 함께 파고들어 진기의 유통을 방해하기 때문이다.

풍진 같은 절정의 검수에게 크게 베였는데도 일주일도 되지 않아 아물었다는 건 보통 일이 아니다. 풍진이 사정을 봐주었든 장건의 알 수 없는 능력이 발현되었든 말이다.

하나 장건은 상처가 나은 것도 모르고 있었다.

파르르.

손이 떨렸다.

가슴에서 두근거림이 멈추지 않는다.

풍진과 맞선 지 벌써 여러 날이 지났는데도 그때부터 장건은 이렇게 속앓이를 하고 있다.

무엇일까? 이렇게 심장을 두근거리게 하는 것은.

장건은 발갛게 상기된 얼굴로 거칠게 호흡을 내뱉고 있었다. 평소의 장건이라면 절대로 있을 수 없는 모습이었다.

검.

하얀 포물선을 그리며 가로지르는 하얀 검의 궤적이 자꾸만 머리에 떠올랐다.

공간이라는 제한된 영역의 끝에서 아슬아슬하게 줄타기를 하며 날아드는 느낌이다.

사람이 어떻게 그런 칼질을 할 수 있을까?

검을 휘두르는 외팔이 노인은 마치 신의 영역을 향해 달려가는 사나운 야생마와도 같았다.

바다를 가르고 산을 무너뜨리고.

누구라도 죽을 수밖에 없는 사신(死神)의 검이었다.

그런 검을 피해냈다.

희열이 느껴진다.

기를 먹을 수 있게 되었을 때 느꼈던 기분보다도, 운기행공을 뜻대로 할 수 있게 되었을 때보다도……. 그 어느 때보다도 벅찬 희열을 느꼈다.

'내가 무슨 배짱으로 그랬지?'

조금만 실수했어도 죽었다. 장건도 그것을 안다. 풍진의 검에는 자비가 없었다. 한 점의 망설임도 없이 장건을 일도양단(一刀兩斷)할 것처럼 살벌하게 그어진 검이었다.

감탄과 두려움. 심장이 쭈그러드는 두 상반된 감정.

그래서 그렇게도 무서웠던 검을 자꾸만 생각하게 된다.

장건은 자기가 알고 있는 모든 지식을 총동원해 가상의 풍진을 그려보았다.

가상의 풍진이 검을 든 채 뛰어오르고 허공을 수직으로 긋는다. 아무리 빨리 검을 휘두른다 하더라도 인간으로서는 넘을 수 없는 무언가가 가로막고 있다. 그 무언가를 넘어서기 위해 풍진의 검은 바람을 탄다.

이윽고 바람의 결에 숨어든 풍진의 검은 눈에 보이지 않는다. 사람이 낼 수 있는 최대의 속도를 넘어서서 눈으로는 확인할 수 없는 지경에 이르렀다.

그래도 장건은 그 검을 본다. 바람의 결 사이로 파고드는 풍진의 검을, 정확히는 바람의 결이 미약하게 흔들리는 모습을 본다.

장건은 유원반배의 흡결로 바람의 결을 잡아당긴다. 바람의 결이 흐트러져서 숨겨졌던 풍진의 검이 드러났다. 워낙 강력한 내력을 품고 있어 바람의 결이 어긋났어도 궤도는 바꿀 수 없다.

그래서 다른 손으로 금강권을 펼쳤다. 금강권의 엄청난 회전력을 이용해 검을 튕겨내려는 것이다.

장건의 의도는 성공했다. 금강권의 강력한 경력이 검날을 타고 올라가 풍진의 진기 흐름을 살짝 끊어지게 만들었다.

그래도 부족해서 장건은 유원반배의 밀어내는 추결을 더했다. 그제야 겨우 검의 궤도가 틀어졌다.

갑자기 장건은 고개를 흔들었다.

"아."

틀렸다.

금강권을 쓴 것까지는 괜찮았는데 여파가 있었다. 최소한의 근육들을 이용했는데도 회전력 때문에 근육이 꼬였다. 장건의 몸이 일순 굳어서 둔해졌다.

겨우 검의 궤도를 틀어놨는데 피해야 하는 순간이 늦어서 결국 등을 맞고 말았다.

 하지만 장건이 알고 있는 방법 중에 가장 강한 금강권을 쓰지 않으면 검의 궤도를 밀어낼 수 없고, 그렇다고 금강권을 쓰면 근육들이 꼬여 기껏 틀어낸 검을 완전히 피할 수가 없고.

 완전히 피할 수 있는 방법은 없는 것일까?

"하아아."

 장건은 답답한 마음에 한숨을 내쉬었다. 요즘 장건은 내내 그 생각에 정신을 차릴 수가 없었다. 너무나 멋진, 하지만 그만큼 무서운 풍진의 검에 마음을 빼앗겼다.

 한숨을 내쉰 장건이 문득 묘한 눈초리를 느꼈다.

"응."

 침상에 누워 있는 굉목이 빤히 바라보고 있었던 것이다.

"넌 문병을 온 거냐, 공상을 하러 온 거냐?"

"에헤헤."

 장건은 뒷머리를 긁적거렸다. 장건이 생각해도 어색한 웃음이었다.

"에잉."

 굉목이 인상을 쓰며 손을 내저었다.

"그렇게 할 일 없으면 그만 나가 봐라. 가서 잠을 자든지 아니면 쉬든지."

"아니에요. 그냥 딴생각이 잠깐 나서요."

 장건은 굉목의 병실을 청소하던 중이었다. 워낙 소림에 다친 사람이 많다보니 굉목은 잘 쓰지도 않는 쪽방에서 치료를 받고 있을 수밖에 없었다.
 장건은 옆에 놓인 놋쇠 대야에 걸레를 빨다가 갑자기 장건이 눈을 반짝이며 물었다.
 "노사님."
 "왜 그러냐."
 "세상에 절대적인 무공이라는 게 있나요?"
 굉목은 장건이 무슨 소리를 하나 싶어 장건을 가만히 쳐다보았다.
 "사실은요. 풍진 할아버지의 검을 막을 수 있었다고 생각했는데 못 막았거든요. 제가 이제껏 본 중에 가장 완벽했어요. 그렇게 깔끔하고 멋진 검은 처음이에요."
 굉목은 깜짝 놀랐다.
 "막을 수 있다고 생각했었다고?"
 사실 그 정도면 못 막은 게 아니라 막았다고 해도 과언이 아니었다. 풍진의 일검을 완벽히 막을 수 있는 사람은 우내십존 중에도 있을지 의문스러울 정도다.
 절정의 고수가 생사를 도외시하고 날리는 일검을 어디 한군데 다치지 않고서 막는다는 건 거의 불가능한 것이다. 그런데 장건은 그때 도망치지 않은 것이 막을 수 있을 것 같았기 때문이란다.
 물론 풍진이 나한승들을 죽이겠다 협박한 탓도 있었을 테지만 말이다.

꿩목은 기가 막혀 죽겠는데 장건은 한술 더 떴다.

"근데 아무리 생각해도 그 검을 막을 수 있는 방법이 없네요. 이번에야 한 번만 막으면 된다 하니 그랬지만 두 번 막으라면 못할 것 같아요."

풍진도 그 일검에 모든 것을 쏟아 붓고는 탈진해서 중독까지 되었다. 가만히 있는 장건의 목을 긋는 정도는 할 수 있겠지만 같은 검을 두 번이나 쓸 수는 없었을 터다.

장건은 얘기를 계속했다.

"그래서 생각해 보니 제가 막기만 하지 말고 먼저 공격을 하면 되잖아요. 그럼 기다렸다가 막을 필요도 없는 거잖아요."

"……그, 그렇지."

장건은 '아악!' 하고 절규하듯 외쳤다.

"그런데 생각해 보니까 전 그런 방법을 금강권 하나밖에 모르고 있는 거예요."

장건은 이른바 '선공'의 중요성을 깨달은 것이다. 통상적으로 선공이 후공보다 두어 배는 더 위력적이다.

"다른 것도 알잖냐. 소홍권이나 대홍권도 알고."

꿩목의 말에 장건이 고개를 도리질했다.

"그것 말구요. 상대를 다치지 않게 하면서도 절 다시 공격을 할 수는 없는 그런 무공요. 금강권은 너무 위험해서 사용하기 싫거든요. 그렇다고 계속 피해 다닐 수도 없구요."

그러고 보니 장건은 이제껏 내내 상대 공격을 막기만 하고 피하기만 했다. 사람을 때리기 싫어하는 탓도 있었으나 상대를 제압하는 법을 배우지 않은 탓도 있었던 것이다.

장건이 자주 쓰는 유원반배는 상대의 힘을 소진시켜 지치게 만드는 수법이지, 제압하는 수법은 아니다. 장건처럼 움직임이 간소한 아이에게 그런 지루한 방법은 맞지 않았을 터였다. 그것 외에는 상대를 다치지 않고 물러서게 할 수 있는 방법이 없으니 계속 사용해 왔던 것이다.

"게다가 금강권은 풍진 할아버지에게는 잘 통하지도 않고요. 풍진 할아버지의 그 완벽한 검을 넘어서려면 정말 절대적인 무공이 필요한 것 같아서 그 생각을 하고 있었어요."

즉 장건은 일격필살(一擊必殺)……이 아닌 일격필생(一擊必生)의 그런 방법을 연구하고 있었던 것이다.

"흠."

장건이 말을 덧붙였다.

"무공이 나를 지키기 위해서 생겨난 거라면요. 전 내 몸을 지키고 다른 사람들을 다치게 하지 않는 그런 무공을 배우고 싶어요. 하지만 다치지 않게 한다고 해서 제가 계속 피해 다니는 것도 싫어요."

보통 무인이 그 말을 들었다면 미쳤다고 할 테지만, 장건을 잘 아는 굉목에게는 정말로 흡족한 말이었다.

평화롭게 잘 살아가던 아이가 어느 날 갑자기 칼을 맞는다면 어떤 마음일까?

아마도 두려워서 잠도 잘 자지 못할 게 분명하다.

그럼에도 불구하고 장건은 여전히 다른 사람들을 생각하고, 자신이 가야 할 길을 간다.

대견하다.

대견해서 머리라도 쓰다듬어 주고 싶은 마음에 손이 간질거린다.

하지만 굉목은 그런 마음을 조금도 드러내지 않았다.

오히려 더 퉁명스러운 목소리로 묻는다.

"너 독공 배우러 안 가느냐."

"아차, 그러네요."

장건이 독공을 배우는 시간은 오후였다. 오후에 당예에게 독공의 기본을 배우고 저녁에는 당사등이 잠깐 짬을 내 부족한 점을 보충한다.

장건은 처음엔 당가 사람들에게 배우기 싫다고 반대를 했었다. 당사등이 사람들을 중독시킨 나쁜 사람이라 생각해서였다.

그러나 당가에서도 책임을 지려하고, 자신이 독기를 다루는 법을 익히지 않으면 다른 사람들에게 또 피해를 입힐 수 있다는 걸 깨닫고는 따르기로 했다.

당사등과 굉목이 한 계약은 이미 틀어졌으나, 그럼에도 불구하고 당사등이 일부러 당예를 붙였다는 걸 굉목은 알고 있었다.

　상황이 어쩔 수 없었다고는 하나 장건이 당가로 간다는 게 못내 걸리는 굉목이다.

"빨리 가 봐라."

"하던 청소는 마저 하구요."

"됐다니까."

"그래도 청소는 마저 해야죠."

　장건은 굉목의 만류에도 불구하고 끝끝내 청소를 계속했다. 처음 볼 때부터 고집이 센 아이였는데 그 많은 일들을 겪고도 성정이 변하지 않았다는 것이 왠지 굉목에게는 뭉클하기까지 하다.

　툭탁툭탁.

　장건은 마치 청소를 못해 죽은 귀신이라도 붙은 것처럼 정신없이 쓸고 닦고 치운다.

　장건이 지나친 곳은 먼지 하나 없이 말끔하다. 그게 당연한 일일 테지만 도가 지나쳐 탈일 뿐이다.

　청소를 마치고 뒷정리까지 끝낸 장건이 손을 탁탁 털었다.

"다 했으면 가라."

"네. 그럼 쉬세요. 이따 다시 올게요."

"오지 마라."

"올 거예요."

"오지 말라고 했다. 방해만 되니 오지 마라. 네놈 때문에 잠도 못 자겠으니."

굉목은 파리한 안색으로 눈을 감았다. 굉목의 가슴에는 피로 얼룩진 붕대가 친친 감겨 있다.

조금 전 장건이 갈아 주었는데도 다시 피가 배어나올 정도로 검상이 깊었다. 장건이 다 나은 것에 비하면 참으로 희한한 노릇이나 이것이 정상이다.

장건은 시무룩한 표정이 되어 조용히 문을 닫고 나갔다.

혼자 남은 굉목은 생각에 잠긴다.

'다른 사람을 다치지 않게 하면서 청성의 검까지 제압할 수 있는 무공이라……'

아주 방법이 없는 것은 아니었다. 그 말을 듣는 순간 굉목은 아주 오랫동안 잊고 있었던 사실을 떠올렸으니까.

정말 죽을 만큼 싫지만, 그래도 언젠가는 그 봉인을 풀어야 한다고 생각은 했다. 어쩌면 지금이 가장 적절한 시기일지도 몰랐다.

하나 곧 당가로 가야 하는 아이에게 그것을 전해 주는 일이 옳은 일일까?

더구나 방장의 허락도 받지 않고?

그랬다가 오히려 지금보다도 더 일이 복잡해진다면?

'어떻게 해야 할지……'

굉목은 쉽게 판단하지 못하고 생각에 잠겼다. 아니, 생각에 잠기려 했다.

 하지만 그러지 못하고 곧 눈을 떴다. 뭔가 불편한 기운이 자꾸만 그를 방해하고 있었다.

 "망할 녀석."

 굉목은 혀를 차며 자리에서 일어나려 했다. 가슴의 통증이 심하지만 그래도 움직일 만은 하다. 아니, 움직이지 않으면 오히려 죽을 것 같아서 움직이려는 것이다.

 굉목이 힘들게 일어서려는데 의원이 들어왔다. 진맥도 할 겸 상태도 볼 겸 들른 모양이었다.

 "오! 잘 마침 잘 왔네."

 "어디 안 좋은 데라도 있으신지요?"

 "거기 앞에 보이는 것들 좀 옆으로 밀어주게. 아니, 그냥 발로 한 번 세게 차주게."

 "네."

 의원은 문 옆에 가지런히 놓인 잡다한 집기들을 보았다. 붕대와 깨끗한 천, 놋쇠 대야 등이 가지런히 잘 정렬되어 있었다. 딱딱 끝을 맞춰서 놓은 걸 보니 누군진 몰라도 성격이 꽤 섬세한 모양이었다.

 "누가 청소를 하고 간 모양이군요? 방이 엄청 깨끗해졌습니다."

 아닌 게 아니라 정말 너무 깨끗해져서 새로 지은 방 같았다.

 "그런데 왜 이걸 발로 차라고 하시는······."

그 순간 의원은 가슴속 깊은 곳에서부터 무언가 끓어오르는 걸 깨달았다. 그것이 목 바로 아래에서 탁 막혀서 마구 뛰쳐나가고 싶어 했다.
"으헙."
괜히 숨이 막혀오고 온몸이 옭죄어 오는 듯했다.
굉목이 재촉했다.
"어서 차라니까."
그 순간.
"으랴앗."
의원은 충동을 이기지 못하고 집기들을 내동댕이치고 발로 찼다. 정말 얄미운 사람을 보고서 참고 또 참다가 때리듯 그렇게 했다.
그제야 속이 좀 풀리는 듯했다.
"헉헉, 이게 대체……."
굉목이 껄껄 웃었다. 그가 이렇게 소리 높여 웃는 경우는 정말 흔치 않았다.
"잘 했네. 여기 창문도 좀 열어두고 창렴(窓簾)도 대충 옆으로 밀어주게."
굉목은 '대충'이란 말을 유독 강조했지만, 아마 굉목이 시키지 않아도 의원은 그렇게 했을 것이다.
의원은 거의 한달음에 창까지 달려가 늘어진 창렴을 양쪽으로 제꼈다.

그랬다가 그것도 별로 마음에 안 들었는지 한쪽은 완전히 끝으로 밀어 버리고 다른 한쪽은 대충 반만 걸쳐서 젖혀 두었다. 마지막으로 창문도 삐딱하게 열었다.
"후아후아."
의원은 무슨 일인지도 모르고 숨을 토해냈다. 왠지 모르게 답답해서 스스로도 놀랄 지경이었다.
굉목도 길게 숨을 내쉬었다.
"이제 좀 살 만하군."
내공이 얼마 되지 않던 예전에도 굉목의 밤잠을 설치게 할 정도였으니, 독정에 대환단의 기운까지 흡수한 지금은 말로 표현이 안 될 지경이다.
"망할 녀석. 공력이 깊어지더니 하는 짓이 더 괴악해졌구나. 이젠 정말로 진법이나 다름이 없어졌어."
진법은 일종의 목적을 띤 의도적 배열인데 장건은 가장 깨끗하고 무결(無缺)하게 만들려는 목적으로 청소를 하고 사물을 정돈한다.
당연히 장건의 손이 닿으면 방 안에 놓인 어느 것 하나 범상치 않다. 무공이든 학문이든 극에 달하면 같은 도를 깨우치게 된다더니 장건도 그런 모양이다.
굉목은 고개를 설레설레 내저었다.
이걸 말려야 하나, 말아야 하나.

* * *

계율원 내 회의실.
원자배 승려들이 침중한 안색으로 모여 있었다.
긴나라전주 원상이 무겁게 입을 열었다.
"바보 같은 짓이었습니다."
원호의 눈썹이 꿈틀댔다.
"뭐가 말인가."
"당가를, 독선을 끌어들인 것 말입니다."
쾅!
원호가 계도 끝으로 바닥을 찍었다.
"사제는 지금 이 상황에서 나를 탓하고 있는 것인가."
"이 상황이니 말씀드리는 것입니다."
원호가 일갈하려 하는데 문수각주 원전이 원상의 편을 든다.
"솔직히 독선을 끌어들인 것은 사형의 생각이 아니었습니까."
원호가 고개를 돌려 원전을 노려보았다.
"뭐라고."
"대체 이게 뭡니까? 결과적으로 우리는 잃기만 했는데 당가는 얻어가기만 하는 꼴이 아닙니까."
"당가도 가세가 기울 정도로 이번 일의 수습에 총력을 기울이고 있다. 절반이 넘는 재산을 쏟아냈다 들었다."

그러나 원호의 변명은 허공을 맴돌 뿐이었다. 소림은 값을 따질 수도 없는 대환단까지 모두 내놓아야 했으니까.

모두가 안다.

일반 고수도 아닌, 천하제일을 넘볼 수 있는 고수가 될 한 명의 재목이 황금 만 냥보다 귀중하다는 걸.

과거 홍오가 그리 사고를 쳤어도 강호 무림은 소림에 아무런 말도 할 수가 없었다. 천하오절 중의 일인인 문각이 소림에 있기 때문이었다.

이번 일도 마찬가지. 당가의 실수로 엄청난 피해가 났으나 소림은 당가에 아무런 말도 하지 못한다. 심지어 풍진이 소림의 제자들에게 해를 입혔으나, 책임을 묻지도 못한다.

강자지존.

천하를 오시할 수 있는 고수의 부재(不在)라는 것은 소림에 있어 서러울 정도의 처연함을 가져왔다.

원호가 다시 소리쳤다.

"사제들도 장건이 그 짧은 사이에 청성의 검을 막을 수 있는 정도까지 성장했다는 건 모르지 않았는가!"

이제 그의 목소리는 애원에 가깝다.

원자배 승려들은 자기도 모르게 고개를 내저었다.

약관도 되지 않은 아이가 청성일검의 검을 막아냈다는 것은 강호가 뒤흔들릴 정도의 대 사건이다. 그러한 재목인 걸 알았다면 우내십존과 맞서서라도 지켜낼 만한 가치가 있었던 것이다.

"그런 아이를 내쫓으려 했다니……."

더구나 장건이 당가로 간 연후에 고수가 되는 것과 엄청난 명성을 얻은 후에 가는 것은 엄연히 다르다.

전자라면 '소림이 보는 눈이 모자랐다'라거나 '아이가 독공에 더 자질이 있었다'는 정도이겠지만, 후자라면 '소림은 죽 쒀서 개나 주는구나' 혹은 '자기 것도 제대로 못 지키는 머저리들'이라는 평가를 받을 것이다.

그만큼 강호 무림에서 소림의 입지는 줄어들 수밖에 없다.

결국 소림으로서는 최악의 선택만을 연이어 한 셈이 되어 버렸다.

"하아."

누군가의 입에서 탄식이 흘러나왔다.

"문각 태사조께서 제대로 된 진전만 남기셨던들 소림이 이 지경까지 이르지는 않았을 터인데."

원자배 승려들의 얼굴은 더욱 침중해진다.

소림의 최고수이며 천하오절이었던 문각.

그는 제대로 된 후인을 남기지도 않았고, 자신의 진전을 홍오가 잇도록 하지도 않았다.

무공 이전에 사람이 먼저 되어라!

홍오가 끝끝내 문각의 진전을 잇지 못한 이유였다. 그래서 홍오도 자신만의 무공을 찾겠다며 강호를 전전한 것인지도 몰랐다.

어쨌거나 문각은 절대 고수임에도 불구하고 너무나 빨리 열반에 들었다.

그것이 지금 소림이 휘청거리는 커다란 이유 중의 하나라는 건 의심할 여지가 없는 사실이었다.

원자배 승려들은 누가 먼저랄 것도 없이 천천히 몸을 일으켰다.

원호가 눈을 치켜뜨며 다급하게 외쳤다.

"지금 뭣들 하는 겐가!"

천불전주 원당이 씁쓸한 어조로 말했다.

"우리가 이곳에 더 남아 있은들 뭐가 달라질 것이며, 또 뭐가 더 좋아지겠습니까. 그래봐야 탁상공론을 불과할 터이거늘."

"이럴 때일수록 조금이라도 더 머리를 모아야지!"

원당이 고개를 저었다.

"죄송합니다, 사형. 이럴 시간이 있다면 차라리 무공 수련이라도 하는 게 더 낫겠다는 생각이 듭니다."

"자, 자네들!"

원자배 승려들은 하나둘 회의실을 떠나기 시작했다.

원호는 황망한 얼굴로 그들을 바라볼 수밖에 없었다. 심지어 장건에게 자신이 손을 쓰겠다 나섰던 무공교두 원우까지도 원호를 외면했다.

"원우 사질!"

원우가 슬쩍 원호를 보며 말했다.

"사형. 우리는 소림을 지키고자 뜻을 모은 것이지, 소림을 망하게 하려고 사형에게 동조했던 것이 아닙니다."

쿵.

원호는 분노를 참지 못하고 주먹으로 탁자를 쳤다. 공력을 담지는 않았지만 두터운 나무 탁자가 거칠게 흔들렸다. 나란히 놓여 있던 찻잔들이 달그락거린다.

방금까지 원자배 승려들이 모여 있던 계율원내 회의실에는 원호 혼자만이 남아 있다.

회의실은 싸늘했다.

자신을 바라보던 사제들의 시선처럼.

'장건, 저 아이는 지독한 변비요! 약을 먹이고 수도혈을 짚어도 낫지 않는 변비가 세상에 어디 있소? 그것이 잘못됐다는 증거지요!' 라고 말했을 때 한심하다는 투로 쳐다보던 굉봉의 눈빛과도 같았다.

장건을 내보냈을 때 자신을 보던 굉운의 눈빛도 딱 그러했다.

진의를 파악하지도 못한 채 독선을 끌어들인 것은 분명 그의 실수였다. 그러나 독선이 일만 잘 해결했다면 소림은, 원호는 이 지경에 이르지 않았다.

"그깟 아이 하나 데려가는 게 뭐가 어렵던가!"

화가 나는 건 그것뿐만이 아니다. 원호는 피를 토하듯 고함을 질렀다.

"그래놓고도 뻔뻔하게 자신의 진전을 이은 거라고? 그래서 데려가는 거라고?"

쾅! 쾅쾅!

원호가 계도로 바닥을 두드리자 청석 바닥이 쩍쩍 패어나간다. 계도의 손잡이가 부서지고 원호의 손아귀에서 핏물이 배어 나온다.

"이대로는…… 이대로는 물러나지 못한다. 악업을 저지른 당가의 손에 본문의 제자를 곱게 넘겨주지는 못한다."

분노한 원호의 눈에도 핏발이 서, 마치 피가 눈동자에 들어찬 듯하다.

굉자배의 사숙들에게도, 원자배의 사제들에게도 신뢰를 받지 못하게 된 원호는 더 이상 잃을 것이 없었다.

"독선. 두고 봅시다. 당신은 결코 원하는 것을 얻지 못할 것이오."

제 2 장

당예

 장건은 굉목의 병실을 나오면서도 풍진의 검을 잊을 수 없었다.
 그렇게 완벽한 검술과 닮은 그런 권법을 배우고 싶었다. 이왕이면 사람을 상하게 하지 않는 그런 권법으로.
 그래서 장건은 풍진의 검을 자꾸만 떠올렸다. 그의 일검을 파훼할 수 있는 무공이 있다면, 그것이 바로 장건이 찾던 무공일 터였다.
 하지만 아무리 머리를 싸매도 장건이 아는 무공은 한계가 있었다. 풍진의 일검을 파훼할 수 있는 방법을 찾을 수가 없었다.

"끙끙. 뭔가 방법이 있을 것 같은데……."

직접 풍진에게 물어보고 싶었지만 다른 문파의 무공은 배우면 안 된다니, 어쩔 수 없는 노릇이었다.

생각에 빠져 걷다 보니 어느새 외원이 보이는 문 앞이었다. 거기서 늘 당예를 만났는데 오늘은 늦는 모양인지 보이지 않았다.

장건은 잠시 근처 나무 그늘에 앉아 계속해서 생각하고 또 생각했다.

"건……."
"이 녀……."

멀리서 장건을 발견하고 반갑게 부르려던 홍오가 고개를 옆으로 돌렸다. 거무스름한 얼굴에 깡마른 풍진이 같은 동작으로 멈춰 서 있었다.

홍오가 인상을 확 구겼다.
"이 망할 도사 놈 좀 보게? 여기서 또 뭐하는 거야?"
풍진은 가뜩이나 날카로운 눈을 더 가늘게 떴다.
풍진은 원래 허무함을 이기지 못하고 심마에 빠지기 직전이었다.

그토록 오래 집착해 왔던 목적이 사라지고 나자 모든 것이 부질없어진 것이다.

한데 그 순간 풍진은 아직 무언가 자신의 마음속에 남아 있다는 걸 깨달았다.

 자신의 검을 비껴낸 작은 속가 제자 아이.

 그 아이가 궁금해서다.

 그런 아이가 어떻게 나왔고 앞으로 어떤 행보를 할지, 그리고 그런 아이는 무슨 생각을 하고 있을지.

 홍오 때문에 허탈한 거야 허탈한 거고 장건에 대한 관심은 또 다른 문제였다.

 "뭐하긴."

 "이놈이! 남의 집에 와서 깽판을 놨으면 조용히 돌아갈 일이지, 왜 여기저기를 기웃거려? 대체 누가 이런 비렁뱅이 도사놈을 내원까지 들인 거야."

 "보면 몰라? 네 수제자에게 독이 올라서 치료하고 있잖으냐. 여기 독 오른 얼굴이 안 보여? 지금 약 타러 가는 중이었다."

 홍오가 입가를 씰룩댔다.

 "아! 청성의 검이라고 불리는 놈이 그깟 잡독 좀 오른 걸 가지고 뻗대? 그게 내 제자에게 칼침을 놓고도 뻔뻔하게 돌아다니는 이유다 이거냐?"

 "아아, 네놈이 말하는 잡독이 혹시 소림이란 절에서 수천 명을 중독시킨 그 독을 말하는 게 아니었나보지."

 풍진이 비아냥거리는데 홍오는 할 말이 없었다.

 "게다가 네놈이 다짜고짜 주먹질을 해댄 바람에 나아가던

잡독이 다시 올랐어."

"그럼 엉덩이 붙이고 앉아서 치료나 받을 것이지 왜 애는 쫓아다니는 게야."

풍진이 한쪽 입술만 올려 비웃듯 홍오를 보았다.

"그걸 모른다면 내게 물을 자격도 없지."

"뭐?"

홍오의 구겨진 얼굴이 더 찡그려졌다.

"듣자하니 내 대신 우리 귀여운 건이를 해코지하려 했다면서? 아직도 그 생각을 버리지 못한 거냐?"

"흥!"

"이것들이 대체 나와 무슨 원수를 졌다고."

"됐다."

풍진이 냉정하게 내뱉었다.

"지금의 널 보니 그간 왜 내가 그토록 바보같이 널 원망하며 살아왔는지 모르겠다. 모두가 다 부질없고 허무하구나. 이럴 줄 알았으면 진작 소림에 와 보는 건데. 쯧."

"뭣이?"

"왜? 내가 틀린 말을 했나? 지금 넌 예전보다 조금도 나아진 게 없어. 내 십 년 전 쯤 너와 한판 벌였대도 십 초를 넘기지 않았을 거다."

"이, 이놈이!"

홍오의 자존심이 왕창 무너지는 순간이었다. 풍진은 그런 홍오를 보고 고소를 머금었다.
"당가 놈이나 네놈이나, 사람 속 긁는 데는 따라갈 자가 없겠구나. 그렇게 남의 속을 뒤집고 싶어서 수십 년을 어찌 참았누."
"클클. 아무렴 홍오 네놈보다 더 할까."
"이놈이? 지금이라도 한판 붙어봐."
"클클클."
여유로운 풍진을 보며 홍오가 씩씩대다가 갑자기 눈을 치켜떴다.
"음."
홍오와 풍진의 눈이 동시에 장건을 향했다.
"건이가 뭘 하는 거지?"
"호오."
풍진의 눈이 이채를 발했고 홍오는 눈을 크게 떴다.
"이런 일이······."
둘은 싸우다 말고 장건에게 눈길이 향했다.
장건은 그냥 쪼그리고 앉아 있을 뿐이었다.
그러나 장건에게서 스멀거리며 피어나오는 기운은 장건의 것이 아니었다.
오싹할 정도의 치밀하고 매서운 기운이었다.
장건은 보름 정도를 굶주린 맹수에게서나 볼 수 있는 눈을 하고 있었다.

홍오는 장건의 기세에 적이 놀랐다.
'가까이 가면 베인다!'
그것은 바로 일격필살을 본(本)으로 하는 풍진의 검, 바로 그 기세였다.
"건이가 어떻게……, 네놈의 기운을 가진 게냐."
"바보 같은 놈. 그래서 네가 멀었다는 거다. 저 애가 지금 뭘 하고 있는 것 같으냐."
"흐음."
"저 애는 며칠 전 내 일검을 복기하고 있는 거다."
"엥."
풍진이 낮은 소리로 웃었다.
"적어도 네 말이, 아니 저 아이의 말이 거짓은 아니었구나. 네가 한 번 보여준 무공을 그대로 따라한다더니."
"그럼 지금…… 건이는 네 검을 흉내내고 있단 거냐."
"가만? 날 만나기 전부터 저 애는 이미 바람을 볼 줄 알았다. 그런데 정작 네놈은 모르는 것 같구나."
"바람을 봐?"
"허! 그게 네가 가르친 게 아니란 말이냐."
풍진은 자기도 모르게 탄성을 질렀다.
"네가 가르친 게 아니라면 저 아이는 스스로 깨달은 거로구나! 고금(古今) 제일의 무재……."
하지만 풍진은 다시 고개를 갸우뚱했다.

"하지만, 아무리 봐도 저 애는 그렇게까지 무골로 보이진 않는데? 평범하진 않으나 그 이상도 아니야. 고금 제일의 무재라고는 할 수 없다. 타고난 게 아니라면 후천적인 노력이란 건가."

그때 누군가가 장건의 곁으로 다가가고 있는 것이 보였다.

당예였다.

"미안해요. 좀 늦었……."

"쯧."

풍진이 혀를 차더니 전음을 보냈다.

『당돌한 당가의 꼬마야. 그놈에게 가까이 가면 다친다. 이쪽으로 와라.』

당예가 흠칫 놀라 뒤를 돌아보았다. 담벼락의 나무 뒤쪽으로 홍오와 풍진이 고개만 내밀고 기웃하는 걸 보고는 이상한 생각이 들었다.

하지만 사정이 있을 거라 생각한 당예는 곧 종종 걸음으로 둘의 곁으로 갔다.

"두 분께서 왜…… 여기에 계세요."

당예는 '왜 숨어 있냐'는 말을 꿀꺽 삼켰다.

풍진과 홍오는 서로를 돌아보았다. 의도한 바는 아니었지만 어쩌다 보니 숨어 있는 것처럼 되었다.

"험, 그리 되었다. 아무튼 건이에게 볼일이 있으면 너도 여기서 조금 기다리거라."

"예."

당예는 다소곳이 나무 뒤로 앉았다. 지난번에야 급한 김에 나섰으나 제정신으로 풍진과 홍오라는 대선배 앞에서 함부로 굴 수는 없었다.

홍오가 풍진을 재촉했다.

"하던 얘기나 해봐. 그러니까 우리 건이가 어떻게 네 검을 막았다는 거냐."

"말할 필요도 없겠군. 지금 막 그때 동작을 그대로 하고 있으니."

풍진이 손가락으로 장건을 가리켰다. 홍오와 당예의 시선도 자연히 풍진의 손가락을 따라갔다.

어느새 장건은 풍진의 기세를 없애고 자신의 기운을 가졌다. 양손을 살짝 들고 꼼지락거리는 흉내를 낸다.

아무것도 없는 허공에서 팡팡, 하며 작게 공기 터지는 소리가 났다.

"허어."

홍오의 탄성에 풍진이 면박을 주었다.

"네가 가르쳤대놓고 네가 허어 허어 하면 어쩌자는 게냐? 저게 무슨 수법인지 내게 말을 해줘야지."

"이놈아. 손가락만 까딱거리는데 내가 어떻게 알아? 그걸 보고 알 수 있는 놈이 어딨어? 네가 말해 봐라."

풍진이 무인광이라면 홍오는 무공광이다. 조금 전까지 풍진을 구박하던 걸 잊고 장건에게 집중했다. 장건이 쓴 수법을 똑똑히 보려 눈을 부릅떴다.

하지만 손가락만 꼼지락거리니 쉽사리 알 수가 없다.

풍진은 '킁' 하고 콧김을 내뿜었다.

"니미럴, 이것도 네가 가르친 게 아니냐?"

"아 난 별로 가르친 게 없다니까! 도사 놈이 왜 신성한 절에서 욕질이야."

"난 이제 도사도 아닌데 뭐 어떠냐."

"청성을 나왔다고 도사도 아니냐?"

"흥."

풍진은 콧방귀를 뀌며 말했다.

"무슨 무공인지 자세하게는 알 수 없으나 착결과 추결, 탄결에 침투경까지 동시에 쓴 것 같더구만."

"저 자세로? 손가락으로?"

"그렇다니까."

"아니, 그게 말이 돼? 아무리 촌경을 쓸 줄 안다 하더라도 그렇게는 안 되지."

"왜 그걸 나한테 물어? 소림의 제잔데 왜 네가 몰라서 자꾸 나한테 묻냐고."

가만히 듣고 있던 당예는 둘이 자꾸만 말싸움을 하니 흐름이 끊겨서 알아들을 수가 없었다.

어차피 자신의 남편이 될 사람이니 알아야 한다.

당예는 용기를 내 물었다.

"저, 그게 대단한 건가요?"

홍오가 대답했다.

"대단한 것도 대단한 거지만 저 나이에는 불가능한 거니까 그렇지."

"네? 불가능하다구요?"

풍진이 대답했다.

"네가 아는 방법 중에 내가진기를, 그러니까 내공을 몸 밖으로 내보내는 방법이 몇 가지나 있을 것 같으냐."

"그야……."

당예가 조심스럽게 대답했다.

"검을 통해서 검기(劍氣)를 쓰고, 장법을 통해서 장력을 쓰고요. 그리고……."

"다 틀렸다. 내가진기를 밖으로 내보내는 방법은 대체적으로 한 가지뿐이다. 바로 장심(掌心)이지."

장심은 손바닥과 발바닥의 가운데 부분을 말한다.

"장심은 체내의 내력과 바깥이 통하는 가장 손쉬운 부분이다. 내가중수법도 장심을 통해 상대를 격하며 내가진기를 밀어넣는 것이고, 검기도 장심을 통해 검에 내력을 전달하는 것이다. 상승의 경공법 또한 발바닥의 장심에서 지면으로 내력을 전달함으로써 몸을 가볍게 만드는 거지."

당예가 의문을 제기했다.

"하지만 탄지신통은 손가락으로 내공을 퉁겨내는 기술이지 않은가요?"

"탄지신통은 장심에 중지를 놓아, 장심의 공력을 중지로 옮겨 쏘아내는 방법이다. 탄지신통도 그렇고 검결지나 지풍, 권경 역시 같은 방법을 쓰는 게야."

대답을 하던 풍진이 당예를 흘겨보았다.

"좀 똑똑한가 싶었더니만 헛똑똑이었구나? 당사등의 손녀가 어떻게 그런 것도 모르느냐."

당예는 얼굴을 붉혔다. 하지만 물러서지는 않았다.

"하지만 어르신께서는 '대체적으로'라고 하셨으니 장심 외에도 내력을 발출할 수 있는 방법이 있다는 뜻 아닌가요."

"있지. 조금만 생각하면 알 수 있는 거다. 세상에 기가 안통하고도 사는 사람이 있더냐? 손끝 발끝부터 전신 모공까지 어떤 곳에서든 체내와 체외의 기가 자연스레 통하느니라. 하나 장심을 제외하고는 기가 통하는 문이 극히 좁아 공력을 배출하기는 어렵다. 그 중에서도 가장 어려운 게 백회혈이다. 그래서 상단전이 대자연과 통하면 신선이 된다 하는 얘기가 괜한 게 아닌 거지."

홍오가 퉁명스럽게 말을 내뱉었다.

"뭘 그리 어렵게 말해? 보통은 한 2, 30년 공력을 쌓아야 겨우 장심 외에 다른 부분으로 공력을 내보낼 수 있게 된다, 이렇게 말하면 되지."

당예는 풍진과 홍오가 하고 있는 이야기를 그제야 깨달을 수 있었다.
"설마…… 그렇다면 저 아이는 장심이 아니라 손가락으로……."
"사실 그것뿐이 아니다. 몇 가지의 서로 다른 발경을 거의 동시에 펼쳤으니 몇 개의 경락을 동시에 돌렸다는 건데, 그것 역시 저 나이에는 불가능하지."
풍진 스스로 생각하기에도 어이가 없는지 '헐' 하고 웃다가 가슴에 통증을 느끼고는 얼굴을 찌푸렸다.
"대충 알아들었으면 입 다물고 가만히 있거라."
"예……."
하지만 이미 충분히 시끄러웠다. 장건은 생각을 하다 말고 세 사람의 기척을 눈치챘다.
"어?"
커다란 나무 뒤에 옹기종기 모여 숨어서 자신을 바라보는 셋을 본 것이다.
그냥 보는 것도 아니고 숨어서 보고 있으니 어쩐지 찜찜한 마음이 든다.
'아니, 왜 저기 숨어서 쳐다보고 있는 거지?'
그래도 홍오와 풍진이 함께 있는 걸 보니 다행이라는 생각도 들었다.
'두 분이 화해하셨나보다.'
서로 화목하게 도란도란 얘기하고 있는 것처럼 보였다.

'진즉 저러셨으면 겨우 그런 일로 사람을 죽이겠다 말겠다 할 필요도 없었을걸. 어휴, 무공은 정말 무서운데 진짜 소심하다니까.'

풍진은 참 무서운 사람이다. 그러나 악인(惡人)은 아니었다. 장건이 생각하기에도 지키기 쉽지 않은 약속을 지켰으니 말이다.

정말 자신이 말한 대로 풍진은 그 이후, 장건에게 팔을 내놓으라는 둥 그런 말은 일절 하지 않았다.

장건은 큰 소리로 '안녕하세요!' 하고 외쳤다.

홍오와 풍진, 당예가 어쩐지 어색해하며 인사를 받았다.

당예도 홍오와 풍진에게 작별을 고하고 장건에게 갔다.

뒤에서 풍진이 투덜거렸다.

"에잉! 이 당가의 계집아이 때문에 재미난 구경을 놓쳤구나."

홍오가 툴툴거렸다.

"애가 무슨 잘못이 있다고? 네가 쓸데없이 말을 주절주절 늘어놓으니까 그랬던 거잖냐."

풍진은 인상을 쓰며 홍오를 쳐다보았다.

"흥! 빌어먹을 땡중 놈아. 소림에서는 저 애를 이대로 내버려둘 셈이냐."

홍오가 가만히 풍진을 마주 보았다. 무슨 의미인지 묻는 것이다.

당예 55

곧 풍진이 혼잣말을 하듯이 탄식했다.
"아깝다. 아까워. 저런 녀석을 당가로 팔려가게 내버려두는 게 정말 아깝구나! 소림의 방장은 대체 무슨 생각을 하고 있는지 모르겠구나."
"나도 아깝다, 이놈아."
"그게 다 네 탓이다, 이놈아."
"그게 다 왜 내 탓이냐, 이놈아."
풍진과 홍오의 얼굴이 동시에 일그러졌다.
"그 나이 먹었으면 불덕이라도 좀 쌓았나 했더니, 못된 개새끼처럼 악다구니만 들어찼구나."
"그러는 네놈은 도가 통해서 절에서 그렇게 칼질을 해댔구나?"
"이잉!"
"에잉!"
장건과 당예가 근처의 작은 연무장으로 가 버렸음에도 홍오와 풍진은 한참이나 말다툼을 멈추지 않았다.

*   *   *

당예는 장건에게 독공을 가르치면 가르칠수록 감탄이 나왔다.
'어떻게 이렇게 운용법을 빨리 배우지?'

독을 다루는 심법을 운용하는 데에 보통 몇 년이 걸린다. 독에 적응하는 시간을 빼더라도 그 정도다. 그런데 장건은 가르치면 가르치는 족족 그 자리에서 해버렸다.

'하긴 그러니까 풍진 어르신의 검을 막을 수 있었겠지.'

당예는 스스로 생각해도 바보 같은 자문자답을 하며 말했다.

"지난번에는 독기를 단전에 갈무리하는 법을 배웠으니 오늘은 그 독기를 안전하게 다루는 법을 가르쳐 줄게요. 우선은 백회에서 내려오는 온양의 열기를 단숨에 일주천시켜요. 그 양기의 기운으로 독을 다루는 거예요."

당예가 시키는 대로 행공을 한 장건은 눈을 동그랗게 떴다.

"아! 이렇게 하니 더 쉽네요."

독을 다루는 방법을 몸으로 익히고 있다가 실제 이론을 듣고 나니 한결 쉬워진 것 같았다. 까탈스럽기가 꾕목 같았던 독기가 당예가 알려준 방법으로 하면 쉽게 제어가 되었다.

'앞으로는 독기를 먹을 때 이런 방법으로 하면 되겠다.'

장건은 새로운 방법을 배우게 되어 기분이 좋았다.

"그, 그래요."

당예의 표정은 조금은 당황스럽다.

주천을 할 때 거쳐야 하는 혈도를 말해 주지도 않았다.

'그저 개요를 설명했을 뿐인데 알아서 한 거야?'

심생종기를 따르는 장건에게 기의 흐름은 자연스러운 것이었다. 기를 어떤 식으로 움직여야겠다고 생각하는 것만으로도 물이 흐르듯 기가 움직인다.
 당예의 표정을 본 장건이 물었다.
 "제가 뭘 잘못했나요?"
 "잘못했다기보단……. 아니, 됐어요. 잘된 것 같으면 이렇게 해봐요."
 당예가 손바닥을 펴 보였다.
 칙.
 손바닥 위에서 독기가 피어올랐다.
 "마음먹은 대로 장심에서 독기를 뿜어낼 수 있으면 일단은 독공을 어느 정도는 익혔다고 봐도 좋아요. 배출한 독기를 다루는 건 또 다른 문제니까요."
 당예는 이번에도 장건이 쉽게 할 수 있을 거라 생각했다. 풍진과 홍오의 말처럼 장심뿐 아니라 다른 곳으로도 공력을 배출할 줄 아니 이 정도는 식은 죽 먹기일 터였다.
 하지만 장건의 표정이 살짝 굳었다.
 "왜요?"
 잠시 머뭇거리던 장건이 물었다.
 "다른 방법은 없어요?"
 당예는 장건이 무슨 말을 하는지 이해하지 못했다.
 "그냥 해봐요. 별로 어려운 것도 아니잖아요."
 장건은 고개를 갸웃거렸다.

"이 아까운 걸 왜 공기 중에 버리나요?"

"아깝다구요?"

아깝긴 아깝다. 독기는 일반적인 단전호흡으로 공기 중에서 취할 수 있는 게 아니라 필요한 재료를 찾아야 하니 말이다. 하지만 굳이 독기 약간을 내보내는 걸 아깝다고 하는 사람은 없다. 그보다는 무공을 제대로 익히는 게 먼저기 때문이다.

장건이 독기가 숨으로 나가는 것도 아까워 숨도 안 쉬고 독기를 흡수했다는 걸 알 리 없는 당예였다.

"독기를 밖으로 내지 않으면 뭐하러 독공을 배우죠?"

"독기를 다룰 줄 알아야 다른 사람들에게 피해를 주지 않는다고 해서요. 멀쩡할 땐 괜찮은데 기분이 좋지 않거나 하면 새는 게 조절이 잘 안 되거든요."

솔직히 당예가 알려준 방법을 쓰면 굳이 숨을 안 쉬거나 할 필요도 없이 독기를 제어할 수 있어 좋았다.

"아니아니, 그러니까……."

당예 같은 당가의 무인으로서는 이해할 수 없는 말이었다. 당가에서 독공을 익히는 건 검이나 창처럼 다른 사람을 제압하거나 죽이기 위한 수단의 하나로 선택한 것이었다.

그런데 다른 사람들을 해치지 않기 위해 독공을 배운다는 바보 같은 말이라니.

'앞으로 좀 골치 아프겠는걸.'

당예는 더 따질 생각도 없었고 따지고 싶은 마음도 들지 않앉다. 차차 교육을 시키면 될 문제였다.
"시험을 해보는 거잖아요. 잘 되는지 안 되는지."
장건은 끝끝내 떨떠름한 얼굴을 하다가 정말로 하기 싫은 얼굴로 손바닥을 폈다.
슛.
거의 눈에 보이지도 않을 만큼의 독기가 실처럼 피어올랐다.
"됐죠?"
"……."
그 말을 하면서도 장건의 표정은 아까워 죽겠다는 표정이었다. 당예는 기가 막힌다. 하는 짓이 무슨 유명한 구두쇠 영감 같았다.
"됐어요. 제대로 독기를 다루고 있네요."
"휴우."
당예가 말했다.
"지금 추세라면 아무리 많이 잡아도 반년 안에는 집에 인사를 드리러 갈 수 있겠군요. 그리고 본가로 가서 천지원양공을 제대로 배우면 돼요."
사실은 지금도 기본기는 이미 다 익힌 상태나 마찬가지였다.
장건이 남은 독기를 단전으로 갈무리하며 물었다.
"전 2년 뒤에 집에 가야 되는데요."

"2년이요? 그럼 너무 늦는데……. 그 전에 한 번 다녀와야 하지 않아요?"

장건은 왜 당예가 자기가 집에 가는 걸 궁금해하는지 의아했다.

"전 사정이 있어서 2년 안에는 못 가요. 근데 왜 그러세요?"

"왜라니요? 부모님께 인사를 드리러 가야죠. 아, 그러지 말고 날이 풀리면 잠깐 시간을 내서 부모님께 인사를 드리러 가요. 이왕 이렇게 된 거 서로 빨리 진행하면 좋잖아요. 환자들의 치료가 끝나면 저도 더는 소림에 있을 명분이 없구요."

"네?"

장건이 놀란 눈으로 당예를 쳐다보았다.

"내가 왜 당 소저랑 같이 우리 집에 인사를 가야 되는데요? 무공을 가르쳐 주시는 건 고맙지만."

"그럼 시부모께 인사도 드리지 말라고요? 걱정 말아요. 나 그렇게 매정한 여자 아녜요. 명절 때나 생신 때가 되면 인사도 드리러 가고 그럴 생각이에요."

뜨악!

장건이 입을 쩍 벌렸다.

"누, 누가 누구 마음대로 시부모예요?"

당예가 눈살을 살짝 찌푸렸다.

"무슨 소리 하는 거예요? 지난번에 다 얘기했던 거잖아요. 본가의 가전 무공을 가르치는 대가로……."

장건은 풍진과 마주쳤을 때 당예와 풍진 간에 오갔던 얘기들이 떠올랐다. 그때는 정신도 없고 무슨 얘기를 하는지도 몰랐는데 이제야 그 말들이 기억이 난다.
"아! 그게 그 얘기였어요?"
이번엔 당예가 눈을 째릿하게 뜨고 장건을 보았다.
'얘가 지금 장난하는 거야? 이제 와서 무슨 소릴 하는 거람?'
당예가 물었다.
"나와 혼인하는 게 싫어요?"
장건은 기가 막힌 얼굴을 지나 멍한 얼굴을 했다.
'웬 혼인?' 이란 표정이었지만 당예는 그 표정을 오해했다.
당예는 점점 기분이 나빠졌다.
"내가 마음에 안 들어요? 그럴 거면 처음부터 싫다고 말을 했어야죠."
"싫다고 하기는 했었어요."
장건이 싫다고 한 건 독공을 당사등에게 배우기 싫다는 것이었는데, 당예는 자신이 싫다고 한 것으로 그 말을 오해했다.
당예는 자존심이 확 상했다.
"내가 싫다면 본가에 가서 직접 다른 여자를 골라도 좋아요. 하지만 한 번 더 생각해 보는 게 좋을 걸요? 내 입으로 말하긴 그렇지만 본가에서 나만한 여자도 없으니까. 댁은 지금 큰 실수 하는 거라는 것만 알아둬요."

싸늘한 얼굴이었다.
장건은 당예가 오해하고 있다는 걸 알았다.
"당 소저가 싫다고 한 건 아닌데……."
제갈영이 귀여운 느낌이라면 당예는 그보다는 약간 더 성숙한 외모였다. 약간 눈매가 사나워 보이지만 그 때문에 더 색다른 매력이 있다.
일 년 전만 해도 '여자'라고는 생각해 본 적이 없었고 관심도 두지 않았던 장건이다. 제갈영을 만난 이후 뒤늦게 사춘기에 들어섰다고는 해도 아직까지 장건은 그 이상은 아니었다.
"마음에 들고 안 들고의 문제가 아니잖아요. 내가 왜 소저하고 결혼을 해야 되냐구요. 혼인은 부모님들이 정하는 거지 저나 소저가 정할 수 있는 게 아닌데요."
당예는 장건이 뭔가 잘못 알고 있다는 걸 깨달았다. 자존심은 상했지만 자신이 싫어서 그런 건 아니다 억지로 되뇌며 기분을 가라앉혔다.
"본가의 무공은 외부인에게 전해지지 않아요. 즉 본가의 천지원양공을 배우려면 본가의 누군가와는 혼인을 해야 된다는 뜻이죠."
장건은 갑자기 막막해졌다.
"그런 법이 어디 있어요?"
"그게 우리 가문의 가칙이에요."
독공을 안 배울 수도 없고, 이미 배웠는데 이제 와서 그 대가로 혼인을 해야 한다니 장건은 난감했다.

 무가의 여식들은 정치적으로 이용되는 경우는 많아도 어느 정도 자유로운 혼인을 할 수 있었다. 일반적인 절차나 격식은 크게 신경 쓰지 않는다.

 반면에 강호의 무가가 아닌 일반 가문의 경우에는 복잡한 절차를 거쳤다.

 혼인 당사자 간에 얼굴도 거의 보지 못하고 오직 월하노인, 혹은 월하빙인이라 불리는 중매쟁이에 의해서만 혼인이 성사되었다.

 '하늘에 구름이 없으면 비가 오지 않고, 중매쟁이가 없으면 혼인이 이루어지지 않는다'는 민간의 격언까지 있을 정도로 중매쟁이는 결혼의 한 축을 담당하고 있었다.

 때문에 민간의 혼인에서는 궁합을 보고 서로의 가문도 따지나 남녀간의 애정은 중요시하지 않았다. 신랑신부는 혼인 전까지는 얼굴도 못 보는 경우가 허다했다.

 장건이 일찍 소림으로 오게 되었다고는 해도 그런 관념이 사라진 것은 아니었다. 어려서부터 혼인을 몇 번이나 보았고 그게 당연하다 여기고 있었다.

 그러니 당예의 행동이나 소림에서 듣는 얘기들은 장건에게 있어 말도 안 되는 일이었던 것이다.

 장건은 한숨을 쉬었다.

 "어쩌지? 하아, 역시 남의 무공을 배우면 안 되는구나. 다른 사람한테 배울 수도 없고."

당예는 욕이 튀어나오는 걸 겨우 참았다.

"이봐요. 그게 다른 사람한테 배운다고 해결되는 게 아니에요. 댁은 벌써 큰할아버지의 독정을 가지고 있잖아요."

"전 그게 뭔지도 몰랐구요. 게다가 선물로 주신 거였어요. 세상에 억지로 빚을 지게 만들어서 갚게 하는 건 어디의 법인가요?"

풍진도 그렇고 당가도 그렇고, 왜 전부다 자기들 마음대로 할 수 있다고 생각하는 걸까?

당예도 말이 안 통하니 답답한 마음이 들기 시작한다. 사실 따지고 보자면 장건의 말이 맞다.

독정을 선물로 줬다 하면 당가에서도 딱히 우길 수 없다. 하지만 그냥 그렇게 인정하면 당가는 남는 것이 아무것도 없는 것이다.

소림에 독을 뿌린 대가만 처참하게 치르고 가산만 탕진하게 된다.

장건이 당가로 가게 된다는 얘기는 우내십존과 엮이길 싫어하는 소림의 사정과 절묘하게 어울렸기에 가능했던 것이다.

그래서 당예는 나중에 소림이 딴소리하지 못하도록 일부러 소문까지 냈다.

한데 장건이 부당하다 우기고 그게 소문이 나면 골치가 아파질 수도 있다. 결국 장건이 당가로 오게는 되겠지만 그 사이에 갖은 문제들이 발생할 것이다.
 그냥 일반 독도 아니고 당사등의 독정이었다.
 "알았어요."
 "네?"
 "그럼 본가의 가전 무공은 나중에 배우더라도 일단 독공은 계속해서 배우도록 해요."
 장건이 빤히 당예를 보았다. 무슨 생각으로 이러는 것일까 궁금한 모양이다.
 "언제까지 독기를 달고 다닐 수는 없잖아요. 다른 사람에게 피해가 갈 텐데요. 저도 그런 건 원하지 않아요."
 "그건 그렇지만……."
 "됐어요. 나머진 내가 알아서 할게요. 지금처럼 계속 이 시간에 배워요."
 어차피 천지원양공은 나중에 가르쳐도 상관없는 일이었다.
 장건은 뭔가 미심쩍은 얼굴이었지만 승낙할 수밖에 없었다. 독기를 다루는 건 장건에게도 중요한 일이다.
 "알았어요."
 "오늘은 여기까지예요. 내일 봐요. 오늘 배운 거 잊지 말고 연습하구요."
 "그럴게요."
 당예는 무심코 장건의 걸어가는 뒷모습을 보았다.
 상당한 수련을 거친 무인처럼 보폭이 일정하다. 어깨는 움직이지도 않고 돌덩이가 미끄러지듯 걸어가는 동작이 묘하다.
 경공도 아니고 보법도 아닌 동작.
 내력이 더 깊어지면서 장건의 걸음은 더욱 괴상해졌다. 인간이 아니라 시체가 둥둥 떠서 날아가는 듯하다.
 썩 보기 좋은 것은 아니다.
 장건에게는 별다른 감정이 없었다. 키가 큰 것도 아니고 몸이 다부져서 남자다운 것도 아니었다. 성격도 소심해 보이고 외모도 눈이 돌아갈 정도로 멋지지 않았다.
 그나마 어디 한 군데가 모나거나 정말 보기도 싫을 만큼 못생기지 않은 건 마음에 들었다.
 장건과 혼인하는 것에 별다른 의문은 없었다. 그저 가문에 도움이 된다면 당연히 해야 한다 생각하고 있을 따름이었다.
 '할 수 없지. 내가 조금 손해를 보더라도 더 친절하게 대해줘야겠어. 큰할아버지도 그렇게 고생을 하고 계시는데 나도 조금이나마 보탬이 되어야지.'
 당예는 연애가 아니라 마치 할당된 일을 하는 것처럼 장건을 대하고 있었다.
 '그런데 왜 나를 보고 아무렇지도 않은 거지? 내가 그렇게 매력이 없나?'
 거리를 나서면 늘 많은 남자들의 시선을 느낄 수 있었다. 데릴사위도 좋고 무공을 안 배워도 좋으니 혼인을 하자는 얘기도 적잖이 오갔었다.

"흥! 누구는 지가 좋아서 이러는 줄 알아? 괴상한 무공 빼면 볼 것도 없는 주제에."

당예는 괜히 마음이 상했다.

일부러 성큼 내원 쪽으로 걸음을 옮겼다.

당연히 내원 안쪽에서 경비를 서고 있던 무승이 다가왔다. 그때까지만 해도 끼어들기가 애매했던 모양이다.

"죄송하지만 일반 시주들께서는 내원으로 출입하실 수가 없습니다. 돌아가 주셨으면 합니다."

당예는 언제 그랬냐는 듯 밝게 얼굴에 미소를 띠며 고개를 돌렸다.

"어머, 그랬군요. 제가 실수했네요."

당예의 간드러지는 목소리와 그녀의 미모를 본 무자배의 무승은 그만 얼굴을 붉히고 말았다.

수양이 얕다고는 할 수 없지만 워낙 당예의 미모가 뛰어나다보니 절로 그리 되었다.

당예는 자신이 매력이 없어 장건이 삐딱하게 구는 게 아니라는 걸 새삼 확인했다. 승려든 도사든 역시나 남자는 다 똑같다. 어지간한 남자는 웃음 하나만으로도 홀릴 수 있다.

괜히 어깨가 으쓱해지는데 어딘가에서 쑥덕대는 소리가 들려왔다.

"역시 여자는 요물이라니까."

당예의 표정이 일그러졌다. 돌아보지 않아도 누군지 알 수 있었다.

'언제 날 따라온 거야?'

쑥덕대는 말은 계속되었다.

"그러는 네놈도 결국은 여자의 뱃속에서 나왔다는 걸 잊었냐? 옛말에 곰 같은 마누라와는 못 살아도 여우같은 마누라와는 산다고 했다."

"이런 망할? 어디서 땡중 놈이 도사에게 남녀 간의 일을 훈계한단 말이냐? 오호라. 그렇게 여자를 잘 알아서 젊었을 때 파계의 위험을 무릅쓰고 기생집을 쏘다녔구나."

"이놈이? 남녀 간에 정을 쌓는 일이 어때서? 네 부모님들이 거사를 치루지 않았으면 네놈은 아예 생겨나지도 않았어."

"부부간의 정과 기생집에서 유흥하는 것이 어찌 똑같을 수 있겠느냐. 이 돌대가리 땡중아."

"그러면 나더러 마누라를 얻어 보라는 소리냐? 이 말코 놈이 노망이 들었나. 남의 문파에 와서 칼질을 하더니 이젠 중더러 마누라까지 두라고 하네."

"아니, 그럼 중이 계집질하는 건 괜찮다 이거냐? 불가에서 공(空)은 안 가르치디? 그럼 내가 가르쳐 주마. 색즉시공(色卽是空)!"

"이놈, 색즉시공은 공즉시색(空卽是色)이다. 색이니 뭐니 알지도 못하면서 어디서 주워들은 걸 주절댈 생각은 하지도 마라. 색이 뭔지도 모르는 놈이 어떻게 색이 공이라는 걸 안단 말이냐."

"뭐야? 나도 젊었을 땐 놀만큼 놀았어! 내가 왜 색을 몰라."

홍오와 풍진이 내원의 문 바로 밖에서 티격태격하며 싸우고 있었다. 지나가다가 당예와 장건이 있는 걸 보고 몰래 따라왔다가 시비가 붙은 것 같다.

얼핏 보면 둘은 오랜 친구 같지 원수처럼은 보이지 않는다.

그러나 잘 보면 유치한 말장난으로 상대의 기분을 살살 긁고 있는 것이었다.

당예의 이마에 작은 땀이 맺혔다.

'그렇게 무섭다던 청성의 검이 원래 저런 성격이었어?'

사실 풍진은 청성 안에서도 거의 밖으로 나선 적이 없다. 늘 폐관하여 수련에 수련을 거듭했다. 심지어 제자조차도 연중행사로 풍진을 볼 뿐이라고 했다.

세간에 알려진 건 풍진이 자기 성질을 이기지 못해 자신의 팔을 잘랐다는 것뿐이다.

그러니 평상시의 풍진에 대해서는 잘 알려지지 않았다.

당예가 둘을 보고 있다는 걸 깨달은 풍진이 당예를 보고 손을 내젓는다.

"우린 신경 쓰지 말고 네 신랑이나 잘 간수해라."

"아, 예······."

당예는 겸연쩍은 표정으로 조심스럽게 자리를 떠났다.

장건에게 관심을 가지는 게 당연하다 하더라도 자신까지 쫓아다니다니, 이상한 노인들이다.
 '그렇게 할 일이 없나?'
 당예는 괜히 입을 삐죽대며 외원에서 환자를 돌보는 당사등에게로 갔다.
 장건에게 한 말은 별로 마음에 두지도 않았다. 당예는 결국 장건도 다른 남자들처럼 자신에게 넘어올 거라고 확신하고 있었다. 그때는 천지원양공을 배웠든 배우지 않았든 큰 상관도 없을 테니 말이다.
 하지만 당예는 자신의 앞에 닥쳐올 시련을, 지금 이 순간은 조금도 예측하지 못하고 있었다.

제3장

장건에게 불어온 봄바람(?)

 우내십존 중 쾌검의 달인인 풍진의 검을 막아낸 아이가 소림에서 나왔다!
 당가에서 일부러 소문을 더 퍼뜨린 덕에 소문은 엄청난 속도로 사해를 진동시켰다.
 물론 풍진과의 비무에서 이긴 것은 아니라고 하나 약관도 채 되지 않은 아이가 풍진을 상대했다는 것만으로도 강호인들을 경악케 하기는 충분했다.
 여러 의견이 분분했다.
 소문이 사실이니 거짓이니부터 시작해서 소림에서 비밀리에 인재를 양성했다느니, 소림과 당가의 공동 전인이라느니.

그러나 아이가 소림의 정식 제자가 아니라 속가 제자라는 것이 알려지면서 강호는 더욱 혼란스러워진 상태였다.

이 믿을 수 없는 소문의 진위를 확인하기 위해 강호의 온 이목이 소림에 집중되었다.

환자들의 가족은 물론이고 수시로 구호물자가 드나드는 통에 정보원들은 더 활발하게 활동했다. 아예 소문을 확인하고자 직접 소림으로 찾아오는 이도 생겨났다.

내원을 제외한다면 어디든 갈 수 있으니 소림 내의 아주 사소한 일들까지도 중원 전역으로 낱낱이 퍼지고 있었다. 소림 인근의 마을에서는 그 비싼 전서구가 하루에도 수십 마리씩 날아오른다.

그 중에서 가장 먼저 민감한 반응을 보인 것은 다름 아닌 남궁세가였다.

정통 무림문파로 구파일방이 있다면 무가(武家)쪽에서는 팔대세가가 있고, 남궁세가는 그 중에서도 수위에 꼽히는 전통 가문이다.

더구나 검왕(劍王) 남궁호가 가전 검법인 제왕검형(帝王劍形)을 대성하며 우내십존의 반열에 들어 당대의 남궁가는 가장 주목받는 무림세가 중 하나로 꼽히고 있었다.

현 가주인 남궁운은 급히 뒷뜰의 정원으로 갔다.
"백부님. 저 왔습니다."

남궁호는 새벽부터 급하게 남궁운을 호출한 것치고는 여유롭게 새로 난 매화 가지를 손질하고 있었다.

작년에 미수연(米壽宴)을 지내 아흔을 코앞에 두고 있는데도 백부인 남궁호는 아직도 정정하다. 눈에는 맑은 정광까지 어려 있다.

다른 우내십존이 그러하듯 남궁호 역시 나이를 초월한 무인인 것이다.

"그래, 알아보았느냐."

역시나 그 일 때문이다.

"예. 일단 소문은 사실이었습니다. 소림의 속가 제자 한 명이 당가의 여식에게 무언가를 배우고 있다 합니다."

"그렇군."

남궁호가 의미심장한 미소를 짓는다.

"독선의 진전을 이었다 하더니, 이제야 독공을 가르친다라……. 그러면서는 강호에 이미 다 끝난 얘기처럼 소문을 퍼뜨렸겠다? 역시나 소문이 급작스럽게 퍼진 것은 당가의 수작이었구나."

"제가 보기에도 그런 것 같습니다. 아무렴 소림에서 그런 인재를 놓아주려 하겠습니까. 당가에서 혼인을 빌미로 아이를 데려가려는 것이 확실해 보입니다."

"그렇다. 소림은 아이를 지킬 힘이 없으니 울며 겨자 먹기로 아이를 놓아줄 수밖에 없는 상황이지. 모든 것이 네가 말한 대로구나."

"그러합니다. 처음부터 독선이 아이를 탐내어 벌어진 일이니, 명확히 따지자면 당가에는 정당성이 없습니다."

놀랍게도 남궁가에서는 소림에 벌어진 사건의 전모를 모두 알고 있는 듯했다.

남궁호가 빙긋 웃었다.

"천운(天運)이다. 이러한 기회가 제 발로 본가에 찾아올 줄은 생각지도 못했구나."

"화산의 검성께서도 눈여겨 본 아이라 합니다. 상인의 자제라 하니 본가에서 검공을 익히는 데에도 아무런 무리가 없을 것입니다."

남궁운도 조금은 들뜬 기색이다.

청성의 검을 막아내고 그에게 항복을 받아낸 아이.

그런 아이를 데려올 수만 있다면 남궁가의 십 년 후는 지금과 비교도 할 수 없을 정도로 흥할 터였다. 거대 문파인 구파일방과도 어깨를 나란히 견줄 수 있을지 모른다.

남궁호가 말했다.

"천간을 보니 향후 십 년 간 소림에는 정(丁)이 들고 당가는 계(癸)를 향해 있더구나. 그 같은 아이를 데려갈 수 있다면 소길(小吉)이나 대길(大吉)의 운이 들어야 마땅하거늘 어찌 흉이 끼어 있겠느냐. 더구나 그 아이의 운 역시 양쪽 문파에 닿아 있지 않다."

"그 말씀은……."

남궁호는 제왕검형을 대성한 이후 천기를 읽을 수 있게 되었다.

"천기란 변할 수도 있으니 장담할 수 없는 문제이나, 현재로써는 소림이나 당가에서 그 아이를 취할 수 없다는 뜻이다."

남궁운은 가주라는 직책도 잊고 아이처럼 기뻐할 뻔했다. 그래도 아직은 조심스럽다.

"하나 명색이 아이는 독선의 진전을 잇고 있는 중입니다. 본가에서 끼어든다면 남의 이목도 이목이지만, 당가에서 가만히 두고 볼지 모르겠습니다."

"그래서 내가 천운이 닿았다 한 것이다."

남궁호가 소매에서 작은 옥패 하나를 꺼내들었다. 남궁운의 눈이 휘둥그레졌다.

"이게 무엇인지 알아보겠느냐."

"그것은!"

당가비패!

당가에서는 반드시 이 패를 지닌 자의 부탁을 한 가지는 들어 주어야 한다.

"그것이 어찌 백부님의 손에……."

"오래전 일이다. 내 아무것도 모르던 젊은 시절에 못된 중과 너구리같은 놈, 그 두 놈에게 속아 크게 가산을 탕진했다.

당시의 남궁가는 집과 땅문서를 모두 남에게 저당 잡힌 채 곤궁한 생활을 해야 했다."

남궁운은 그저 가만히 듣기만 했다.

남궁호가 헛웃음을 지으며 말했다.

"아직도 잊히지가 않는구나. 어린 네게 젖을 먹여야 하는데 제수씨가 밥을 제대로 먹지 못해 젖이 나오지 않았던 그 가난하던 때가……."

사실 한 지역의 패자로 군림하던 전통의 가문이 그렇게 쉽게 가난해진다는 건 말도 안 되는 얘기다. 그러나 남궁호가 말한 것처럼 그때의 남궁세가는 그렇게나 궁핍했다. 너무 가난해서 하루 한 끼를 먹는 것도 겨우였다.

남궁호는 무공 수련을 하느라 거의 집안을 돌보지 않았고 지금은 고인이 된 동생이 돈을 벌어 살림을 꾸려왔다. 몇 년도 더 지난 뒤 문각이 찾아와 남궁가의 집문서와 땅문서를 돌려줄 때까지 남궁가는 극도의 빈곤한 생활을 해야만 했다.

남궁호가 가주 자리를 동생에게 넘겨준 것도 어쩌면 당연한 일인지도 몰랐다.

"집안을 위태롭게 한 그 일이 부끄러워 이제껏 누구에게도 말을 하지 못했다. 해서 이 패를 쓸 일도 없었지. 한데 이렇게 기회가 찾아오는구나! 이것이 있다면 당사등, 놈도 어찌할 수 없을 것이다."

남궁운은 남궁호가 말한 못된 중과 너구리같은 놈이 누구인지 알 것 같았다.
"남의 이목은 신경 쓸 것 없다. 강호에서는 강한 자가 승자가 아니요, 살아남는 자가 승자다. 소문은 십 년을 못 가지만 인재는 백 년을 가는 게다."
"백부님 말씀이 백 번 옳습니다."
때마침 당가에서 방법까지 일러주지 않았는가.
혼인.
대대로 남궁가의 자손들은 외모가 빼어나기로 유명하다. 남아들은 영준하고 여아들은 미색이 곱다. 당가의 여아도 미모가 뛰어나다 하나 남궁가의 여식들도 그에 결코 뒤떨어지지 않는다.
평소였다면 여자아이를 소림으로 데려간다는 것도 쉬운 일은 아니나, 지금 소림에는 수많은 사람들이 구호의 손길을 뻗고 있다. 큰 사고를 겪은 소림을 돕기 위해 인력을 파견하는 일이니 명분도 충분하다.
"너는 남들 보기 그럴싸하게 물품들을 준비하거라. 그래도 겉보기로는 소림에 구호품을 전달하기 위해 방문하는 것이니 말이다."
"알겠습니다. 하면……, 생각해 두신 아이가 있는지요."
"내 볼 땐 지아라면 좋을 것 같으나, 네 생각은 어떤지 모르겠구나."
"예?"

남궁호가 생각한 아이치고는 뜻밖이다.
"왜? 지아로는 부족할 것 같으냐."
"아, 아닙니다. 그건 아닙니다만……."
나이가 어려 그렇지, 단순히 외모로만 따져도 남궁지는 장차 절색으로 불릴 만한 아이다. 다만 장건을 포섭하기에는 무언가 부족한 것이 사실이다.
남궁호가 껄껄 웃었다.
"걱정 말거라. 지아의 천기가 거성에 닿아 있느니라. 장건이란 아이의 기운이 너무 강해 지아의 기운이 아니면 아이를 다스릴 수 없다."
장건이란 아이가 그 정도까지였던가!
하나 반대로 남궁운은 기분이 좋아진다. 천하를 종횡할 고수가 되려면 그 정도의 기운은 가지고 있어야 당연한 일이 아니겠는가 말이다.
"제가 백부님의 깊은 뜻을 어찌 헤아릴 수 있겠습니까. 분부하신 대로 준비하겠습니다."
남궁운이 곧 자리를 떠났다.
남궁호는 매화 가지 손질을 끝내고 새벽하늘을 올려다보았다.
츠츳.
갑자기 따스한 기운이 사방을 맴돈다. 그것은 한없이 부드러우면서도 무거운 기운이다. 주위를 감싸고 있으나 압박하지는 않는 그런 묘한 기운이다.

제왕검형!

주변의 모든 사물을 다스리는 제왕의 검!

정원에 가득한 풀과 나무들이 푸르륵 몸을 떠는 듯하다. 남궁호의 기운에 반응하는 것이다.

홍오의 얼굴이 떠오르고 당사등의 얼굴이 떠오른다.

남궁호는 소매 단에 오랫동안 넣어둔 당가비패를 만지작거렸다. 옥패 끝에 달린 수실이 만져질 때마다 분노가 날실처럼 펼쳐진다.

이것을 받을 당시만 해도 단박에 으스러뜨릴까 하고 몇 번을 고민하던 일이 생각난다. 하나 지금 같은 상황이 오니 그러지 않은 것이 천만다행이었다.

남궁호의 눈빛이 서늘해졌다.

남궁가로 서한을 보낸 자는 분명 이러한 사실을 몰랐을 것이다. 그래서 남궁호는 더욱 이것이 기회라 생각했다.

"소림의 계율원주라 했던가? 무슨 의도로 본가를 끌어들이려 했는지는 모르겠으나, 여우 대신 호랑이를 끌어들인 것을 후회하지나 않았으면 좋겠군."

눈가는 서늘하나 입가에는 미소가 그어진다. 얼마나 이런 기회를, 명분을 기다려 왔었는지 모른다. 소림과 당가에서 서로 탐내는 아이. 그런 아이를 가로챈다면 얼마나 통쾌하겠는가!

*　　　*　　　*

당예는 당사등의 부름을 받고 달려갔다.

당사등과 당유원이 함께 자리에 있었는데 둘 다 표정이 좋지 않았다.

"무슨 일이세요?"

당유원이 다짜고짜 물었다.

"건이와는 어찌되었느냐."

당예는 당유원의 말투가 다급하다는 걸 알고 사실대로 말했다.

"벌써 독을 다루는 기본은 다 익힌 상태예요."

"뭐? 가르친 지 며칠이나 되었다고……."

당유원이 믿을 수 없다는 얼굴로 당예를 보다가 고개를 털었다.

"아니, 지금 급한 것은 그게 아니다."

당예는 의문이 담긴 눈으로 당유원을 보며 말했다.

"제가 볼 땐……, 본가로 오는 걸 불만스러워하는 듯했어요. 마치 저뿐 아니라 혼인 자체를 싫어하는 것처럼요. 그래서 본가의 무공을 배우지 않겠다고 하는 걸 제가 겨우 달랬어요. 지금은 자기가 배우는 게 천지원양공인지 모르고 있어요."

당유원은 그 말을 듣고 인상을 썼다.

당예가 조심스레 물었다.

"무슨 일이라도 있나요? 두 분 표정이 좋아 보이지 않아요."
당유원이 인상을 풀지 않고 대답했다.
"남궁가에서 나섰다."
"예?"
"검왕이 직접 소림행을 준비하고 있다 한다. 소림에 구호물자를 전달한다는 명목으로 남궁가에서 약재와 생필품을 사들이고 있는 것이 포착되었다."
"아······."
당예도 왜 당유원과 당사등의 표정이 좋지 않은지 알았다.
"청성일검 어르신처럼 건이를 노리고 오는 건가요? 여긴 소림이고 게다가 본가에서 와 있는 걸 알면서도요?"
장건이 당가와 관계가 있고, 또 당사등이 자리를 지키고 있음에도 검왕이 움직인 것은 조금은 이해할 수 없는 일이었다.
당유원이 흥분해서 말했다.
"그뿐인 줄 아느냐? 남궁지라는 여아까지 소림으로 데려온다 한다. 후기지수도 아니고 그 어린 여자아이를 소림까지 데려오는 이유가 뭐겠느냐?"
"설마······."
당예가 당사등을 보자 당사등이 씁쓸한 미소를 지었다.
"네 생각이 맞다. 남궁가에서 건이를 노리고 있는 게다."
"어떻게 그럴 수가 있죠? 건이는 이미 큰할아버님의 진전을 이었고 반은 본가의 사람이나 마찬가진데······."

당유원이 얼굴을 찡그렸다.
"우리 사정을 어느 정도 파악한 모양이다. 자신들이 끼어들 틈이 있다 결론을 내린 거지. 그렇지 않고서야 검왕이 직접 움직일 리 있겠느냐."
"하지만 엄연히 큰할아버님이 여기 계신데 어떻게 대놓고 본가와 척을 지려는 거죠?"
당사등이 길게 한숨을 내쉬며 말했다.
"다른 친구들이 아니라 남궁가……, 그리고 검왕이라면 그럴 수도 있다."
"그게 무슨 말씀이세요?"
"검왕 남궁호, 내가 예전에 그 친구에게 몹쓸 짓을 한 적이 있기 때문이다."
"크, 큰할아버님께서요?"
"과거에, 남궁호는 홍오에게 크게 골탕을 먹은 적이 있었다. 난 홍오에게 빚진 것이 있어 그것을 받아내기 위해서라도 억지로 홍오의 계획에 동참할 수밖에 없었지."
"그렇더라도 본가의 진전을 이은 아이를 데려갈 수는 없잖아요."
당사등이 고개를 저었다.
"당시 내가 그에게 사죄하며 그에게 비패를 주었다."
당예는 머리를 한 대 맞은 것 같았다.
당가비패!

그것을 내놓는다면 당사등은 반드시 한 가지 소원을 들어주어야 한다.

"검왕의 움직임을 보아하니 이미 우리 사정을 눈치챈 것이 분명하다."

"그럴 수가……."

당유원이 멍한 당예의 어깨를 붙들고 흔들었다.

"이제 알겠느냐? 네가 그놈을 빠른 시일 내에 우리 사람으로 만들지 못하면 우리는 뻔히 눈 뜨고 그놈을 뺏길지도 모른단 말이다."

당예는 곤혹스러웠다.

아직까지 장건의 마음을 붙들었다고 장담할 수도 없는 상황이 아닌가!

당사등이 당예에게 말했다.

"예야."

"예. 큰할아버지."

"지금 상황에서 가장 최선은 네가 그 아이를 완전히 우리 사람으로 만들어 혼인 서약을 받아내는 것이다. 아무리 검왕이라도 가문의 여식을 첩으로 보내고 싶지는 않을 테니까."

당예는 결의어린 얼굴로 대답했다.

"꼭 그리 되도록 만들겠어요."

"그래. 널 믿는다. 생각보다 시간이 많지 않다는 걸 명심하렴."

당사등이 굳은 얼굴로 당예의 어깨를 두드렸다.
당유원이 한마디 했다.
"상당한 재산을 쏟아 부은 만큼 네 손에 본가의 명운이 걸려 있다. 수단 방법을 가리지 말도록 해라."
"물론이에요."
대답은 그렇게 했으나 당예는 속으로 한숨을 내쉬었다.
일단 시간은 벌었으나 장건의 태도를 생각하니 갑갑해서다. 그나마 계속 독공을 가르쳐 준다고 둘러대며 붙잡은 것은 정말 다행이었다.
당예는 입술을 꾹 깨물었다.
'무슨 방법을 써서라도 본가의 사람으로 만들고 말겠어. 반드시!'

* * *

아침부터 눈이 왔다.
장건은 아침 내내 혼자서 덩그러니 머물던 숙소를 정리하고, 앞마당과 주변의 눈을 쓸었다.
"곧 새해구나. 이제 정말 2년밖에 남지 않았어."
장건은 다사다난했던 한해의 일을 생각하며 몸서리를 쳤다.
그래도 지금은 잘 정리된 것 같아서 다행이었다. 특히 독공을 배우러 당가까지 가지 않아도 된다는 건 더 다행스러운 일이었다.

 장건은 후우 하고 입김을 내뱉은 후 즐겁게 눈을 쓸었다.

 오늘은 드디어 친구들을 만나는 날이었다.

 사실 중독 증상이 많이 완화되어 대면이 가능하다고 한 건 그제부터였다.

 하지만 장건은 친구들을 볼 면목이 없어 망설이고 있었다. 자기 때문에 중독되었다는 걸 알고 너무 미안해서였다.

 밤새 고민을 하던 장건은 더더욱 사과를 하기 위해 찾아가야 한다고 결심을 내렸다. 이유야 어쨌든 간에 친구들이 너무 보고 싶었다. 7년 만에 처음 사귄 친구들이었다.

 장건은 주변을 깨끗하게 쓴 후, 준비를 하고 금강법당으로 향했다.

 '애들이 날 어떻게 생각할까?'

 화를 내고 욕을 할까봐 걱정이 된다. 자기가 저지른 일이니 자신이 책임져야 하는 일일 테지만 그래도 떨리는 건 어쩔 수 없었다.

 외원의 서쪽에 있는 금강법당은 본래 불공을 드리는 곳이었으나 지금은 환자들의 병실로 쓰이고 있었다.

 금강법당 안쪽의 불전에는 급조된 병상들이 수십 개나 좌우로 늘어서 있었다. 병상이라고 해봐야 이불을 바닥에 깔아놓은 것뿐이지만, 그것조차 없어 소림의 제자들은 거적이나 짚 위에 누워 있기도 했다.

장건은 조심스럽게 합장을 하며 불전 안으로 들어섰다.

'어디 있지?'

워낙 많은 환자들이 있어서 그 사람이 다 그 사람인 것 같았다. 속가 제자뿐 아니라 일반인들도 함께 있으니 찾기가 어려웠다.

"어?"

장건이 안법으로 친구들을 찾으려 하는데 거적때기에서 뒹굴던 소왕무가 먼저 장건을 발견했다.

"건이 아냐?"

그 말에 속가 제자 아이들이 모두 몸을 일으켰다. 장건의 바로 곁에서 중독이 된 아이들은 피해도 제일 심했다. 오히려 그게 전화위복이 되어 가장 먼저 처방을 받을 수 있었다.

때문에 속가 아이들은 증세가 많이 호전된 상태였다. 아직 뛰어다닐 수 있을 정도는 아니었지만 그래도 일어서서 움직일 정도는 되었다.

"건아!"

아이들이 장건을 불렀다.

장건은 아이들을 도대체 어떻게 봐야 할까 하고 있다가 마음의 준비도 하지 못한 채 그들을 보았다.

아이들이 우르르 장건에게 몰려왔다.

장건은 눈을 꼭 감았다.

장건이 모기만큼 조그마한 소리로 '미안해'라고 중얼거리는 찰나.
"우와아."
"네가 정말 그랬어?"
"정말 너야? 너 맞아?"
아이들은 들뜬 얼굴로 마구 소리를 질러대고 있었다.
"응."
장건이 놀라서 눈을 떴다.
"비켜비켜."
소왕무가 아이들을 제치고 앞으로 나와 장건의 움츠린 어깨를 와락 붙들었다. 소왕무는 눈가가 퉁퉁 부어서 두꺼비 같은 얼굴이었다. 장건은 소왕무의 얼굴을 보니 가슴이 아파왔다.
미안하단 소리가 절로 나온다.
"미안해."
소왕무는 다른 아이들보다 더 커다란 소리로 장건의 어깨를 흔들었다.
"미안하긴 뭐가 미안해? 정말 네가 맞아? 너 맞는 거야?"
"응."
"독선의 독을 이겨내고 청성일검의 검을 막았다면서?"
"막아낸 건 아니고……, 등에 맞긴 했어."
"우와아!"
아이들이 입을 쩍 벌리며 환호성을 질렀다.
대팔이 소왕무를 밀치며 장건의 앞으로 나왔다.

"어디 좀 보여줘."

장건은 얼떨결에 상의를 벗고 등을 보여주었다. 긴 칼자국의 흔적이 등에 남아 있었다.

"우와아아아아!"

아이들의 탄성이 불전을 흔들 정도로 크게 울렸다.

"거짓말이 아니었어!"

다들 흥분해서 난리가 아니었다. 일부 아이들은 고름을 질질 흘리는 것도 모르고 손뼉을 쳐댔다.

속가 제자 아이들에게 우내십존은 다른 세계에 사는 존재들이었다. 하다못해 무자배 항렬의 사형들만 해도 하늘처럼 보이고, 원자배는 신처럼 보인다.

그런데 강호에서 이름만 대면 누구라도 아는 일류 고수도 아니고, 그보다도 더 높은, 상대한다는 것조차 영광인 초고수들을 장건은 맞상대했다. 한 번 가르침을 받은 것도 아니고 정면으로 부딪쳐 멀쩡히 살아난 것이다.

그러니 아이들의 환호는 당연한 일이다.

"얘기 좀 해줘."

"어떻게 한 거야?"

아이들이 소란스러워지자, 다른 병상에 있던 환자들은 눈살을 찌푸렸다.

머리에 흰 건을 두르고 환자들을 살피던 원자배의 승려 한 명이 아이들을 꾸짖었다.

"이곳에는 너희들만 있는 게 아니니 조용히 하거라."
하지만 소용이 없었다.
오히려 소왕무는 장건의 등을 떠밀며 승려에게 보란 듯 소리쳤다.
"사백님! 얘가 장건이에요. 장건이라구요!"
"조용히 하라 했지 않으냐!"
"아무도 못 막는다던 청성일검의 일검을 받아냈다는 애가 바로 얘라구요!"
원자배 승려가 인상을 쓰며 언성을 높였다.
"청성일검 어르신이 네 친구냐? 알았으니까 조용히……."
그러나 승려는 말을 끝까지 맺지 못했다.
"뭐? 정말 이 애가?"
"네! 그렇다니까요."
원자배 승려는 장건을 직접 본 적이 없었다.
워낙 많은 이야기가 따라다녀 어떤 아인가 했더니 의외로 평범한 아이였다.
키도 큰 편이 아니고 소왕무나 대팔보다 덩치도 훨씬 작았다. 전체적으로 말라서 야위어 보인다.
그렇다고 강해 보이지도 않고 어딘가 눈에 띄게 특이한 점도 없었다. 아니, 굳이 말하자면 서 있는 게 어딘가 어색하다 하는 정도는 특이했다.
그것만 빼면 그냥 길을 가다 볼 수 있는 그런 아이였다. 호목(虎目)에 용미(龍眉)를 가진 절세의 무골하고는 거리가 멀었다.

원자배 승려가 장건을 찬찬히 뜯어보고 있는데, 독 때문에 얼굴이 거무스름해져 곤륜노(崑崙奴)처럼 보이는 대팔이 갑자기 장건의 어깨동무를 하며 외쳤다.

"제 친구예요!"

뒤에 있던 소왕무가 대팔을 발로 밀었다.

"억!"

대팔이 앞으로 데구루루 굴렀다. 소왕무가 가슴을 펴고 자랑스럽게 말했다.

"이놈이 아니고 제 친구예요."

벌떡 일어난 대팔이 소왕무의 정강이를 걷어찼다.

빡.

"윽!"

"이 자식이! 무슨 억하심정으로 건이와 내 사이를 갈라놓으려는 거냐?"

"넌 좀 빠져 있어. 사이는 무슨 사이. 건이 친구는 나밖에 없어. 알겠냐?"

"에이 씨……."

욕을 하려던 대팔은 원자배와 다른 환자들의 시선을 느끼고 입을 다물었다.

"나중에 보자. 넌 뒈졌어."

일반 환자들도 수군거리기 시작했다.

강호에 관심이 없는 사람들이라 하더라도 우내십존이란 거물과 엮인 장건의 이야기는 유명했다.

소왕무가 장건을 붙들고 물었다.

"너, 그런데 그거 진짜냐?"

"응? 뭐가?"

"당가의 데릴사위로 들어간다는 거."

"아니, 안 그러기로 했어."

"정말?"

대팔이 갸웃거리며 말했다.

"나 같으면 좋아서 가겠다. 독공을 배우는 거잖아. 그것도 천하제일의 고수에게."

소왕무가 대팔의 목을 휘감았다.

"임마, 건이가 너랑 똑같냐? 건이가 뭐가 아쉬워서 당가로 가. 소림에 남아서 비급을 익히고 소림의 고수가 되어야지."

"그런가? 하지만 독공을 배웠으면 무조건 당가에 가야 되는 거 아닌가."

"아니지. 원래는 당가로 들어가지 않으면 독공을 안 가르쳐 주는 거지."

"그게 그거잖아."

"좀 달라, 임마. 선후가 엄연히 다른데, 그건 당가에서 막 우기는 거라고. 진짜 왜 사백님들이 가만히 있는지 모르겠다니까."
 눈치 빠른 소왕무는 벌써 앞뒤 정황과 들려온 소문만으로 어느 정도 예측을 하고 있었다. 하지만 다른 아이들은 잘 모르는 얼굴이다. 덕분에 이런 저런 얘기가 오가고 금세 소란스러워졌다.
 아이들이 자리로 돌아가지 않고 몰려서 떠들고만 있자, 원자배 승려가 아이들의 등을 떠밀었다.
 "자, 소란들 피우지 말고 어서 자리로 돌아가라. 독이라는 게 안정을 취하지 않으면 금세 재발하기 마련이다."
 벌써 흥분해서 코피를 줄줄 흘리는 아이들도 있었다. 장건과 더 얘기를 하고 싶었던 아이들은 억지로 다시 자리로 가 누웠다.
 승려가 장건에게 물었다.
 "그런데 여긴 왜 온 거냐? 친구들 보러 온 거냐?"
 "아, 저도 뭔가 돕고 싶은데요. 할 일이 없을까요?"
 원자배 승려는 잠시 생각을 하며 여기저기를 둘러보았다.
 "방금 약도 다 나눠 주었고, 딱히 할 일은 없다만……. 그래. 면포나 좀 빨아오고 청소라도 좀 하면 되겠구나. 손이 모자라서 며칠간 청소도 못했어."
 "예."
 장건은 할 일이 생겼다는 게 좋아 기쁘게 대답했지만 소왕무와 속가 아이들은 '헉!' 하고 기겁을 했다.

"그것만은 제발!"
"청소는 안 돼요!"
원자배 승려가 창피한 얼굴로 아이들을 꾸짖었다.
"이 더러운 녀석들. 다른 분들 보기 부끄럽지도 않으냐? 소림의 제자가 청결을 마다하다니."
"그게 아니구요."
아이들의 얼굴에는 공포감 비슷한 것이 어렸다. 처음 장건을 만난 날의 악몽이 떠올랐다. 장건이 청소를 하면 어떻게 되는지 알고 있었다.
밤새 잠을 못 자 뒤척이고 온몸이 답답해지는 기분을 어떻게 설명한단 말인가!
한 번도 아니고 장건이 수시로 청소를 할 때마다 아이들은 잠을 못 자 뜬 눈으로 밤을 지새웠다. 결국 장건이 청소를 하겠다고 하기 전에 자신들이 나서서 하는 열의를 보였던 것이다.
대팔이 팔을 걷어붙였다.
"차라리 제가 할게요."
다른 아이들도 부산을 떨었다.
"저도요."
원자배 승려는 아이들의 태도가 너무 의아했다.
"이 녀석들이 갑자기 왜 이러지?"
장건이 웃으면서 말했다.

"걱정하지 마. 내가 최대한 쉬는 데 방해가 되지 않도록 할게. 너희들은 그냥 쉬고 있어."
"우리도 잘 할 수 있어!"
"아냐. 안정을 취해야 빨리 낫지. 걱정하지 마."
장건은 기운차게 준비를 했다.
"자, 그럼 일단 붕대랑 면포부터 빨아와 볼까."
장건은 친구들을 생각해서 하는 말이었지만, 아이들의 안색은 그와 반대로 회색으로 변해 갔다.

* * *

당예는 일부러 장건을 위해 도시락을 준비했다.
보통 향객들을 위한 절의 식사는 꽤 좋은 편이다. 고기가 없이 나물들로 이루어진 찬이라 해도 정갈하게 나와 맛이 좋다.
대참사가 난 지금도 워낙 구호물자가 많이 들어와 찬거리는 나쁘지 않다.
하지만 고기 한 점 없는 식사였다. 장건처럼 한참 먹고 클 나이에 풀과 잡곡밥만으로는 허기가 진다.
간혹 장건이 '아, 배고파'라고 중얼거리는 걸 들은 당예는 아침부터 눈길을 헤치고 마을에 내려가 여러 가지 찬을 준비해 왔다.
물론 승려들의 눈에 띄지 않게 고기도 준비해 왔다.

'이 정도면 좋아하겠지?'

스스로도 뿌듯하다. 이런 정성어린 도시락을 받고도 감동하지 않으면 사람도 아니라고 생각했다.

분명히 이 도시락이 장건과 한층 더 가까워지는 데 일조할 거라는 건 자명한 사실이었다.

옷도 당가의 무복이 아니라 평상복을 입었다. 궁장까지는 아니더라도 무복보다는 훨씬 여성스럽다.

그렇게 만반의 준비를 하고 당예는 점심시간보다 더 빨리 나와 내원의 문 앞에서 장건을 기다리고 있었다.

하지만 지금 도시락을 먹고 있는 건 장건이 아니라 다른 사람, 풍진이었다.

풍진은 동글동글 빚은 완자를 냠름 집어 입에 넣었다.

"이것 참 맛있구나. 그러잖아도 절밥이 순 풀떼기라 기름기가 땡기던 중인데. 이게 뭐라는 거냐?"

당예가 얼굴을 붉히며 대답했다.

"강남 일대에서 사자두(獅子頭)라고 부르는 고기 완자예요. 야채와 고기를 사다가 제가 직접 만들었어요. 물론 소림이 아니라 밖에서요."

"이제 보니 시집가면 남편에게 듬뿍 사랑을 받겠어. 암기술을 배워서 그런가, 손맛이 제법인걸? 양념으로 독을 넣은 건 아니지?"

"그, 그럴 리가 있나요."

그러나 공손한 대답과 당예의 속마음은 달랐다.

'건이에게 잘 보이려고 미끄러운 눈길에 마을까지 내려가서 사온 건데……. 아이, 씨! 대체 이 노인네는 왜 여기에 버티고 앉아서 남의 반합(飯哈)을 먹는 거야? 어디로 좀 안 가나? 이따 또 내려가서 사와야 되잖아.'

게다가 풍진이 맛있는 것만 쪽쪽 골라 먹고 있으니 더 얄미울 수밖에 없었다. 도사 주제에 야채는 쳐다보지도 않는다.

풍진은 먹을 만큼 먹고 나서 손을 놓았다.

"잘 먹었다. 설마하니 소림에서 고기를 먹을 줄은 몰랐구나. 그럼 난 이만 홍오 놈이나 괴롭히러 가야겠다."

풍진이 간다는 말에 당예는 뛸 듯이 기뻤다.

'간식거리로 사온 계단관병(鷄蛋灌餠)은 숨겨놓길 잘했지. 그것마저 먹어치웠으면 어쩔 뻔했어.'

원래 장건의 마음을 어떻게 풀어줄까 고민 끝에 준비한 것이 사자두였다.

소림에 오래 있었으니 고기를 먹지 못했을 테니 신경 써서 갈아 만든 요리다.

그리고 장건이 맛있게 사자두를 먹고 나면 숨겨두었던 계단관병을 주어 재차 감동을 줄 계획이었다.

비록 사자두는 풍진이 먹어치웠지만 계단관병은 따스한 품 안에 고이 품어져 있으니 그나마 다행이었다.

한데 풍진은 가려다 말고 깡마른 얼굴에 주름살을 잔뜩 만들며 코를 벌름거렸다.
"간만에 기름진 걸 먹었더니 느끼하구나. 이럴 때 매콤한 거라도 먹으면 좋을 텐데. 아아……, 그러고 보니 하남에도 명물 소흘(小吃; 간식)이 있다던데 먹어본 적이 없어. 납작한 전병에 푼 계란과 양념을 얹은 그……."
당예는 애써 표정을 유지하려 했지만 얼굴이 일그러지고 있었다.
'무공이 높아지면 개코가 되나! 무슨 도사가 개방 거지보다도 뻔뻔하게 식탐이 많담? 매콤한 거? 계단관병에 함랄장(咸辣醬) 양념을 해온 건 또 어떻게 알았어!'
기가 막혀서 몸이 다 부르르 떨렸다. 할 일 없는 풍진이 장건과 당예의 일거수일투족을 어지간하면 다 꿰고 있다는 걸 모르는 당예였다.
당예는 울상을 지었다.
그것마저 풍진을 줘 버리면 장건과 하루라도 빨리 친해져야 하는 자신의 계획은 첫날부터 물거품이다.
게다가 얇은 한지(漢紙)로 켜켜이 싼 계단관병을 일부러 품에 넣어 두었다.
장건도 아니고 이런 망할 돼지 같은 노도사에게 속살을 보여줄 수는 없는 노릇이다.
"킁킁."

풍진은 냄새를 맡다가 당예를 물끄러미 보았다. 계단관병이 어디에 들어 있는지 안 까닭이다.
풍진이 인상을 썼다.
"에잉, 됐다. 다른 건 몰라도 그건 먹으면 필히 탈이 나겠구나."
"네?"
"그것만큼은 내가 먹을 게 아닌가 보다."
"……"
풍진은 '흘흘' 하고 웃으면서 말했다.
"그건 그렇고 너도 이만 가봐라."
"가라니요?"
"네 서방은 아까 점심도 되기 전에 내원에서 나오더구나? 여기서 백날 지키고 있어봐야 소용이 없단 말이다."
당예는 기가 막혔다.
'이 노인네가 다 알면서 그랬던 거야?'
풍진은 '어험, 잘 먹었다' 라고 배를 내밀면서 가 버렸다.
"어휴! 내가 진짜 미쳐."
당예는 발을 동동 굴렀다. 섬살야차라 불리던 풍진이 무서울 줄만 알았는데 의외로 능구렁이 같은 노인이었던 것이다.

*   *   *

"그나저나 어디로 간 거야."

당예는 투덜거리면서 장건을 찾아 나섰다.

도시락은 풍진이 다 먹어치웠지만 간식이라도 전해 줘야 소기의 목적을 달성할 수 있을 것 같았다.

당예는 이 사람 저 사람에게 묻다가 장건이 금강법당으로 갔다는 걸 알고 그쪽으로 향했다. 금강법당은 그리 멀지 않은 곳에 있었지만 외원을 쭉 질러가야 한다.

소림의 외원에는 누워 있는 환자들의 가족과 약재를 실은 수레들이 끊임없이 오가고 있었다. 번잡한 시장골목을 연상케 할 정도다.

그곳에서 당예는 유독 조그만 여자아이 한 명이 눈에 들어왔다. 또래, 혹은 그보다 조금 더 어려보이는 아이다.

머리는 헝클어지고 옷은 더러운데다 얼굴도 흙먼지가 잔뜩 묻어 언뜻 거지아이처럼 보이지만 자세히 보면 옷감이 고급이라는 걸 알 수 있었다.

그렇게 행색이 구차함에도 외모를 숨길 수 없다. 예쁘장하니 귀여운 아이다. 사람들의 시선을 은근히 끌고 있다.

여자아이는 시골에서 갓 상경한 촌뜨기처럼 사방을 두리번거리다가 당예와 눈이 마주쳤다.

'저런 아이가 혼자 다니다니. 가족이라도 찾아온 건가?'

당예는 그냥 가고 싶었는데 여자아이가 당예에게 다가왔다.

"저기요……."

당예가 무복이 아니라 평상복을 입고 있는데다 근처에 여자라고는 당예밖에 없으니 아무래도 묻기가 편한 것 같았다. 아무래도 대부분의 남자들 눈초리가 이상한 까닭이다.

"무슨 일이죠?"

여자아이는 잠시 망설이다가 물었다.

"여기 속가 제자 중에 장건이라고, 걔 만나려면 어디로 가야 해요?"

당예의 머리에는 그 짧은 시간에 수십 가지의 생각이 교차했다.

곧 정신을 차린 당예가 물었다.

"어디 있는지는 아는데……."

그 말이 끝나기가 무섭게 여자아이가 반색했다.

"정말요? 우와아! 다행이다아."

여자아이가 좋아하는 것과는 반대로 당예는 불안해졌다.

당예는 여자아이의 흥분이 가라앉기를 기다려 물었다.

"그런데 무슨 관계죠?"

"아차차."

당예의 물음에 여자아이가 씩씩하게 대답했다.

"저는 건 오라버니의 첫 번째 부인되는 사람이에요."

여자아이는 '첫 번째'라는 말을 유독 강조했다.

당예는 머리를 한 대 얻어맞은 것 같았다.

남궁가에서 검왕이 여자아이를 데려온다 들었던 게 어제였다. 그런데 무슨 부인이라고 주장하는 여자아이가 돌연 나타난 것이다.
 당예는 소리치고 싶었다.
 '넌 또 뭐야!'
 그 여자아이는 두말할 것도 없이 제갈영이었다.

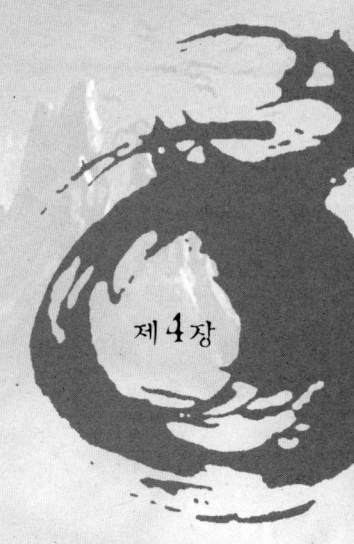

제4장

굉운의 의도

 당예는 꽤 고민을 했다.
 '혼인이 어쩌구 하던 게 설마 이 애 때문이었어? 정혼자가 있었던 거야?'
 만일 이 여자아이의 말이 사실이라면 사태가 걷잡을 수 없이 복잡해진다. 당가뿐 아니라 남궁가도 헛걸음을 하는 꼴이 될 것이다.
 그렇다고 정실이 엄연히 있는데 첩이 될 수도 없다. 정실은 가문끼리의 결합이라는 의미가 있으나 첩은 남자가 개인적으로 맞아들이는 것으로 가문 간에는 아무런 의미가 없다.
 첩을 맞는 것은 장인과 사위라는 엄연한 수직적 관계가 아니라 일종의 지참금이 오가는 거래 정도의 수준이다. 일단 첩으로 들이고 나면 가문에서는 여아를 버리는 셈이나 마찬가지였다.
 '도대체 일이 어떻게 이렇게나 꼬일 수가 있지?'
 당예는 정신이 다 혼미해질 지경이었다.
 그러나 청성일검 풍진의 앞에서조차 할 말을 내뱉을 정도로 당예는 당찬 아이다. 너무 큰 충격을 받아 잠시 멍하긴 했으나 이내 정신을 차렸다.
 '부친이 무슨 상인이라고 했으니 어렸을 때부터 정혼자를 정해 두었는지도 몰라. 하지만 어지간한 일반 가문의 여자 아이라면 무력을 써서라도 파혼을 시킬 수……'
 자세히 보니 그때까지 보지 못했던 것이 눈에 띄었다.
 흙먼지로 더러워진 청록색의 옷, 아직 덜 성숙한 가슴 한쪽에 수놓아진 와룡의 문장이 힐끗 보인다.
 같은 팔대 세가 중의 한 곳인데 몰라볼 리 없다.
 "제갈가!"
 당예의 외마디 외침에 여자아이, 제갈영이 눈을 동그랗게 떴다.
 "어? 맞아요. 저 거기서 왔어요."
 당예는 좋아서 외친 게 아니었다. 너무 황당해서 자기도 모르게 외친 것이다.
 '제갈가에서도 노리고 있었단 말야? 아니, 하지만 언제 정

혼을······.'

정신을 채 수습하기도 전에 당예는 묻고 말았다.

"언제 혼인했어요?"

제갈영은 약간 허둥대며 대답했다.

"아, 지금은 아니지만, 곧 할 거예요."

거기서 조금이나마 기운을 얻은 당예가 다시 물었다.

"그게 무슨 말이에요? 가문끼리 약조가 된 건 확실해요?"

"그건 아니······."

거기까지 말하던 제갈영은 입을 다물었다. 아까부터 눈앞의 여자가 이리저리 묻는 게 거슬렸다. 단순히 궁금해서 묻는 투가 아니었다. 어떻게든 꼬치꼬치 캐묻는 것이 뭔가 이상하다.

제갈영이 가만히 당예를 보다가 물었다.

"당가?"

당예는 대답 대신 제갈영을 마주 보았다. 그것만으로도 충분한 대답이 되었다.

제갈영의 표정이 급변했다.

"야!"

당예가 흠칫했다.

제갈영이 갑자기 팔을 걷어 부치면서 이를 간다.

당가의 여아가 장건과 혼인을 한다는 얘기 때문에 제갈영은 가출을 했다. 가진 돈을 탈탈 털어 배를 타고, 마차를 탔다.

진법을 배울 정도로 머리는 좋은 아이였다. 출발 전에 지도를 보고 지름길과 걸리는 시간을 계산해서 하루 열두 시진을 모두 이동에 투자했다. 잠자는 시간도 배나 마차 안을 이용하고 남는 시간에는 무조건 뛰고 걸었다.

　제갈가에서 미처 뒤를 쫓지도 못할 정도로 놀랍도록 빠른 이동이었다. 하나 그 와중에 갖은 고생을 다 한 터라 당예를 보는 눈빛이 좋을 리 없었다.

　"이게 어쩐지 수상하다 했더니, 니가 남의 서방을 가로채려는 못된 계집애였구나?"

　"나, 남의 서방을 가로채?"

　"흥! 첩 주제에 어디 대꾸를 하는 거야? 빨리 서방님에게 안내하지 못해?"

　당예는 기가 막혔다. 모욕을 받는 것에는 익숙하지 않다.

　당예의 눈에 매서운 기운이 어렸다.

　"이 쪼그만 게 어디서 함부로 입을 놀려?"

　소림만 아니었으면, 팔대세가 중의 한 곳인 제갈가의 아이가 아니었으면, 당예는 손부터 날렸을지도 몰랐다.

　당예와 장건이 동갑이니 제갈영이 두 살 어리다. 다 큰 성년도 아니고 십대에 두 살이면 성장차가 꽤 난다. 당예가 갓 아이의 티를 벗고 여인이 되어가는 중이라면 제갈영은 아직 귀여운 아이처럼 보였다.

　제갈영이 이를 악물었다.

　무공에 있어서라면 당예가 우위지만 큰 차이는 아니다. 제갈영은 지지 않았다. 무엇보다 여기서 물러설 거면 죽을 고생을 하면서 오지도 않았을 것이다.

"쪼그만 거? 너 지금 나한테 그랬니? 눈은 쫙 찢어져 가지구 여우눈을 해서 본처에게 대들어? 내가 나중에 서방님에게 다 일러 버릴 거야! 그럼 너처럼 못된 첩은 대번에 쫓겨날걸."

순간 당예는 겁이 덜컥 났다.

'지금도 사이가 좋지 않은데 쫓겨난다면……'

하지만 그런 고민을 왜 해야 하는지 깨닫고는 스스로 자괴감에 빠졌다.

"그건 내가 정말 첩일 때의 얘기잖아."

"너 첩 맞잖아."

"그럼 넌 정말 건이의 부인이야? 혼인도 하지 않았다면서?"

"혼인은 안 했지만……"

"안 했지만."

"그러니까 그게……"

제갈영이 우물거리며 대답을 못하자 당예는 이상한 낌새를 알아챘다.

"좋아. 네 말이 맞는지 아닌지 장 소협에게 가보면 알겠지. 따라와."

제갈영은 볼을 부풀리고 입술을 꼭 다물었다.

드디어 장건을 만나러 가는 것이다.

"잠깐만."

"또 뭐지?"

"일단 좀 씻고."

당예가 말릴 틈도 없이 제갈영은 눈에 보이는 근처의 우물가로 뛰어갔다. 그래도 뭐가 중요한지는 알고 있었다. 조금이라도 예쁘게 보여야만 한다.

그 모습을 쳐다보는 당예도 불안하기는 마찬가지였다.

'어디서 이런 잡것이 본가의 행사에 끼어들었담?'

　　　　*　　　*　　　*

"으으으……."

속가 제자 아이들은 하얗게 안색이 질렸다.

"숨을 못 쉬겠어."

답답해서 몸을 벅벅 긁어대는 바람에 붉은 자국이 선명하게 드러난 아이들도 있었다.

속가 제자 아이들뿐만이 아니었다. 일반 환자들도 알 수 없는 답답한 기운에 끙끙대고 있었다.

원자배 승려는 황당해서 말을 하지 못했다.

장건의 청소하는 모습이 동에 번쩍, 서에 번쩍 하는 것도 희한한데 장건이 청소를 하고 지나갈 때마다 점점 답답해진다.

"허어."

원자배 승려는 장건이 빨아 온 면포들을 보았다. 언제 그걸

다 빨고 말렸는지 차곡차곡 개어 쌓아둔 면포와 이불은 새하얗게 윤기가 나고 광이 난다.

"이게 무슨……."

속가 제자 아이들이 아우성을 쳤다.

"건아, 제발 좀 살려주라!"

장건은 청소에 여념이 없다. 장건은 친구들이 장난친다고만 생각했다.

"환자의 주변은 청결해야지. 열심히 하고 있으니까 조금만 참아. 거의 다 끝났어."

장건의 입장에서는 친구들을 위해 최선을 다하는 것이었다. 조금이라도 더 깨끗하게 청소를 해 깨끗한 환경에서 빨리 낫도록 하고 싶었다.

"으아아!"

장건이 청소를 마쳐갈수록 아이들의 아우성은 점점 더 심해졌다.

당예와 제갈영은 어색한 분위기 속에서 금강 법당을 향해 걷고 있었다. 더러워도 예쁘장했던 제갈영은 대강 얼굴과 팔다리를 씻고 준비해 온 새 옷을 갈아입은 것만으로도 눈에 띄게 빛이 났다.

당예는 이를 더 악물 수밖에 없었다.

그렇게 어느 정도 걸어 금강 법당에 거의 도달했을 때, 당예는 뭔가 이상하다는 걸 알았다.
"아이고……."
"제발……."
금강 법당 안에서 괴상한 신음소리, 마치 악귀의 울음소리 비슷한 것이 들려오고 있었던 것이다.
"뭐지?"
오싹한 기분이 절로 드는 소리들이었다.
당예는 급히 몸을 날렸다. 뒤이어 제갈영 역시 같은 소리를 들은 듯 경공을 사용해 따라 뛰었다.
당예와 제갈영은 거의 동시에 불전 안으로 들어섰다.

벽을 닦고 있던 장건이 갑작스런 인기척에 입구를 보았다.
"어?"
장건은 깜짝 놀랐다.
당예는 그렇다치더라도 생각지도 못한 제갈영까지 거기에 있었다.
"으으, 으으으……, 응?"
소왕무는 몸을 벅벅 긁고 있다가 묘한 분위기를 깨닫고 긁기를 멈췄다. 자연스레 속가 제자 아이들과 환자들의 눈이 장건과 두 여자아이를 향했다.
속가 제자 아이들은 일전에 제갈영을 먼발치에서 본 적이 있었다.

"제갈가의 그 여자애잖아?"
"귀, 귀엽다."
소왕무와 대팔을 비롯한 아이들은 이어 당예를 보고 눈을 크게 떴다.
"당가 애다."
"우와! 예쁘다······."
어느 샌가 아이들은 답답함을 잊고 입을 다물지 못했다.
"설마······, 쟤가 장건하고 혼인한다는 애인가?"
소왕무가 마른침을 꿀꺽 삼켰다.
"저런 애랑 살 수 있으면 데릴사위 해도 되겠다."
대팔이 소왕무에게 베개를 던졌다.
"이 새끼. 아까는 안 한다며?"
"누가 저렇게 예쁜지 알았냐? 내가 본 여자 중에 제일 예쁘다."
"예쁘긴 예쁘네."
"그 옆에 있는 애도 우라지게 귀엽다. 둘 다 우라지게 미녀다."
"아, 이놈 말하는 거 봐라. 입에 걸레를 물었나? 그런 말은 미인에 대한 예의가 아니지."
소왕무가 참지 못하고 다시 혼잣말을 했다.
"그런데 저 여자애들이 왜 여기에 온 거지?"
"낸들 아냐."

다른 아이들이 소왕무와 대팔을 구박했다.
"가만 있어봐. 쟤들 얘기하잖아!"
"쩝."
아이들은 자연스레 입을 다물고 장건과 두 여자아이를 지켜보게 되었다.
그리고 돌연.
제갈영이 장건에게 뛰어들었다.
"서방님—! 으앙!"
"……."
"헉."
속가 제자 아이들의 입이 쩍 벌어졌다. 당예도 제갈영이 그렇게까지 할 줄은 몰랐던 터라 당황했다.
장건도 당황한 건 마찬가지였다.
장건은 용조수의 수법으로 달려드는 제갈영을 부드럽게 잡아 세웠다.
한 번에 품까지 뛰어들려던 제갈영의 의도는 실패했지만, 그래도 장건은 제갈영의 어깨를 잡아 주고 있었다.
장건은 '서방님'이란 말에 얼떨떨했지만 반갑기 그지없었다. 못 본 사이에 제갈영은 더 귀여워진 것 같다.
"이번에도 할아버지랑 같이 온 거야?"
제갈영은 훌쩍훌쩍 울면서 고개를 저었다. 그러다가 표독한 눈으로 장건을 째려보았다.

"나쁜 놈."

제갈영이 갑자기 장건의 따귀를 쳤다.

예전이라 해도 제갈영은 장건을 건드릴 수조차 없었다. 장건도 그것을 알았다.

순간 제갈영의 손이 천리삼수의 금나수법인가 생각했지만 그게 아니었다. 무공도 아니고 그냥 단순히 팔을 휘두르는 것뿐이었다.

그냥 쓱 피하면 되는데 이상하게도 피하면 안 될 것 같은 생각이 들었다. 안 피하면 맞아서 아픈 게 확실한데, 피하면 왠지 제갈영이 싫어할 것 같았다.

순전히 느낌이었다.

피하면 안 된다는.

철썩!

결국 장건은 제갈영의 손바닥에 뺨을 맞고 말았다.

"아."

때린 제갈영이 더 놀랐다.

"이 바보, 왜 안 피해!"

"그냥……."

장건이 머쓱하게 머리를 긁적이자 제갈영은 울먹거리며 장건을 쳐다보았다.

"울지 마. 울지 말고 얘기해. 왜 그래?"

"엉엉. 몰라! 엉엉."

장건은 우는 제갈영이 안쓰러워 일단 달랬다. 자기가 오빠라는 사실에 제갈영에게는 조금 관대해진다.
　이 같은 상황에 속가 제자 아이들은 눈을 휘둥그레 뜨고 있을 뿐이었다.
　"저, 저게 어떻게 된 거냐?"
　"쟤들 둘이 사귀고 있었던 거야?"
　"아냐. 건이가 우리 몰래 그랬을 리가 없잖아."
　"나도 저런 애한테 따귀 한 대 맞아봤으면 소원이 없겠다. 씨발, 좋겠다."
　아이들이 짜증내는 눈으로 마지막 말을 한 대팔을 쳐다보았다.
　그때 제갈영이 소리쳤다.
　"그러게 왜 나 없는 사이에 바람을 피워! 날 건드렸으면 책임을 져야지! 그냥 그렇게 넘어갈 생각이었어?"
　불전의 분위기는 일순 하늘로 치솟았다가 일순 땅으로 꺼졌다.
　속가 아이들은 경악했다.
　"저게 무슨 소리야?"
　"바람을 피웠다고?"
　"거, 건드렸어?"
　아이들의 입이 쩍 벌어졌다.
　단순히 제갈영이 한 행동과 말만 따져 보자면 장건은 참으로 패악한 짓을 한 나쁜 놈이었다.
 원자배 승려도 진땀을 뻘뻘 흘렸다.
 한둘도 아니고 일반 환자들 수십 명이 함께 보고 있는 자리였다. 이런 자리에서 소림의 제자가 여자아이를 건드렸다는 소문이 퍼지기라도 하면 그 뒷감당은 어떻게 할 것인가.
 이미 일반 환자들이 수군거리고 있었다.
 하지만 그 모습을 보고 있던 원자배 승려도 너무 놀란 탓에 말릴 수가 없었다. 사정을 모르니 해명을 할 수도 없었다.
 당예는 하늘이 노랗다.
 "아, 아아……."
 다리가 비틀거린다.
 하필이면 다른 곳도 아니고 제갈가의 아이를 건드렸단 말인가.
 이제 당가의 운명은 어찌되는 것일까?
 그러나 속가 제자인 남자아이들의 생각은 달랐다.
 "으아아! 이건 말도 안 돼."
 "저런 예쁜 애랑! 부러워 죽을 거 같아."
 "장건, 죽여 버릴 거야! 이 행복한 놈."
 원자배 승려의 눈이 퀭해졌다.
 당예는 후들거리는 다리로 장건을 향해 걸어갔다.
 "지금 이 애가 한 말이……, 사실이에요?"
 장건은 어쩔 줄 모르는 얼굴이었다. 장건도 황당하긴 한데 혹시나 자기가 정말로 뭔가 잘못한 게 있을지도 모른다고 생각하고 있는 중이다.

답답해진 당예가 소리쳤다.

"말해 봐요! 지금 한 말이 모두 사실이냐구요!"

제갈영이 장건의 앞을 가로막고 마주 소리를 질렀다.

"이게 첩 주제에 어디 서방님께 소리를 질러! 서방님아, 이 딴 형편없는 애는 당장 쫓아 버려!"

당예가 눈을 표독하게 치켜떴다. 당예도 참을 만큼 참았다.

"닥쳐! 너……, 한 마디만 더 하면 가만두지 않겠어!"

"해봐! 할 수 있으면 해봐!"

가만두면 둘이 싸우게 생겼다.

장건이 얼른 끼어들었다.

"자, 잠깐만요."

당예가 언성을 낮추지 않고 재촉했다.

"빨리 말해 보란 말예요! 사실이냐고!"

장건은 당예와 제갈영을 번갈아 보다가 물었다.

"근데 바람을 피우는 게 뭐죠?"

8살 때 소림에 왔으니, 그 전에 비슷한 말을 들은 적은 있는 것 같은데 무슨 말인지는 잘 기억이 나지 않는다.

부친인 장도윤이 여색을 밝히거나 했다면 집안에서 매일 들을 수 있었을지도 모르지만 장도윤은 일편단심 아내를 사랑하는 남편이었다. 거의 들을 수 없는 말이었다.

당예는 얼굴을 찡그렸다.

제갈영이 말하는 바람을 피웠다는 건 본처를 두고 당예와 놀아났다는 뜻인데 그 말을 설명하고 싶지 않았다. 아무리 무가의 여식이라 해도 여자의 입으로 그런 말을 설명하는 것도 부끄러운 일이다.

"그건 됐구요. 장 소협이 정말로 이 아이의 몸에 손을 댔는지, 그것만 말해 봐요."

불전 안의 모든 이들이 귀를 쫑긋 치켜세웠다. 숨소리조차 나지 않는 고요한 적막이 흐른다.

불전 안에서 남녀 간의 그런 이야기가 오간다는 자체도 어불성설이나, 원자배 승려를 포함해 다른 이들도 장건의 대답이 궁금해 견딜 수가 없었다.

장건은 잠시 고민했다.

금나수로 비무 상대를 하면서 손이나 팔이 닿았던 게 기억난다. 그것을 두고 소왕무와 대팔은 엄청 부러워했었다.

'설마 그것 때문인가?'

그렇다고는 해도 그것 때문에 서방님이라고 불릴 이유가 없고 이제 와서 제갈영에게 따귀를 맞을 이유도 없다.

장건이 고민 끝에 말했다.

"손을 대긴 했는데요. 그게……."

장건의 뒷말은 이어질 새도 없이 파묻혔다.

"으아아아!"

"정말이었어!"

속가 제자 아이들은 부러움 반, 질투 반의 비명을 질러대고 일반 환자들은 웅성거린다.

제갈영은 훌쩍이고 당예는 풀썩 주저앉는다.

원자배 승려는 낯빛이 하얗게 질린다.

이 사실이 강호 전역으로 퍼지는 것은 이제 시간 문제였다.

　　　　＊　　　＊　　　＊

굉목은 뜻밖의 방문을 받았다. 아니, 뜻밖이라고는 할 수 없으나 굉목의 입장에서는 분명 예상 외였다.

방장 굉운이었다.

"몸은 좀 어떤가."

굉목은 굉운의 방문이 탐탁지 않았으나 억지로 몸을 일으켰다.

"괜찮습니다."

그러나 말을 하면서도 눈빛은 여전히 냉담하다.

굉운 역시 평소 같지 않게 미소를 띠고 있지 않았다.

"무슨 일로 오셨습니까."

"할 말이 있어 왔네."

"해보시지요."

"단도직입적으로 묻겠네. 자네가 독선을 데려올 때, 무엇을 약조했나."

굉목이 픽 하고 웃음을 흘렸다.

"별것 아니었습니다. 그저 사부의 과거 얘기를 해주겠다 했더니 당장 따라오더군요. 결국 결과는 달라진 것이 없습니다만……."

"역시 그랬군."

"아무렴 내가 소림을 팔아먹기라도 했을까 걱정했습니까?"

"그렇게 생각하지 않았네."

굉운은 웃지 않았다. 천천히 굉목의 병실 안을 걸으며 말했다.

"나는 사제가 독선과 무슨 거래를 할지 이미 알고 있었네. 독선의 발길을 돌리려면 그 방법밖에는 없었을 테니까. 자네는 내가 나라밀대금침술에 대해 모를 줄 알았나."

굉목은 적잖이 놀랐다. 나라밀대금침에 대해 아는 것은 자신뿐이라 생각했었다. 문각도 그렇게 말했었고.

"독선이 말했습니까?"

"아니, 그 이전부터 의심하고 있었네."

굉목이야말로 굉운을 의심하는 눈으로 보았다.

"홍오 사숙의 경지가 내내 제자리걸음을 하는 것을 보며 생각했던 일일세. 누가 봐도 이상한 일이 아닌가! 타 문파의 무공을 한 번 보고 극의를 깨칠 만큼 무골이던 홍오 사숙이 수십 년을 거의 같은 자리에서 맴돌고 계시다니."

"그래서요."

"홍오 사숙의 경지에서는 더 이상 신체 수련은 무의미하네. 깨달음이 필요하지. 그렇다면 홍오 사숙은 어떠한 연유로 깨달음을 얻지 못하고 있다 볼 수 있네."

"그것만 가지고 나라밀대금침에 대해 어떻게 안단 말입니까."

"그것만 가지고는 알 수 없지. 그때까지만 해도 그저 단순한 의심이었네. 혹여……."

굉운은 말을 고르듯 잠시 멈췄다가 계속해서 말을 이었다.

"사실 나는 문각 사숙조께서 남기신 진전이 너무 어려워 그러한 것이 아니었나 생각했다네."

굉목의 표정이 일순 변한 것을 굉운은 결코 놓치지 않았다.

"한데 공교롭게 이번 일이 터지면서 알았네. 놀랍게도 홍오 사숙은 과거에 대해 기억하지 못하고 계시더군. 그때 나는 의심을 확신으로 바꿀 수 있었네."

"그 의심이란 게 뭔지 말해 보시지요."

"무공에서의 깨달음이란 곧 오성(悟性)을 확장하는 일일세. 그러한 깨달음을 얻지 못하며 과거까지 잊은 상태라……. 즉, 홍오 사숙은 어떠한 일로 인해 오성에 금제가 가해진 것이지. 그래서 무공에도 발전이 없었고, 과거를 기억하지도 못하는 것이었네."

마지막 단언을 내뱉으며 굉운은 한숨을 내쉬었다.

"문각 사숙조께서는 사제에게 직접 얘기를 해주셨을 테지만, 나는 소림의 자원을 모두 동원해서야 나라밀대금침의 존재에 대해 알았네."

굉목이 참지 못하고 물었다.

"다 알았으면 그만이지 내게 찾아와 그런 이야기를 다 털어놓는 이유가 뭡니까? 그래, 내가 말하지 않아서 고생했다고 한탄이라도 하고픈 겝니까?"

"그 정도야 내가 정작 원하는 것에 비하면 아무것도 아니네."

"……"

"30년을 넘게 찾아 헤맸네. 소림의 제자들이 무시당하고, 핍박당하고……. 그래도 참고 또 참으며 그것을 기다렸네. 그것이 지금의 소림을 구원해 주리라 생각하며 필사적으로 찾았네. 하지만 결국 홍오 사숙에게서도 찾을 수 없다는 걸 이제야 안 걸세."

굉운이 드디어 속내를 드러냈다.

"내가 소림에서 확인하지 못한 사람은 이제 사제 한 명뿐일세."

굉운이 말하는 그것.

굉목은 이제야 굉운이 자신을 찾아온 이유를 알 것 같았다.

천하오절 문각의 무공.

문각의 진전.

그 흔적을 쫓아 굉목에게 온 것이다.

굉운이 자조어린 쓴웃음을 머금는다.

"난 설마하니 무림에서 손을 떼겠다고 한 자네에게 사숙조의 진전이 닿아 있을 줄은 생각도 못했네. 홍오 사숙만 닦달한 것이 미안할 지경일세."

굉목의 얼굴이 일그러졌다.

"설마 방장 사형이……, 사부가 건이를 맡는 걸 허락한 것이 그런 뜻이었습니까!"

"건이를 심심소일로 가르치는 대가로 홍오 사숙께서 심득을 남긴다 하실 때, 나는 그것이 문각 사숙조의 진전일지도 모른다 생각했네. 그래서 다소 무리한 일이었으나 건이를 맡기었지."

"그것뿐이 아니잖습니까!"

"부인하지 않겠네. 사질들이 험한 행동을 하였어도 참고 넘겼네. 소림의 덕을 보지 못하고 자란 사질들이 안타까워서이기도 했으나, 사제를 시험해 보고픈 마음도 있었으니."

"방장 사형!"

굉목이 소리쳤다.

"사형의 그 판단이 지금 건이를 얼마나 위태롭게 만든 지 아십니까! 건이는 원하지 않는 곳으로 가야 한단 말입니다. 내 그렇게 막으려 했거늘!"

굉운은 지그시 굉목을 응시했다.

"그것이 참으로 이상하네."

"뭐, 뭐요?"

"건이에게는 간이라도 빼어줄 것 같은 사제가 어째서 건이를 위해 내가 원하는 것을 내어주지 않는 것인가. 몇 번이나 기회가 있었는데 사제는 한 번도 그럴 기미를 보이지 않았네. 심지어는 독선이 건이를 중독시켰을 때조차."

굉목은 부들부들 떨며 굉운을 노려보다가 풀썩 몸을 침상에 눕혔다.

한동안 굉목은 말이 없었다.

한참 후에 굉목이 떨리는 목소리로 혼잣말처럼 입을 열었다.

"언젠가는……, 언젠가는 내놓아야 할 거라 생각했습니다. 사조께서는 내게 사부의 행동을 용서하라, 사부에게 나라밀대금침술을 시전했으니 내게도 과거를 잊으라 하셨습니다."

굉운은 굉목의 말이 이어지기를 기다렸다.

"그리고, 때가 되어 마음이 풀어지고 진심으로 사부를 용서할 수 있게 되면 내가 사조의 진전을 이으라 하셨습니다."

굉운의 눈이 흔들린다.

"역시나."

문각의 진전은 사장된 것이 아니었다. 한 배분을 건너뛰어 굉목에게 이어져 있었을 뿐이다.

굉운은 감격을 이기지 못하고 눈을 감았다. '아미타불' 하고 외는 불호소리가 가늘게 떨린다.

그것을 찾기 위해 얼마나 기다리고 또 애를 태웠던가.

굉목이 굉운을 타오르는 듯한 눈으로 보았다.

"내가 소림의 제자이고, 소림을 위해 사조의 무공을 내놓아야 한다는 건 알고 있습니다. 하지만 사형, 나는 그럴 수가 없습니다. 도저히, 도저히 그럴 수가 없단 말입니다."

굉목이 피를 토하며 소리쳤다.

"내가 어찌 사람의 탈을 쓴 짐승 같은 사부를 용서할 수 있단 말입니까! 용서할 수가 없는데 어떻게 사조의 유지를 지킬 수 있겠느냔 말입니까!"

굉목의 눈에 핏발이 들어섰다. 피눈물을 흘리는 것처럼 보여 굉운조차 섬뜩할 지경이었다.

"대체…… 대체 홍오 사숙께서 자네에게……."

아니, 굉운은 정말로 섬뜩했다.

"자네에게 무슨 짓을 한 건가."

얼마나 지독한 일을 저질렀기에 사조의 뜻을 받들지 못할 정도로 마음에 상처를 입은 것일까.

굉목은 대답을 하지 않는다.

아직도 그의 마음에는 커다란 상처가 남아 있다. 한 마디만 더 꺼내면 마음이 찢겨져 몸이 부서질 것만 같다.

그래서 말을 할 수가 없다.

굉운은 한참 만에 고개를 끄덕였다.

"알겠네. 자네의 뜻이 정 그러하다면 나도 더 이상 그 이야기는 묻지 않겠네."

굉목은 굉운에게서 얼굴을 돌리고 있었다. 굉운은 어쩌면 굉목이 눈물을 흘리고 있을지도 모른다고 생각했다.

굉목이 조용히 말했다.

"돌아가십시오. 내가 죽을 때까지 사부를 용서할 수 있을지는 모르겠습니다. 하나 방장 사형이 그렇게 원하고, 또 소림이 필요하다면 언젠가는 내놓겠습니다. 어차피 사조의 진전을 잇기에 전 너무 나이가 들어 버려서, 사조의 유지도 무의미해졌으니까요."

굉운이 고개를 조용히 가로저었다.

"사제의 마음은 알겠지만, 더는 기다릴 수 없네. 나는 이미 너무나 오래 기다렸네. 자네가 지금 내어놓지 않으면 무자배도 그것을 익힐 수 없네. 건이를 위해서라도 당장 내어줄 수 없겠는가."

굉목의 어깨가 흠칫했다.

"이미 당가로 가기로 약조가 되었는데 뭘 더 건이를 위한단 말씀이십니까."

"약속하지. 자네가 문각 사숙조의 진전을 내어준다면 건이를 당가로 보내지 않겠네."

굉목의 가슴이 쿵쾅거린다. 사조의 유언과 사부에 대한 미움, 장건에 대한 애착과의 사이에서 갈등한다.

"생각할 시간을 주고 싶으나 그럴 수가 없네. 말했듯 지금이 아니면 안 되네. 오늘이 지나면 나도 더 이상은 어쩔 수 없을 것일세."

잠시 기다렸으나 굉목의 확답이 없자, 굉운은 나지막이 한숨을 쉬었다.

"어쩔 수 없군. 편히 쉬게."

굉운이 막 몸을 돌린 순간 굉목이 그를 불렀다.

"정말로 사조의 무공을 내준다면 건이를…… 당가로 보내지 않을 겁니까? 제게 거짓말을 하는 게 아닙니까?"

"거짓말이 아닐세. 하나 만약 건이가 당가행을 택한다면 그것을 말릴 수는 없을 걸세."

"자기가 원한다면 그렇게 해야지요. 나는 그저 건이가 원치 않는 일을 하지 않길 바랄 뿐입니다."

"내어주겠는가."

굉운의 물음에 굉목이 몸을 일으켰다.

"한 가지만 나와 약속을 해주십시오."

"말해 보게."

"건이가 남을 다치지 않게 하는 무공을 배우고 싶답니다. 그러면서도 청성의 검을 꺾을 수 있는 그런 무공을……."

굉운이 씁쓸하게 웃었다.

"자넨, 이미 건이에게 사숙조의 무공을 알려줄 결심을 하고 있었군."

사람을 다치지 않게 하는 '무공이 정말 존재하는지 확신할 수는 없으나, 그래도 불가의 자비가 담긴 무공이라면 가능하긴 하다.

자애로운 성품으로 유명했던 문각의 무공이라면 말이다.

"내가 사조의 진전을 내놓을 테니 그것을 건이가 볼 수 있도록 해주십시오. 익히든 익힐 수 없든 상관하지 않을 테니 한 번 보도록만 해주십시오. 그것이 내 조건입니다."

문각의 무공이라는 것은 강호에 나가면 절세 비급이 될 만하다. 수많은 무인들이 목숨을 걸고 그것을 얻기 위해 싸워도 전혀 이상하지 않다.

소림 내에서 비밀리에 전승되어야 할 것을 속가 제자에게 전한다는 것은 결코 쉬운 일이 아니다.

하나 굉운은 고개를 끄덕였다.

아무리 장건이 생각지도 못한 일을 해낸다지만, 한 번 보는 것만으로 문각의 무공을 습득할 수는 없을 것이다. 그렇게 간단히 절대고수의 무공을 배울 수 있다면 이미 홍오가 문각의 무공을 익히고 있을 터다.

홍오도 일반 무공의 극의는 순식간에 깨쳤으나 각 문파의 비전에 해당하는 상승무공만은 제대로 훔쳐 배우지 못했다.

"그렇게 하겠네."

"건이의 행보가 결정되면 알려드리겠습니다."

끝까지 굉목은 쉽게는 줄 생각이 없는 모양이다. 하긴 이제껏 당한 것만으로도 굉운을 믿기 힘든 것이 사실이다.

"몸조리 잘 하게. 지금 당가 사람들과 만나기로 했으니 곧 결정될 걸세."

굉운이 방을 나가자, 굉목은 몸을 돌아누웠다.

착잡한 심정이 독이 되어 굉목의 전신을 뒤덮는다.

"결국……, 이리 되고 말았구나."

굉목은 마치 양귀비 밭에 드러누운 것처럼 미몽(迷夢)에 빠져 한동안을 그렇게 괴로워했다.

수십 년 동안 잊기 위해 그렇게 노력했던 한은, 가슴에 품은 비수처럼 여전히 심장에 틀어박혀 남아 있었다.

제5장

강호에 불어온 봄바람

 소림 역사상 아마도 이런 일로 방장실에서 회의가 열린 적 일은 없었을 것이다. 원래 방장실이 뒷방 늙은이들이 모여 남몰래 중대사를 처리하는 데 쓰이는 곳이라 해도 이 정도의 사소한 일은 아니었다.
 방장실에는 방장 굉운과 원호, 당사등과 당유원, 그리고 홍오와 풍진이 장건과 제갈영을 둘러싸듯 앉아 있었다. 한쪽에는 당예도 함께 서 있어서 조그만 방장실이 가득 찬 듯했다.
 장건은 아무 일도 없다는 듯 덤덤한 얼굴인데 제갈영은 죄지은 사람마냥 고개를 푹 숙이고 있었다. 앞에 앉은 당유원의 눈빛이 험악하기 그지없는 까닭이었다.

"그것 참."

당유원이 혀를 찼다. 그것 말고는 달리 할 말도 없었다.

"겨우 비무를 하다가 가슴에 손을 댄 것뿐인데 몸을 건드렸다고?"

제갈영이 입을 뾰루퉁하게 부풀리며 대꾸했다.

"건드린 거 맞잖아요. 전 이제 다른 데로 시집도 못 간다고 그랬어요."

"누가?"

"언니들이요……."

"허어! 겨우 그깟 일로 이 소란을 피웠단 말이냐? 그깟 것을 좀 만진다고 닳기를 해, 아니면 없어지기를 해!"

당유원의 말은 도가 지나친 감이 있었다. 온화한 미소를 짓고 있던 굉운마저도 눈을 찡그렸다.

풍진이 인상을 쓰며 말했다.

"그까짓 거라니? 남아도 아니고 여아의 일인데 그렇게 쉽게 말해선 안 되지. 게다가 이미 소문이 날 대로 나 버렸는데 쟤의 앞날은 어쩔 거야?"

"앞날을 어쩌다니요? 그럼 저희는 어쩝니까."

"나더러 어쩌라고? 그건 여기 있는 사람들이 알아서 해야지."

"풍진 선배님께서도 이러시면 안 됩니다. 본가의 일에 어느 정도는 관계가 되신 분 아닙니까."

"이놈 좀 보게."

풍진의 눈빛이 서늘해졌다. 당유원은 움찔했지만 당사등을 믿고 물러서지 않았다.

"이 얘기는 더 할 필요도 없습니다! 저런 꼬마아이의 철없는 생떼를 우리가 왜 듣고 있어야 합니까? 이미 다 끝난 얘기를."

풍진의 눈썹이 꿈틀거렸다.

스산한 살기가 당유원을 향했다. 방안 공기가 차가워지며 당유원이 몸을 가늘게 떨었다. 다른 이들에게는 조금도 영향을 끼치지 않고 당유원에게만 살기를 보내는 것이다.

"죽고 싶으냐."

그 한 마디가 날카로운 창이 되어 당유원의 뇌리를 꿰뚫는 것만 같았다.

풍진이 소림에 들어온 후로 낄낄대며 다녔다 해서 그의 성정이 어디 간 것은 아니다.

"이, 이게 무슨 짓……."

당유원이 크게 움츠러드는데 당사등이 손을 내저었다.

당유원이 겨우 풍진의 기세에서 벗어났다. 잠깐 사이에 이마에 땀이 맺혀 있다.

"그만하게. 조카가 끼지 못할 데 낀 것은 아니잖은가."

풍진이 곧 살기를 거두며 코웃음을 쳤다.

"누가 낄 데 안 낄 데 다 낀다고 이러나? 이곳에 저놈보다 더 연장자들이 많은데 제가 왕 행세를 하고 있으니 같잖아서 그랬다. 내가 식객만 아니었어도 눈 하나는 도려내고 얘기를 했을 거다."

당사등의 심정도 복잡하다. 남궁가까지 찾아오는 마당에 제갈영이라는 혹이 붙었으니 골치가 아프다.

"아이의 철없는 소리일세. 제갈가에 잘 설명해 돌려보낸다면 별일은 없을 게야."

"그러시던지. 어차피 내가 결정할 일은 아니니까."

풍진은 고개를 돌려 버렸다. 당사등은 자연스레 굉운을 보았다. 이곳은 소림이고 굉운은 소림의 주인장이다.

굉운은 잠시 생각하다가 차분한 어조로 말했다.

"비무 중에 일어난 일이니 대수롭지 않다면 대수롭지 않은 일이나, 아이에게는 중한 일입니다. 이미 백여 명이 넘는 사람들이 당시의 소동을 모두 듣고 보았습니다. 무슨 해명을 하더라도 다른 사람들은 그리 생각하지 않을 것입니다."

굉운의 말에 당사등의 표정이 적이 일그러진다.

"그렇다면 방장께서는 본가와의 일을 되돌리겠다는 생각이신가? 그럴 수 없다는 걸 알면서도?"

"그리 말하지는 않았습니다. 하나 이대로 둔다면 사람들은 수군거릴 테고, 제갈가의 아이는 평생 그 짐을 안고 살아가게 될 겁니다. 소림의 제자가 관련된 일을 흐지부지 흘려 넘길 수는 없는 일이지요."

당사등은 쉽게 넘어갈 수 있다 했으나, 제갈가라고 장건이

탐나지 않을 리 없다. 게다가 제갈립이 가장 아끼는 아이라지 않은가.

마음에는 들지 않으나 장건이 제갈영을 첩으로 삼는다면 가장 쉬운 해결책이 될 수 있다. 문제는 제갈가가 결코 용납하지 않을 거라는 것이다. 당연히 항의를 할 테고 심하면 가문간의 분쟁으로도 번질 수 있다.

그래서 당사등은 일단 구렁이 담 넘기듯 일을 넘겨놓고 재빨리 혼인을 결정짓고 싶었다.

하나 굉운은 넘어가지 않는다.

"듣자하니 건이가 아직 천지원양공을 배우고 있지 않다더군요. 따라서 어느 것이 선후가 되는지는 참으로 결정하기 어려운 문제입니다."

당사등은 침음했다.

'내 이럴 줄 알았다. 언제라도 말을 뒤집으려 기회만 노리고 있었어. 몸값을 더 올리겠다 이건가?'

당사등은 당장이라도 자리를 박차고 일어나고 싶은 심정이었다. 일이 뒤틀린다면 관부고 뭐고 사천으로 가 버릴 생각까지 했다.

"방장이 그렇게 생각한다니, 이 당 모는 더 이상 할 말이 없네."

당사등이 떠나겠다는 얘기를 하려는 찰나, 굉운이 입을 열었다.

"그것은 제가 결정할 문제가 아니라는 뜻입니다."

"응? 그게 무슨 말인가."

자리를 뜨려던 당사등은 굉운의 말에 귀를 기울였다.

"이번 일의 특수성을 감안한다면 본인이 선택하는 것이 가장 정당하지 않을까 생각합니다."

장건에게 선택의 기회를 주자는 뜻이었다.

"뭣이?"

"당 선배님의 독정을 가졌으나 완전한 진전을 이은 것은 아니고, 제갈가의 아이와 관계를 맺었으나 그 역시 완전한 관계는 아닙니다. 그렇다면 결국 선택하는 것은 바로 건이가 되어야겠지요."

당사등과 당유원이 생각지도 못한 일에 당황했는데 홍오와 풍진은 껄껄대고 웃었다.

"명 판결이구나."

"소림에 이런 명판관이 있을 줄은 생각도 못했다."

그렇게 동시에 외친 홍오와 풍진은 돌연 서로를 노려보더니 고개를 팩 돌렸다. 그러더니 장건을 본다. 아니, 그 둘뿐 아니라 방장실 내에 있는 모든 사람이 장건을 보았다.

홍오가 물었다.

"건아, 넌 어떻게 할 셈이냐? 둘 중에 어떤 아이가 맘에 드느냐."

장건은 눈을 꿈벅거리고 있다가 머리를 긁었다.

그 모습에 속이 타는 건 한두 사람이 아니다. 장건도 머리가 복잡하다.

장건은 당예와 제갈영을 번갈아 보았다. 둘 다 애타는 심정으로 장건을 보고 있었다. 한 명은 가문의 명운을 지고 있고, 다른 한 명은 자신의 인생이 달려 있다.

"참으로 행복한 고민이로고. 저 두 여아라면 어디에 내놓아도 손색이 없거늘. 당장에 결정하기 어렵다면 차후에 결정하는 것이 어떻겠느냐."

풍진의 말을 듣더니 장건이 입술을 꼭 다물었다.

결심을 한 것이다.

다섯 명은 그 어떤 고수와 싸울 때보다 긴장했고, 셋은 흥미진진한 얼굴로 장건의 말을 기다리고 있었다.

장건은 먼저 제갈영에게 고개를 숙였다.

"미안해."

그 순간 당예는 양손을 번쩍 치켜들고 '이겼다!'고 소리 칠 뻔했다.

하지만.

"난 그게 그렇게 심각한 일인 줄 전혀 몰랐어. 내가 사과를 한다고 받아 줄진 모르겠지만, 이렇게 사과할게. 미안해."

제갈영이 울먹이며 소리쳤다.

"사과할 필요 없어!"

"아냐. 해야 돼."

장건은 당예에게도 고개를 꾸벅 숙였다. 만세를 부르려던 당예는 그대로 굳었다.

"그동안 독공 가르쳐 줘서 고마워요. 사람이 은혜를 입으면 갚아야 한다는데 이대로 넘어갈 수는 없겠지만, 먼저 고맙다는 인사부터 하는 게 예의일 것 같아요."

당예의 표정은 설명할 수 없을 만큼 복잡했다.

'은혜를 입었다고 생각하면 결혼해야지!'

마침내 장건은 다른 사람들을 보며 천천히 입을 열었다.

"그런데요. 혼사는 부모님이 결정하시는 거지, 제 마음대로 할 수 있는 게 아니잖아요. 그러니까 나중에 부모님께 여쭤볼게요."

쩌억.

누가 먼저랄 것도 없이 당사등과 당유원은 입을 벌렸다. 굉운도 그것까지는 미처 생각지 못했는지 눈빛에 당황함이 역력했다.

홍오와 풍진은 역시나 이번에도 껄껄대고 웃었다.

하지만 당예와 제갈영은 웃지 않았다. 당황한 것은 잠깐이었다. 이미 장건의 생각을 어느 정도 알고 있던 당예는 왠지 그럴 거라 생각하고 있었고 제갈영은 있는 그대로를 받아들였다.

오히려 둘은 다른 어른들보다 더 빨리 마음을 다잡았다. 그것은 여자로서의 본능적인 판단이었다.

'차라리 잘 됐어. 그럼 건이가 아니라 건이의 부모님께 잘 보이면 되는 거잖아?'

'어른들이 날 얼마나 예뻐하시는데. 서방님의 부모님들도 틀림없이 날 좋아하실 거야.'

당예와 제갈영의 눈빛이 허공에서 불을 튀며 부딪쳤다.

장건만이 머쓱하게 머리를 긁으며 눈치를 살피고 있을 따름이었다.

당유원은 방장실을 나오자마자 욕설을 내뱉으며 당가의 무인들을 불러 장건의 부모에 대해 조사할 것을 명했고, 제갈영 역시 소림의 도움을 얻어 본가로 전서구를 날렸다.

소림 역시 장건의 부모에게 가벼운 설명을 첨부해 소림으로 모신다는 초대장을 보냈다.

마교의 발호나, 정사대전 같은 거대한 일이 벌어졌을 때 중추 역할을 하던 소림이 지금은 한 아이의 중매 역할을 하고 있는 것이었다.

하나 이것은 그저 시작에 불과했다.

방장실의 대화에서 아무런 말도 하지 않고 있던 원호, 남몰래 미소를 머금고 있던 그조차도 예상하지 못했던 일이 강호 전역에서 벌어지고 있었다.

* * *

남궁가와 지척이라고는 할 수 없으나 바로 옆 산동에 또 하나의 명문가가 있다.
 제남의 양가장이다.
 양가장의 가전 무공은 창술로 강호의 사대명창을 꼽을 때 늘 빠지지 않는다.
 창의 명가인 양가장 장주 양지득은 남궁가에서 소림에 구호 물자를 비롯한 지원 인력을 파견하기 위해 준비하고 있다는 정보를 입수했다.
 "뭐? 검왕이 나섰다고?"
 "예. 이것저것 약재와 구호품을 사 모으는 모양입니다."
 "그 늙다리가 무슨 일로? 설마하니 정말로 소림에 원조를 하려는 것도 아닐 테고."
 장주 양지득의 말에 가신이 씁쓸한 입맛을 다셨다. 양가장은 남궁가와 극히 사이가 좋지 않았다.
 일설에는 오래전 남궁가가 산동으로 진출하려다가 양측이 크게 부딪쳐 피를 보았기 때문이라는데, 남궁가가 있는 안휘로 가면 그 얘기가 또 다르다.
 어쨌거나 사이가 워낙 안 좋아 경계에 있는 서로의 사업체를 뺏고 빼앗을 정도로 다툼이 치열하다.
 가신이 들어온 정보를 종합하여 답했다.
 "에······, 그러니까 아무래도 저번 소문의 근원인 장건이란 아이 때문인 것으로 사료됩니다. 검왕이 데려가는 아이 중에 남궁지란 여아가 끼어 있습니다."

양지득의 성격이 급하긴 하나 바보는 아니다. 보통 소림에 여아를 데려가는 일은 드물다.

"뭔가 이상한데? 검왕이 손녀를 데리고 한가롭게 소림 구경이나 가는 건 아닐 거 아냐. 근데 또 장건이란 애는 당가에서 이미 데려가기로 얘기가 끝났다며."

"그게 우리가 모르는 뭔가가 있는 것 같습니다. 제갈가에서도 여아가 와 자신과 혼약이 되어 있었다고 우긴다 합니다."

양지득의 머리가 팽글팽글 돌아간다.

"검왕은 워낙 너구리같은 노인네라 손해 볼 짓은 안 한단 말이지. 그렇다면 뭔가 확신이 있다는 건데."

아무리 생각해도 검왕이 손녀를 데리고 소림으로 가는 이유는 하나밖에 없다. 게다가 제갈가까지 끼어들었다면 더더욱 상황이 얽히고 있다는 걸 알 수 있다.

가신이 말했다.

"그게 저……, 제갈가의 아이가 주장하는 바에 의하면, 장건이란 아이와 동침을 한 것으로……, 장건이란 아이도 수긍했다 합니다."

"오호."

양지득이 크게 감탄했다.

"그렇게 된 거로구만."

"예."

"크하하! 장건이란 놈, 그런 멋진 놈이 대체 어디서 툭 튀어

나온 거냐."

"머, 멋지다구요?"

"자고로 영웅호색이라, 타고난 영웅은 품은 웅지가 너무 크기 때문에 한 여자로 만족을 못하는 법이지. 나처럼. 딱 보니 아주 클 놈이야."

양지득이 왠지 뿌듯한 얼굴을 했다. 본처 외에도 첩을 여럿 둔 그였다.

가신이 고개를 돌리고 욕지거리를 내뱉는데, 양지득이 말했다.

"이제야 이해가 가는구만. 그러니까 소문처럼 건이란 녀석의 당가행이 정해지지 않은 게야. 그걸 알고 제갈가와 남궁가에서 끼어든 거지."

말을 하던 양지득이 얼굴을 와락 찌푸렸다.

"이런 젠장."

"왜, 왜 그러십니까."

"그럼 우린 대체 뭐하고 있었던 거야! 당가에서 못 먹고 내뱉은 떡을 늙다리까지 나서서 낼름 집어드시겠다고 소림으로 가는 마당에 우린 뭘 하고 있느냐고!"

"그, 그게……."

"장건이란 놈이 남궁가의 사위로 들어가면 어쩌려고! 지금도 밀리는 마당에 그땐 어쩔 건데!"

가신이 뭐라고 말하기도 전에 양지득이 버럭 소리를 질렀다.

"생각할 게 뭐 있어! 그럼 우리도 보내!"

"네에."

"가뜩이나 망할 늙다리가 우내십존인지 우내십좆인지 되었다고 거만을 떨어대는 통에 우리가 고생한 거 몰라서 그래? 그 늙다리 언제 죽나 기다리고 있었더니, 이제 후사까지 도모하시겠다? 왜 눈뜨고 그걸 가만히 봐! 우리 망하는 거 보고 싶어!"

'우내십좆' 이란 말에 가신은 기절할 뻔했다. 주위를 재빨리 둘러보니 시비들과 하인들이 있다.

"장주님, 듣는 귀가 많습니다. 우내십……조……란 표현은 좀……."

"내가 틀린 말 했냐? 우내십존 중에 둘이 가서 애 하나도 어쩌지 못했는데 또 하나가 똥파리처럼 끼어들었잖아 그게 무슨 십존이야, 차라리 십좆이 어울린다."

가신이 멍해지는 정신을 겨우 부여잡고 말했다.

"어, 어쨌거나 장주님. 남궁지는 곧 열다섯이 됩니다. 하지만 본가에는 그 나이대의 여아가 없습니다. 일부는 너무 어리고 또 일부는 너무 나이가 많아서……."

"없긴 왜 없어. 우리 소은이가 있잖아."

"소은 아가씨는 이제 열여덟이 되지 않습니까."

"괜찮아. 원래 남자는 연상을 더 좋아하게 되어 있어."

무슨 근거로 저리 자신감이 넘치는지 가신은 알다가도 모를 지경이었다. 양소은의 외모는 반반하지만 성격이 워낙 거칠고 남자 같아서 아직까지 혼담이 들어오고 있지 않다.

'양 장주님의 지랄 같은 성격 탓도 있지만 말이지. 누가 저런 사람을 장인으로 삼고 싶겠어?'

물론 가신은 그 말까지는 입 밖에 내지 않았다.

양지득은 한 마디로 결정을 내려 버렸다.

"우리도 남궁가 놈들에게 지지 않을 정도로 약재든 뭐든 잔뜩 싸서 소은이에게 들려 보내도록 해. 소은이는 그놈을 낚아 올 때까지는 집 문간에도 들이지 말······."

양지득의 말이 끝나기도 전에 별안간 날카로운 파공성이 일었다.

"뭐가 어쩌고 저째요?"

부―앙!

뱀의 머리와도 같은 것이 날카롭게 양지득의 머리를 짓쳐들어온다. 양지득은 '흥!' 하고 가볍게 머리를 피하며 손을 뻗었다.

한쪽 벽에 가지런히 놓인 여러 개의 창 중에서 유독 번쩍이는 은빛 창이 그의 손으로 날아들었다.

능공섭물의 수법!

우내십존에는 들지 못하였으나 양지득의 무위도 상상을 초월하는 것이었다.

양지득은 번개처럼 창을 들어 반격에 나섰다.

채채챙!

창이 서로 얽히면서 금속음이 연신 울려댄다.

"내가 무슨 기생인 줄 알아? 세상에 대체 딸을 팔아서 남자를 낚아오라는 아비가 어디 있어!"

늘씬한 팔다리를 가진 양소은이 긴 머리를 휘날리며 악착같이 창을 휘둘러댔다.

양지득은 여유롭게 창을 피하며 양소은을 압박해 간다.

"이년아! 그동안 먹여주고 재워주고 무공까지 가르쳐 줬으면 부모님의 하늘같은 은혜에 보답한다 생각하고 따라야지, 어디서 애비 죽으라고 창질이야!"

"그러니까 그런 작자가 아비라는 게 말이 되냐구!"

"그럼 호적 파서 나가, 이년아!"

"이제 곧 새해인데 어딜 나가라는 거야!"

"소림에 가면서 길거리에서 만두라도 사먹으면 되잖아!"

콰장창.

우지끈.

워낙에 긴 창을 들고 좁은 방 안에서 둘이 설쳐대니 집기들이 멀쩡할 리 없다.

이미 보법까지 써서 몸을 피한 가신은 시비들과 하인들을 방 밖으로 내보내며 한숨을 쉬었다.

'며칠 되지도 않았는데 또 수리를 해야 되나?'

어쨌든 일은 양지득의 뜻대로 진행될 것이다. 소림으로 출발할 준비를 해두지 않으면 경을 치는 건 어차피 자신이다.

혀를 차던 가신은 문득 '아차!' 싶었다.

'아랫것들 입단속을 시켰어야 했는데……'

강호의 소문이란 것이 천리마보다 빠르다는 것은 소림의 일로 충분히 드러났다.

'그냥…… 둘까?'

불현듯 어쩌면 이것이 전화위복이 될지도 모르겠다는 생각이 들었다. 강호에서, 특히나 명분과 정당성을 중시하는 정도 문파는 소문과 여론에 민감하다.

이런 일에 소문 조작은 흔하디흔한 법이다.

가신은 시비와 하인들의 입단속을 시키는 대신에 오히려 약간 말을 바꾸어 퍼뜨리기로 했다.

 우내십존이 남의 제자를 빼앗으려고 소림에 몰려들었댄다. 뱃속에 욕심만 잔뜩 든 그것들이 어디 우내십존이냐? 우내십좆도 감지덕지지.

일부러 작정하고 퍼뜨린 것이라 그 이야기는 곧 남궁가로도 전해졌다.

막 출발을 준비하던 검왕 남궁호도 그 이야기를 들었다.

양가장과는 서로를 감시하며 간자까지 심었으니 더 빨리 알려질 수밖에 없었다.

"우내십좆……."

남궁호는 황망한 얼굴을 했다가 곧 분노를 피워냈다.

"양지득! 그 잡것이 감히……."

소문을 전한 멍청한 무사에게 남궁운은 책망의 눈초리를 보냈다.

"허어. 양지득 그놈의 입을 언젠가 꿰어놓으려 했거늘. 일찍 나서지 못한 게 한이로구나."

자신이 소림으로 가면 소문 그대로 우내십좆이 되어 버리는 것이다. 소림이 힘들다고 우내십존이란 것들이 승냥이처럼 떼로 달려든다, 체면도 없는 것들이다, 라며 손가락질을 할 것이 아닌가.

그러나 남궁호는 끝끝내 소림행을 포기하지 않았다.

대신 처음보다도 더 얼굴에 독기를 품었다. 그가 장건을 데리고 돌아오는 날이 양가장의 제삿날이 될 터였다. 물론 그 전에 다른 친구가 양가장을 찾아갈지도 모르겠지만.

*　　　*　　　*

소림과 관련된 일을 주시하고 있던 것은 비단 양가장 만이 아니었다.

제갈가의 여아가 갑자기 나타나고, 남궁가에서 끼어들었는가 하면 양가장에서도 나섰다는 정보는 순식간에 퍼졌다.

거론된 세가들은 모두가 하나같이 여아를 소림으로 보내고 있었다.
그것이 의미하는 게 무엇이겠는가!
장건이 소문과 달리 당가와 관계가 없다는 뜻인 것이다.
승려도 아닌 속가 제자인 아이였다. 언젠가는 혼인을 해야 할 터. 그래서 외부에서 볼 때도 제갈가나 남궁가, 양가장에서 장건을 포섭하고자 나서고 있다 보인 것이다.
강호의 세가들이 들끓었다.

장건이란 아이를 사위로 데려올 수 있다면 눈뜨고 길에
서 기연을 만나는 거나 마찬가지다!

호북의 백리가 또한 그런 곳 중 하나였다.
"우내십존에 제갈가, 양가장까지 끼어들었는데 우리 같은 작은 무가에서 하지 못할 것은 또 무어냐."
백리가의 가주이며 강호에서 소문난 고수인 추룡검(追龍劍) 백리상이었다.
백리상의 첫째 아들 백리원이 들뜬 표정을 감추지 않으며 대답했다.
"장건이란 아이를 얻을 수 있다면 십 년 후 본가는 구대문파와도 어깨를 나란히 할 수 있을 것입니다."
백리가의 무공은 사실 대단하다고는 할 수 없었다. 추룡검 백리상의 개인적인 성취가 뛰어나 팔대세가의 말석에 겨우 자리를 하고 있을 뿐이다.

그렇잖아도 믿을 만한 후계가 없어 미래가 불안불안 했는데, 장건 같은 인재를 사위로 둔다면 세가의 미래를 보장받을 수 있는 것이다.

백리원이 말했다.

"게다가 우리에게는 남들이 따라올 수 없는 가장 커다란 장점이 있질 않습니까. 무공 대결이면 모를까, 혼인이라면 누구도 본가를 이길 수 없습니다. 아이의 영입은 따 놓은 당상입니다."

백리원은 싱글벙글 웃었다.

우내십존이 속한 몇 가문이 장건을 노리고 있다는 걸 알면서도 전혀 걱정 없는 얼굴이었다.

백리가의 가장 큰 무기.

그것은 벌써부터 강호제일미이며 경국지색으로 불릴 정도로 사람들의 입에 오르내리는 백리연의 존재 때문이었다. 몇 주야만 더 지나면 열여섯이 되는 백리연은 가히 엄청난 미인이었다.

길만 나서도 수십 명의 남자들이 백리연의 뒤를 따라다니고, 하루에도 연서(戀書)가 수백 장은 기본으로 쌓여 처치가 곤란할 지경이었다.

강호 무림에서 미인이란 무공만큼이나 강력한 무기인 것이다.

"장건이란 아이는 무가 태생이 아니라 합니다. 이는 본가의 커다란 홍복이라 하지 않을 수 없습니다."

화산 같은 거대문파의 제자와 혼인을 시킬 수도 있으나 그렇게 되면 백리가가 밀린다. 도움이 되기는커녕 잡아먹히지나 않으면 다행이었다.

그런 면에서 장건처럼 속가이면서 딱히 어딘가에 속하지 않은 아이라면 딱 그들이 원하는 바였다.

"연이에게 소림으로 갈 차비를 하라 일러두어라. 호위를 몇이나 붙여도 좋으니 절대로 험한 일이 생기지 않도록 만전을 기하고."

"우리 연이라면 그럴 일도 없다는 걸 잘 아시잖습니까."

백리상과 백리원은 알 듯 말 듯한 표정으로 웃었다. 백리연의 뒤에는 늘 수많은 남자들이 따라다니기 때문에 사실상 호위가 필요치 않기 때문이었다.

하나가 시작하면 눈치를 보지만, 다른 하나가 또 나서면 에라 모르겠다는 심정으로 나서는 이도 있는 법이다.

남궁가에 양가장, 백리가까지 나서자 소문난 세가들은 모두 이에 뒤질세라 소림행을 준비했다. 물론 겉으로는 소림을 구호하기 위한 목적이라 하나, 모두 여아를 필히 동행시키고 있었다.

팔대 세가보다 작은 무가도 여럿 나섰다. 그들은 사실 첩이라도 상관없다는 입장이었다. 잘 되면 좋은 거고 아니라도 상관없었다.

그렇게 줄줄이 강호의 여인들이 소림으로 몰려들기 시작했다. 늘 남자만 가득하던 소림이 여인들의 향기로 그윽해지는 것은 시간 문제였다.

한데, 강호의 뭇 미녀들이 소림으로 향하면서, 또 다른 현상이 생겨났다.

꽃이 있는 곳에 나비가 있고, 꿀이 있는 곳에 벌이 있다는 말처럼 남자들도 소림을 찾기 시작한 것이다.

"백리가의 강호제일미가 소림으로 간대!"
"뭐? 그럼 나도 소림으로 가면 강호제일미를 볼 수 있는 거야?"
"그렇고말고. 그뿐인가? 강호의 미녀란 미녀는 다 소림에 모이고 있다네."
"이런 젠장, 그럼 나도 소림에 가야겠네. 운이 좋다면 색시감 하나 구해 올 수 있지 않겠나?"
"나도 같이 가세!"

미녀가 있으니 남자들이 모이고, 남자들이 모이니 또다시 꼬리에 꼬리를 무는 것처럼 여자들이 몰렸다.

강호에서 내로라한다는 무가의 자식들은 물론이고 각 문파의 후기지수들도 그 안에 포함되어 있었다.

소림이 젊은 피로 가득하게 될 것은 이제 자명한 일이었다.

강호의 태산북두이자 정도 무림의 백세지사라 불리던 소림이 어느 샌가 젊은 선남선녀들이 모이는 만남의 장이 되어가고 있었던 것이다.

* * *

얼마 후, 새해가 밝았다.
중원에서는 원단(元旦)이 되면 며칠간 축제 분위기가 되어 새해를 맞이하고 한 해의 일들이 잘 풀리기를 기원한다.
하지만 원단이 되었어도 소림은 다른 이들처럼 즐거울 수 없었다. 불과 얼마 전에 그러한 큰 사건을 겪었으니 새해를 맞는 기분이 착잡할 수밖에 없었다.
소림은 산문 앞에 조그맣게 초롱을 걸고 방장 굉운의 신년사로 원단의 행사를 조용히 마무리했다.
식사를 할 수 있는 이들에 한해 아무것도 넣지 않은 교자 하나씩을 주어 겨우 명절이구나, 하고 생각할 수 있을 정도였다.
그때까지만 해도 소림은 여전히 고즈넉한 산사의 풍경을 그대로 유지하고 있었다.

장건도 이제 열여섯이 되었다.
그래도 하루의 일과는 별로 변한 것이 없었다.
"오늘은 여기까지 해요."

당예는 짧게 독공의 수련을 마쳤다. 거의 다 배워 버려서 천지원양공이 아니면 가르칠 게 없었다.

"고마워요. 오늘도 고생했어요."

장건이 인사를 하고 가려 하자, 당예가 장건을 붙들었다.

"아, 저기. 괜찮으면 점심이나 같이 해요."

장건의 귀가 쫑긋했다. 한 일주일 같이 있었다고 당예도 이젠 장건이 뭘 좋아하고 싫어하는지 조금은 알았다.

특히나 먹는 것 얘기가 나오면 장건은 갑자기 우유부단한 모습을 보였다. 그때만큼은 한 번에 거절하는 일이 드물었다.

"하지만 아직 점심 공양 시간도 좀 남았고……."

"그때까지 얘기나 하면서 기다리면 되죠."

"음……."

장건은 머리를 긁적였다.

당예가 은근한 목소리로 말했다.

"아침에 마을에 내려가서 다과를 좀 구해 왔어요."

다과라는 말에 장건이 마른침을 꼴깍 삼켰다.

"자꾸 얻어먹으면 너무 미안한데요. 신세를 지면 언젠가 갚아야 되잖아요."

"괜찮아요. 안 갚아도 되는 거예요."

사실 중요한 건 먹는 게 아니라 조금이라도 장건과 대화를 하고 함께 있기 위해서다. 부모에게 잘 보이는 것도 중요하지만 어쨌든 장건에게도 잘 보여야 했다.

당예는 최대한 밝은 얼굴로 미소를 지어 보였다.

그러나 차츰 당예의 표정은 웃는 그대로 굳어갔다.

"서방니임— 공부 다 했어?"

제갈영이었다. 이제나 저제나 끝나기를 기다리고 있다가 대번에 달려온 모양이다.

막 장건에게 달려드는 제갈영을 당예가 가로막았다.

"이제 그 '서방님'이란 말 안 하기로 하지 않았어?"

제갈영은 '흥! 첩년 주제에'라고 조그맣게 중얼거리며 고개를 픽 돌렸다.

순간 당예는 제갈영의 목을 세 바퀴쯤 돌리고 작두로 발끝부터 잘근잘근 다지는 상상을 했다.

'후우, 후우.'

당예는 눈을 감고 애써 화를 가라앉혔다.

"너, 한 글자가 더 붙었다."

첩에서 첩년이 되었다.

그러나 제갈영은 당예에게는 신경도 쓰지 않고 장건에게 졸랐다.

"오라버니. 나 무공 좀 가르쳐 줘."

"무공을?"

둘의 미묘한 사이에서 어쩔 줄 모르고 있던 장건은 차라리 그게 나을까 생각했다.

"가르쳐 주고는 싶지만, 소림사의 무공을 가르쳐 줄 수는 없는걸."
"누가 까까머리 스님들 무공 가르쳐 달래? 내 무공을 좀 봐 달라는 거지."
전에 소왕무와 대팔의 무공을 봐준 적이 있어 장건은 대수롭지 않게 고개를 끄덕였다.
"그럼, 그럴까."
"와아, 신난다."
제갈영이 히죽대며 당예를 곁눈질로 눈치를 주었다.
"남의 무공 수련을 함부로 보면 안 되는 거 몰라? 자리 좀 비켜주시지."
"풋."
"왜 웃어?"
"네 무공이 얼마나 대단해서 볼 게 있다고 자리를 비켜달라니? 쯧. 한심해서."
제갈영도 무가의 자식이라 은근히 자존심이 강했다.
"그럼 누가 더 센가 한 번 붙어볼래?"
"네가 혼이 나고 싶어 안달이 났구나."
그렇잖아도 한 번은 서로 간에 기를 잡아야 한다 작심하던 중이었다.
당예는 제갈영에게 질 리가 없다 생각했고, 제갈영은 당예가 독이나 암기만 쓰지 않으면 해볼 만하다 생각했다.
당예와 제갈영이 동시에 장건을 쳐다보았다.

"우리 비무할 테니까 참관인이 되어줘."
장건은 얼떨결에 대답했다.
"응."

 당예와 제갈영의 실력은 사실 큰 차이가 나지 않았다. 당예도 역시 주특기는 암기술과 독공이었다. 한 줌 독물로 만들어 버리고 싶은 마음이야 굴뚝같았지만 소림에서 그런 일을 저지를 수는 없었다.
 그러다보니 제갈영의 천리삼수는 당예의 편련수(鞭連手)에도 그리 밀리지 않았다. 예전에 장건을 상대할 때 보였던 빈틈이 많이 줄어든 상태였다.
 당예의 손이 채찍처럼 크게 휘어지며 날카롭게 제갈영의 손목을 채 갔다. 제갈영은 코웃음을 치며 천리삼수의 묘용을 극대로 펼치기 시작했다.
 공격이 실패하자 당예는 난감해졌다. 제갈영의 손이 여러 갈래로 늘어나며 허초와 실초의 구분이 모호해졌다. 아차 하는 사이에 당예의 손목이 제갈영의 손에 들어갔다.
 당예는 급히 발끝으로 제갈영의 무릎을 걷어찼다.
 빡!
 제갈영이 비틀거렸다.
 "치사하게!"
 "비무를 하자고 했지 누가 금나수를 겨루자고 했어? 나이만 어린 줄 알았더니 바보였구나, 너."

제갈영이 다시 천리삼수를 펼쳤다. 손에 사정이 없이 무자비할 정도로 당예를 몰아쳤다. 당예는 편련수를 적절히 이용하면서 퇴법을 적절히 이용했다.

제갈영은 다리를 내주면서 당예의 뺨을 쳤다. 당예가 피한다고 피했지만 살짝 손톱자국이 났다.

"이, 이게 어디 얼굴을 할퀴어!"

제갈영이 절뚝거리면서 비웃었다.

"헹. 자기 무공 실력이 부족한 걸 누굴 탓해."

이쯤 되면 거의 눈에 보이는 게 없어질 지경이다.

"너 죽었어!"

"누가 할 소릴!"

둘의 비무는 점차 격렬해졌다.

당연히 장건은 제대로 비무를 관람할 수 없었다. 무엇보다 둘의 관계가 걱정되었고, 간간이 보이는 살기에 눈살이 찌푸려졌다. 둘의 무공 실력은 나중 일이었다.

사람을 상하게 하는 게 싫은 장건은 둘의 다툼이 도를 넘어서자 자리에 있는 것조차 불편해졌다.

'말려야 되나?'

장건이 고민하고 있을 때, 누군가가 연무장으로 다가왔다.

"어? 대사형."

무진이었다.

"몸은 괜찮으세요?"

"아, 큰 탈 없이 다 나았다."

무진은 빨리 내공을 끌어 올려서 독기에 대항했기에 피해가 적었다.

무진이 장건을 바라보는 눈빛은 여러모로 복잡하다.

그간의 사정을 다 알고, 자신도 관련이 있었기에 더욱 그러하다. 시키는 일이라 어쩔 수 없이 했다고는 하나 그 때문에 장건과 소림이 겪었던 일을 생각하면 마음이 편치 않았다.

"넌 어떠냐."

"전 괜찮은데……."

장건이 당예와 제갈영을 눈짓했다.

달리 설명할 필요도 없이 둘이 왜 싸우고 있는지는 무진도 알고 있었다.

무진은 갑자기 웃음이 나왔다. 마음은 무거운데 웃음이 나오는 까닭은 스스로도 몰랐다.

무진이 장건의 머리를 쓰다듬었다.

"다 네 복이다."

"네?"

"인생지사 새옹지마라고 하지 않느냐. 큰일을 겪었지만 그것이 오히려 복이 된 거지."

장건은 별로 복이라고 생각하지 않았다. 불편해서 죽을 지경이었다. 하루라도 빨리 부모님이 와서 해결해 주기를 원하고 있었다.

　장건은 뾰루퉁한 표정으로 무진을 쳐다보았다.

　"이런 복은 별로 좋지 않은걸요. 복이라고 생각도 안 되구요."

　"인석아. 나야 중이니까 그렇다 치더라도 넌 그러면 안 되지. 세상에 몇 가지 큰 복이 있다. 여복(女福)은 그 중에서도 으뜸이라면 으뜸인데, 어떻게 네 녀석이 나보다도 더 목석처럼 구는 거냐."

　긁적긁적.

　"넌 저 두 여 시주를 봐도 아무렇지 않단 말이냐? 중인 나조차 가슴이 뛰는데."

　당예와 제갈영은 거의 무아지경에서 비무……를 벌이고 있었다.

　"죽어!"

　"죽여 버릴 거야!"

　앙칼진 외침이 마구 터져 나온다.

　무진은 '흠흠' 하고 헛기침을 했다.

　"물론 머리칼을 풀어헤치고 산발이 되어 싸우는 모습을 보니, 그리 가슴이 뛰진 않는다만."

　그래도 둘은 여전히 둘만의 싸움에 몰입해 있다.

　장건이 킥 하고 웃었다. 소왕무와 대팔이라면 그래도 좋다고 입을 헤 벌릴지도 모를 일이었다.

무진은 머쓱해져서 민머리를 매만졌다.
"아차, 방장 사백조께서 부르신다."
"절요?"
"그래. 나랑 함께 오라 하셨다는구나. 어서 가자."
장건이 걱정스러운 얼굴로 당예와 제갈영을 보았다.
"안 말려도 될까요."
"글쎄다."
정도가 심하니 말리는 게 좋겠지만, 정상적인 비무가 아닌 터라 무진도 말리고 난 후 뒷감당을 할 자신이 없었다.
"어쩐다……."
잠깐 고민하던 무진이 장건의 등을 툭 쳤다.
"튀자."
"네?"
"이럴 땐 삼십육계 줄행랑이 최고다."
무진이 먼저 튀자 장건은 '어어어' 하다가 어쩔 수 없이 무진을 뒤따랐다.
남겨진 당예와 제갈영은 그 후로도 한참을 지칠 때까지 싸우고 있었다.

제6장

문각의 진전

원호는 대노했다.

"이런 귀한 걸 숨겨놓고 있었다니! 이것은 사문에 대한 배신입니다!"

원호의 앞 탁자 위에는 둥글게 말려진 두루마리가 하나 놓여 있었다.

장건이 자유롭게 되었다는 이야기를 들은 굉목이 내놓은 문각의 무공이다. 다른 곳도 아니고 문각의 사리탑에 그대로 들어 있었다.

"어떻게 태사조의 무공을 그 수많은 사람들이 오가는 사리탑에 방치해 놓을 수 있단 말입니까! 만약 그 중에 못된 마음을 먹은 자가 사리탑을 뒤져보기라도 했으면 어쩌려구요!"

굉운이 원호를 진정시켰다.

"누가 사리탑을 함부로 건드리겠는가. 괜찮네."

원호는 쉽게 진정하지 못한다. 두루마리에는 손도 대지 못하고 부들부들 떤다.

"이것만, 이것만 소림에 이어졌던들 소림이 이 지경까지는……."

그것만큼은 진심이었다.

장경각주인 굉봉이 하품을 했다.

"문각 태사조의 무공을 익혀도 그분처럼 고수가 되란 법이 없는데 왜 이리 호들갑을 떠나? 그런데 방장 사형, 그 변비 걸린 아이는 왜 안 오는 겁니까? 그냥 열어보면 안 되오?"

변비 걸린 아이란 말에 굉운은 웃고, 원호는 이를 갈았다.

굉운이 말했다.

"그 아이에게 꼭 보여주기로 했으니 조금만 기다리세. 곧 무진이 데려올 거네."

계율원에 있는 것은 굉운과 굉봉, 그리고 원호뿐이다. 일단 문각의 무공을 확인하고 그 후 무공을 익힐 전인(傳人)을 구할 생각이었다. 대외적으로 공표할 필요는 전혀 없었다.

그래서 일부러 굉운은 굉봉을 데리고 직접 계율원으로 왔다.

곧 무진이 장건을 데리고 들어왔다.

"아미타불, 부르셨다고 들었습니다."
"와서 이리 앉거라."
자리에 앉자 굉봉이 장건을 보고 물었다.
"변비는 다 나았냐?"
"저 변비 아니에요."
"그래."
쓸데없는 말 몇 마디가 오가고, 굉운이 장건과 무진을 보며 말했다.
"너희 둘을 이 자리에 부른 것은 각각 다른 이유가 있기 때문이다."
굉운이 두루마리를 들어 보였다.
"이것은 그간 실전된 줄만 알았던 문각 태사조의 무공이 담긴 권자(卷子)다."
무진이 탄성을 냈다.
"아!"
무진은 그것이 얼마나 중한 것인지 안다. 무림인에게 한 권의 상승 무공비급은 목숨과도 바꿀 가치가 있다.
"무진아."
"예."
굉운의 부름에 무진은 떨리는 목소리로 대답했다.
"너는 무자배의 맏이로서 마땅히 이것을 익혀야 할 것이다. 네가 아니면 익힐 이가 없으니, 십 년 폐관을 들어서라도 기필코 익혀야 한다."
"아, 알겠습니다."
굉운이 이어 장건을 보았다. 장건은 예의 똘망똘망한 눈빛으로 굉운의 시선을 마주했다.
"그리고 건아."
"예, 방장 대사님."
"굉목 사제에게 듣자하니 사람을 해하지 않는 무공을 알고 싶다 했다지."
장건의 눈이 휘둥그레졌다.
"그런 무공이 정말 있나요?"
"있다고도, 없다고도 할 수 없으나 이것이 해답을 찾는 데에는 도움을 줄 것이다."
굉봉이 끼어들었다.
"여기 있는 비급은 홍오 사백의 사부가 되시는 문각 사백조께서 남기신 거다. 문각 사백조께서는 천하오절이라 불리우실 정도로 대단한 무공을 소유하고 계셨으나, 상대를 크게 다치지 않게 하면서 물리는 것으로도 유명한 분이셨다."
장건은 뛸 듯이 기뻤다.
장건으로서는 오랜 숙원(?)을 해결할 수 있는 셈이었다.
"에그그, 이 바보 같은 녀석. 다치지 않고 물러서게 만드는 게 뭐 쉬운 일인 줄 아느냐?"
굉봉이 장건에게 핀잔을 준 후 다시 설명했다.

"문각 사백조께서는 백보신권(百步神拳)에 특히 능하셨는데, 사해에 악명을 떨치던 대마두는 물론이고 내로라하는 고수들이 문각 사백조의 백보신권에 모두 무릎을 꿇었다."

무진이 물었다.

"하나 백보신권이라면 이미 본문에도 비결이 이어지고 있지 않습니까."

"그것과 다르니까 하는 말이 아니겠느냐. 넌 본 적이 없을 테지만, 그분의 백보신권은 남들의 백보신권과 크게 달랐다. 더 강하고 위력적이었으나 극히 부드럽고 온화하였지. 여기 계신 방장 사형과 내가 추측컨대 이것은 분명 문각 사백조의 독문 백보신권이 틀림없을 거다. 지금 우리가 알고 있는 백보신권과는 전혀 다른 것이라 봐야 한다."

"독문…… 백보신권."

장건이 잠시 생각하다 물었다.

"저……, 그런데 백보신권이 뭔가요?"

"백보신권은 백보 안에 있는 모든 사물을 칠 수 있는 권법이다. 장풍 같은 거라고 생각하면 더 쉽겠다만. 실제로 문각 사백조께서 손을 뻗으면 멀리서도 상대가 픽픽 쓰러지곤 했었다. 특히나 고수를 상대로는 더 강하셨지."

장건은 풍진의 살기를 떠올렸다. 풍진은 아무것도 하지 않았는데 날이 선 살기가 날아와 몸을 베고 지나갔었다.

'백보신권도 그와 비슷한 건가보네.'

꿩봉이 곧 꿩운에게서 두루마리를 건네받았다. 꿩봉은 혹시 두루마리가 상하지 않을지 먼저 이리저리 살폈다.

보통의 비급처럼 책으로 묶여 있거나 두루마리를 엮은 형태인 권자본(卷子本)이 아니라 그저 한 장의 두루마리일 뿐이었다.

문각이 지닌 무공의 정수가 그 한 장에 담겨 있다고는 생각하기 어려웠으나, 근본이 백보신권이라면 전혀 불가능한 것도 아니다.

"자, 그럼 열어 보겠습니다."

꿩봉이 신중히 두루마리의 봉인을 뜯고 펼쳤다.

꿩운은 물론이고 원호, 장건까지도 숨을 죽이며 그 모습을 지켜 보았다.

"허!"

두루마리를 펼친 꿩봉이 가장 먼저 탄성을 냈다.

한데 꿩봉은 탄성을 마치기도 전에 고개를 갸우뚱거렸다.

원호가 독촉했다.

"저희에게도 보여주셔야 하지 않습니까."

"성질도 급하긴. 알았네."

꿩봉이 탁자 위에 두루마리를 펼쳐 놓았다.

잔뜩 기대감을 가지고 두루마리의 내용을 확인한 모두는 거의 동시에 실망한 표정을 짓고 말았다.

그것은 그림이었다.

정교하긴 하나 그리 대단하다고는 보기 어려운 그림이 그려져 있을 뿐이었다.

노승 한 명이 태양을 향해 일권을 내지르고 저 멀리에 마두가 부복하고 있는 모습이었다. 얼핏 노승의 시선이 마두를 향하고 있는 것으로 보아 노승이 마두를 제압하는 듯하나 주먹을 내지르는 방향은 전혀 달랐다.

게다가 먹물이 모자랐는지 마두의 모습은 거칠고 흐릿하다. 노승의 모습이 정교하게 묘사된 것에 비하면 굉장히 허술했다.

따로 설명을 하는 글도 없었다. 우측 상단에 쓰여진 다섯 글자가 두루마리에 써진 글의 전부였다.

거무불거유(居無不居有)

"유(有)에 있지 않고 무(無)에 있다."

문각의 진전을 이어야 하는 무진은 난감하기 이를 데 없었고, 원호는 실망감을 여실히 드러냈다.

"이, 이것이 정말 문각 태사조의 비급이 맞습니까?"

굉목이 제대로 준 것인지 의심스럽다.

원호와 굉운이 굉봉을 보았다. 장경각주인 굉봉을 데려온 것은 혹시나 이런 일이 있을까 해서였으나, 굉봉도 아직 제대로 된 답을 내놓지는 못하고 있었다.

굉봉이 흰 수염을 만지작거리며 뚫어져라 두루마리를 보았다.
"문각 사백조의 필체는 맞는 것 같은데, 거무불거유란 글귀와 그림의 내용은 전혀 이해할 수가 없군요."
"거무불거유라……."
"채근담의 한 구절입니다만, 그런 뜻으로 쓰신 것은 아닐 테지요. 아무래도 우리가 모르는 구결 중의 일부인 것 같습니다. 다른 무공서를 찾아보면서 좀 더 연구를 해보아야겠습니다."

굉운은 담담히 고개를 끄덕였다.
"알겠네."
한데 유일하게 실망하지 않은 이가 있었다.
바로 장건이다.
장건은 만면 가득 화색을 띠고 감탄하고 있었다.
"우와아."
원호는 자기도 모르게 장건의 그런 모습을 보고 인상을 쓰고 말았다.
'설마……, 나도 보지 못하는 것을 이 아이가 본단 말인가?'
굉봉이 놀라서 물었다.
"넌 이게 무엇인지 알아보겠느냐?"
장건이 여전히 감탄하는 얼굴로 대답했다.
"그림이잖아요."
"……그림이지. 그것 말고 다른 건?"

장건은 잠깐 생각하다가 말했다.

"여기 그림 속의 스님 동작이 정말 간결한 것 같아요. 제가 본 중에 가장요. 그림이라서 그런가?"

심지어는 풍진의 검초보다도 더 유려하다. 장건은 그 말을 하고 싶었지만, 굉봉이 실망한 어조로 말을 내뱉는 바람에 말을 멈추고 말았다.

"그게 백보신권의 동작이다. 그림 속에 있는 인물은 아마도 문각 사백조 본인이시겠지."

원호는 '그럼 그렇지' 하는 표정을 지었다. 소림 무공의 진수이기도 한 백보신권의 가치를 알아본 것은 놀라운 일이나, 역시 장건으로서도 거기까지가 한계이리라.

굉운이 곧 장건을 보며 말했다.

"네가 오늘 본 것은 오래전 입적하신 소림의 고승께서 남긴 것이다. 본래 속가 제자에게는 전하지 않는 것이기도 하지. 따라서 너는 이것이 무엇인지 모른다 해도 함부로 남에게 알려서는 안 된다."

장건이 고개를 끄덕였다. 그러면서도 시선은 그림에서 벗어나지 못하고 있었다. 마치 그림 전체를 눈에 담아 두려는 듯했다.

'어차피 이것을 이해하고 이해하지 못하는 것은 이제 온전히 네게 달렸다.'

굉운은 굉목과의 약속을 지켰다. 일반적으로 무공 구결이든 비급이든 기본 무공이 아니라면 깨달음에 관한 것이다. 이 그림에 숨어 있는 깨달음을 찾아내는 건 다른 사람이 가르쳐 준다고 되는 일이 아닌 것이다.

"그럼 굉봉 사제가 이 그림을 가져가서 해석을 해보도록 하게. 또한 건이에게 말한 것처럼 오늘의 일은 당분간 누구에게도 발설하지 않도록."

조금은 들뜬 표정의 장건을 제외하고 다른 이들은 대체로 실망한 표정으로 굉운에게 반장을 하고 계율원에서 물러났다.

하지만 장건은 다른 사람들이 왜 실망하고 있는지 조금도 이해하지 못하고 있었다.

* * *

장건은 계율원을 나와서 잠시 소림사의 경내를 배회했다. 머릿속에 그림에 대한 생각이 가득했다.

가상의 풍진과 그림 속의 노승이 대결을 한다.

풍진이 바람을 가르며 일검을 내지르고 노승은 주먹을 뻗는다. 어떻게 보면 허허롭기까지 한 평보(平步)의 자세로 가볍게 뻗는 주먹이었다.

풍진이 그냥 내리 그으면 노승은 끔찍하게도 반으로 쪼개질 것 같았다.

그러나 풍진은 마치 어딘가 걸린 것처럼 검을 긋지 못한다.

노승의 주먹에 실린 기운은 풍진의 검세를 뚫고 그대로 나아갔다.
 풍진은 뒤로 성큼 물러나고 말았다.
 풍진이 큰 치명상을 입은 것은 아니었다. 그럼에도 불구하고 풍진은 검을 들지 못한다.
 싸울 의지를 잃은 것이다.
 누가 이겼다고도 할 수 없지만 누가 진 것도 아니었다.
 장건의 상상 속에서 펼쳐진 싸움은 그렇게 끝이 났다.
 "정말 대단해."
 이것이야말로 장건이 원하던 그런 무공이었다.
 하지만 장건은 곧 고개를 갸우뚱했다.
 "어떻게 하면 그렇게 되지?"
 풍진의 검초는 완벽하다. 장건이 가장 이상적이라고 생각할 만큼의 동선을 교교(皎皎)하게 그린다.
 그림 속의 노승도 마찬가지다. 평범하게 보이는 동작에 전혀 결점이 없다. 흠도 없고 모자람도 없다. 그러면서도 지나치지 않는다.
 다만 풍진의 검초는 너무 살벌하고 살기등등한 반면에 노승의 권법은 자애롭다. 자애로우면서도 풍진의 검에 결코 뒤지지 않았다. 아니, 애초에 이기려는 생각조차도 없는 듯 보인다.
 "이상하다."

그림 속의 노승이 마두가 아닌 하늘을 향해 권을 뻗고 있었던 것처럼, 풍진과의 대결에서도 마찬가지였다. 풍진은 치명적인 부위를 노리는데 비해 노승은 약점과는 전혀 상관없는 곳을 때렸다. 그리고 풍진을 물러서게 만들었다.

"백보신권이 원래 그런 건가."

장건 스스로도 왜 그렇게 상상이 되는지 알 수가 없었다. 그냥 풍진이 검을 내리치는 장면에 그림 속의 노승을 가져다 두면 그렇게 되었다.

이내 장건은 혼자서 이렇게 끙끙대봐야 소용이 없다는 걸 깨달았다.

"난 백보신권을 모르니까 안 되겠어."

장건은 걸음을 멈췄다. 어느새 내원 끄트머리에 있는 작은 정자에까지 와 있었다.

"노사님께 여쭤봐야겠다."

장건은 종종 걸음으로 굉목의 병실을 향해 걸어갔다.

* * *

굉목은 상세가 많이 좋아져서 일어나 걸을 정도가 되었다. 예전 같았으면 곧바로 자신의 암자로 돌아갔을 테지만 이번에는 왠지 더 눌러앉아 있다.

장건이 문각의 무공을 받아들였는지 확인하기 위해서였다.

문각의 무공이 어떤 것인지는 굉목도 모른다. 굉목은 권자를 받은 후 한 번도 열어보지 않았다.

"방장 사형이 건이를 불렀다 했는데 잘 되고 있는지 모르겠군."

호랑이도 제 말하면 나타난다더니 장건이 문을 열고 들어왔다.

"노사님."

굉목은 살짝 놀랐지만 태연한 표정으로 장건을 맞이했다.

"왔느냐."

장건이 '에헤헤' 웃으면서 다가왔다. 굉목은 장건의 표정을 보고 대뜸 장건이 뭔가 원하는 게 있다는 걸 알았다.

"이놈이? 사내답지 못하게 왜 그런 웃음소리를 내? 말하고 싶은 게 있으면 할 것이지."

"어?"

장건이 눈을 동그랗게 떴다.

"제가 뭐 물어보러 온 거 어떻게 아셨어요?"

"표정에 다 드러난다."

"그런가……."

8년을 같이 있었더니 모를래야 모를 수가 없다.

"그게 중요한 일이냐?"

"아뇨."

장건이 머쓱하게 머리를 긁었다. 굉목은 머리 긁는 장건의 습관을 고쳐야 한다고 말하고 싶었다. 하지만 그나마도 없으면 장건은 별로 사람 같지도 않아 보일 터였다.

가뜩이나 행동거지가 딱딱하고 어색하다보니 그나마 저런 모습을 보일 때나 사람 같다.

"아, 큰일이네. 원래 노사님께 뭘 여쭤보려 했는데요. 노사님이 눈치가 너무 빠르셔서 못 물어보겠어요."

"내가 눈치가 빠른 거랑 무슨 상관이냐."

"방장 대사님이 오늘 본 거 얘기하지 말라고 하셨거든요."

문각이 남긴 권자인 모양이다.

"괜찮다. 그건 내가 방장 사형에게 준 거다. 정 뭐하면 자세한 내용은 말하지 않아도 된다."

장건이 가득 미소를 머금고 웃었다. 어쩐지 면죄부라도 얻은 듯한 표정이었다.

장건이 물었다.

"백보신권에 대해서 좀 알려주세요."

"백보신권?"

문각은 백보신권을 일절로 삼았다. 뭔가 했더니 권자에 그런 것이 있었나보다.

"백보신권은 권공이면서도 유독 내가공부가 엄청나게 필요한 무공이다."

"멀리 있는 상대를 장풍처럼 때릴 수 있는 무공이라면서요?"

"장풍이라고 생각하면 틀리지 않지만, 네가 백보신권을 제대로 배우려면 그렇게 생각하면 안 된다. 나는 상대를 앞에 둔 것처럼 권법을 펼치는 것이나, 상대는 나를 건드릴 수도 없는 거리에서 내 권을 받아야 하는 것. 그게 백보신권이다."

"아하. 거리."

"그래. 백보신권은 거리에서 이득을 보는 수법이다. 같은 무공이라도 팔다리가 더 길면 유리하지 않겠느냐."

"그렇군요. 거리…… 백보……."

그렇게 읊조리던 장건의 표정이 이상해졌다. 노승의 동작에 반해 깜박 잊고 있던 게 생각났다.

"생각해 보니까 백보신권이나 장풍이나 내공을 밖으로 쏟아내는 거잖아요."

"이상한 소리를 하는구나. 공력을 외부로 뻗어내지 않으면 어떻게 멀리 있는 상대를 때릴 수 있단 말이냐."

"헉."

장건의 안색이 급격히 나빠졌다.

장건이 금강권을 사용하기 싫어하는 이유 중의 하나가 바로 그것이었다. 몸의 근육이 꼬이는 것도 그렇고, 상대가 다칠까 봐 두려운 것도 그렇지만, 내공이 빠져나가 순식간에 단전이 비어 버리는 게 싫다.

그때의 기분을 한 마디로 표현하자면 정말 아까워 죽을 지경이다, 라는 말이 딱 어울렸다. 아주 위급한 상황이 아니면 쓰지 않는 이유이기도 했다.

'내가 어떻게 힘들게 기를 먹는데, 그걸 밖으로 버려? 하다못해 독공 수련을 하면서도 독기를 내뿜는 게 그렇게 아까울 수 없었는데.'

한참 운기조식을 하면 다시 단전은 차오르지만 그래도 기분이 찝찝한 것은 어쩔 수 없었다.

"하아……."

장건은 갑자기 기운이 사라졌다.

굉목은 장건의 어깨가 축 처지는 것을 보고 살짝 안쓰러운 마음이 들었다.

공력을 뿜어내는 수법은 극히 어려운 것이다. 더구나 깊은 내공이 뒷받침되어 주지 않으면 사용할 수가 없다. 아무리 장건의 무위가 날로 발전한다 해서 부족한 내공까지 갑자기 불릴 수는 없었다.

"쯧쯧. 그래서 백보신권이 외가공부이면서도 내가공부가 크게 필요하다 하지 않았느냐. 네 내공으로는 지금 그것을 배우기에는 어림도 없다. 내공이 이 갑자는 넘어서야 겨우 십보신권이나마 할 수 있을 거다."

장건의 고개가 점점 아래로 떨어져갔다.

굉목은 괜히 마음이 측은해진다. 풀이 죽으라고 이런 기회를 준 게 아니었는데, 괜한 짓을 했나 싶었다. 하지만 속마음과 다르게 언성은 높아졌다.

"이놈! 학문이든 무공이든 배울 게 남아 있으면 그것을 향해 정진하는 것이 사람의 도리이거늘, 당장 못한다고 포기하는 것이냐!"

모처럼 굉목의 호통을 들은 장건이 찔끔하며 고개를 들었다.

"죄송해요. 제가 너무 성급하게 생각했나 봐요."

장건은 못한다고 생각하지는 않았다. 내공이 밖으로 나가는 게 본능적으로 싫을 뿐이다.

하지만 다른 방법이 있을지도 모른다. 그것을 더 알아보지도 않고 실망한 것은 분명 장건의 잘못이었다.

"알면 됐다. 하나씩 하나씩 배우고 알아간다고 생각하는 것이 제대로 된 정도를 가는 게다."

장건이 고개를 들고 물었다.

"아, 그런데 이상한 게 있어요."

"또 뭐냐?"

어차피 내공이 부족해 당장은 못한다고는 하나 그래도 그림 속 노승의 권법에 숨겨진 비밀이 너무나 궁금했다.

"백보신권은 상대의 정면을 보고 때리는 게 아닌가요? 아니다. 상대를 때리지 않는 거라고 물어봐야 되나?"

"그게 무슨 소리냐?"

"상대를 때리지 않는데 때리는 거예요."

"……."

굉목이 가만히 장건을 쳐다보았다. 장건의 눈은 진지해서 장난을 치는 것도 아니었다.

굉목은 인상을 쓴 채 말했다.

"나는 무공과 거리를 두고 살아 백보신권과 같은 상승 무공은 잘 모른다. 하지만 상대를 때리지 않으면서 때린다는 건 좀 이상하구나."

"그래서 저도 이상하다고 생각했어요."

생각하던 장건이 물었다.

"그럼 소림에서 가장 백보신권을 잘하는 분이 누구세요?"

"방장 사형도 백보신권은 할 줄 알긴 하나 일절로 삼지는 않았고……."

굉목이 불쾌한 표정으로 말했다.

"소림에서 백보신권을 가장 잘하는 사람이 있다면 현재는 아마 사부일 거다."

"아, 홍오 대사님이요?"

"그래."

장건이 중얼거렸다.

"그럼 홍오 대사님께 가봐야겠구나……."

굉목이 인상을 썼다.

"가서 백보신권을 배우는 건 좋다만 문각 사조의 무공에 대해서는 말하지 말거라."

굉목의 사조라면 홍오에게는 사부인데 왜 말하지 말라는 것인지 장건은 의아했다. 하지만 굉목이 시키는 데에는 다 이유가 있을 터였다.

"예, 그럴게요."

장건이 또 '헤헤' 웃었다.

굉목은 인상을 더 썼다.

"알았으니 어서 가봐라."

"역시 노사님은 제 마음을 잘 아신다니까요. 헤헤. 저녁에 또 올게요."

장건은 인사를 하자마자 후다닥 병실을 나섰다.

그런 장건의 뒷모습을 보는 굉목의 찌푸린 표정은 어느샌가 풀어지고 있었다.

* * *

"홍오 대사님이 어디 계시더라."

장건은 병실을 나와 외원을 향했다. 풍진과 홍오는 주로 내원와 외원의 경계에 있는 커다란 나무 밑에서 자주 노닥거리곤 했다.

"맨날 풍진 도사님과 같이 계시더니, 오늘은 안 계시나."

……라고 말하기가 무섭게 투닥대는 말소리가 들려온다.

"아, 이 망할 도사야! 왜 자꾸 날 졸졸 쫓아다니는 거야?"

"누가 널 쫓아다닌다고 그러냐. 누가 들으면 오해하겠다."

외원에서 오는 돌담길에서 풍진과 홍오가 걸어오는 모습이 보인다.

"홍오 대사님."

풍진과 홍오가 다투다 말고 장건을 본 순간, 이미 장건은 십여 장을 훌쩍 건너서 앞에 서 있었다.

풍진이 '허허' 하고 웃었다. 언제 봐도 기이한 신법인데 빠르기까지 하다.

"뭔 일이기에 그리 호들갑을 떠느냐."

장건이 꾸벅 합장을 하며 말했다.

"백보신권을 좀 보여주세요."

"백보신권을?"

아닌 밤중에 홍두깨 같은 얘기라 홍오는 눈을 몇 번이나 깜박거렸다.

풍진이 묘한 표정을 지으며 홍오를 재촉했다.

"보여 달라면 보여줘. 가르쳐 달라는 것도 아닌데 뭐가 어렵냐. 애가 무공 좀 보고 싶다는 데 못 보여줄 건 또 뭐 있어?"

홍오가 떨떠름한 얼굴로 풍진을 쳐다보았다.

"이 도사 놈은 또 왜 이래?"

"흐흐흐."

한 번 보면 배운다는 장건의 모습을 직접 구경하고 싶은 것이다.

"건이에게 보여주는 건 어렵지 않은데, 너한테는 못 보여주지."

"그러지 말고 좀 보여줘! 그냥 옆에서 구경만 하겠다는 거잖냐."

"남의 무공을 공짜로 구경하려는 못된 심보는 대체 어디서 배운 버릇이야?"

"난 이미 밑천이 떨어졌다. 저 녀석에게 보여줄 건 다 보여줬단 말이다."

그러고 보니 장건은 풍진의 검을 복기까지 하고 있지 않았는가.

홍오는 고소한 얼굴로 답했다.

"흥. 그래도 그렇게는 못하겠다. 건아, 안으로 들어가자꾸나."

홍오가 장건을 끌고 내원으로 갔다. 내원에는 외인이 들어올 수 없으니 풍진도 발을 동동 구를 수밖에 없었다.

"끄응. 소갈머리하고는."

풍진은 투덜거리면서 외원으로 다시 돌아갔다.

홍오는 궁보의 자세에서 양팔을 천천히 휘저으며 다리를 낮추고 부보의 자세로 전환했다.

호흡을 고르며 천천히 단전에서부터 공력을 끌어올린다. 승복의 옷자락이 파닥거리며 흔들렸다. 이어 독립보에서 궁보로 발을 옮기고 중심을 앞선 왼발에 실었다. 원을 그리던 한 손은 가슴에 얹어 반장을 하는 모양새를 취하고 우권을 쏟아냈다.
팍!
홍오의 우권에서 뻗어 나온 권경이 사오 장 남짓한 거리에 있는 나무토막을 맞추었다. 나무토막이 산산이 부서지며 뒤쪽으로 흩어져 날아갔다.
홍오는 공력을 내리며 천천히 원래 자세로 돌아왔다.
"이게 백보신권의 기본 초식이다."
홍오가 백보신권을 이렇게 느릿하게 펼칠 정도는 아니었다. 장건에게 보여주기 위해 동작을 천천히 한 것이다.
홍오는 기대감을 가지고 장건을 슬쩍 보았다. 무언가를 보면 자신의 방식대로 해석하는 아이라, 이번에는 어떻게 해석할지 궁금했다.
장건은 홍오의 시연을 보고 곰곰이 생각에 빠져 있었다.
"대사님. 혹시요, 때리지 않고 때리는 방법이 있나요?"
"글쎄다? 네가 뭘 말하는지 모르겠구나."
"사람을 상대로 때리지 않는데 그 사람이 물러서는 거죠."
"오호라. 네가 어디서 사부의 얘기를 듣고 온 모양이구나. 사부의 백보신권이 그러했지."
장건은 속으로 '이크' 했다.
'홍오 대사님이 다 아신 거 아냐?'
하지만 홍오의 표정이 이상하다.
홍오는 말을 하다 말고 석상처럼 굳어 있었다.

뭔가 생각하려는 표정도 아니고 그냥 시간이 멈춘 듯 가만히 서 있는 것이었다.
"홍오 대사……님?"
"응?"
홍오가 무슨 일이냐는 듯한 얼굴로 장건에게 되물었다.
"무슨 얘기까지 했었지?"
장건이 오히려 당황했다.
"대사님의 사부님 얘기요."
홍오가 괜히 하늘을 올려다본다.
"아, 그래. 사부님 얘기를 하고 있었지."
그리곤 또 미동도 않고 멈춘다.
갑자기 눈가에 잔주름이 자르르 떨렸다.
"이상하구나. 나이가 들어서 갈 때가 되었나. 사부님 생각이 잘 나질 않아. 분명히 내게 뭐라고 했던 것 같은데. 그게 뭐였더라? 거…… 거…….."
장건은 금방이라도 '거무불거유요!' 하고 외치고 싶어 입이 간질거렸다.
홍오는 한참을 끙끙대다가 손뼉을 쳤다.
"맞다! 거무불거유였다. 유에 있지 않고 무에 있다."
"엑!"
장건은 눈을 휘둥그레 떴다. 홍오가 그 말을 알고 있을 거라고는 생각도 못한 것이다. 홍오가 그 말의 뜻을 알고 있다면 방장이나 꿩봉이 굳이 애써 찾을 필요가 없는 일이었다.
"그래서 내가 사부님께 그리 말씀을 드렸지. 무엇이 무에 있고 유에는 없습니까."
"그랬더니 사부님께서 뭐라 하셨나요."
"모든 것이 그렇다고 하셨다. 그러니까……."
홍오는 또다시 머리를 싸맸다.
일전에 꿩운이 꿩목에게 한 말은 확실히 맞는 것이었다. 오성이 극대화되는 고수가 과거의 일을 기억하지 못한다는 것은 말이 되지 않는 일이었다.
홍오는 다음 말을 생각해내는 데 한참이나 걸렸다.
"그래그래. 그렇게 말하셨구나. 우리가 보는 것은 모든 것이 유에 있으나, 보지 못하는 모든 것이 무에 있다. 색(色)은 유에 있으나, 색을 탐하는 마음은 무에서 시작한다. 그렇다면 우리가 마땅히 지키고 보살펴야 할 것은 유가 아니라 무이다."
장건도 그간 꿩목에게 주워들은 게 있어 말은 이해하고 있었지만 의미는 어렵다. 그래도 노승의 무공을 깨치려면 열심히 생각을 해야 했다.
"그렇다면 무는 공(空)이 아닌가요?"
"오호, 네가 절밥을 오래 먹더니 꿩목이보다 낫구나. 공은 아무것도 없는 허(虛)다. 하지만 무는 유가 있음에 존재하는 것이니, 존재한다는 자체로 공이 아니다. 공을 채우면 무가 되나 그렇다고 유가 되는 것은 아니지."

"끄응, 어렵다."

"원래 선문답이라는 게 그렇다. 그래서 내가 사부님께 그리 말했다. 제자는 아직 무를 모르니 공을 채워서 무를 알겠습니다, 하고. 뭐, 아직까지도 알지 못하긴 한다만."

그게 바로 홍오가 강호행을 하며 그렇게 많은 것들을 섭렵한 까닭이었다.

버리고 비우기 위해 우선 채워야 한다, 그것은 홍오가 더 큰 깨달음을 얻기 위한 수행의 방법이었던 것이다. 그 와중에 갖은 사고를 친 것은 오로지 그의 성정 탓일 따름이었다.

홍오가 코웃음을 치며 화를 냈다.

"내 굉목이에게도 같은 얘기를 했고 그렇게 가르쳤거늘, 굉목이 이놈은 내가 자신을 골려 먹는 줄로만 여기고 내 말은 귓등으로도 듣지 않으니……."

그리곤 갑자기 홍오의 눈동자가 흔들렸다. 막 다음 말을 내뱉으려던 홍오가 눈을 찡그렸다.

"이상하구나. 오늘따라 머리가 지끈지끈한 것이."

"괜찮으세요?"

장건의 걱정스러운 물음에 홍오가 고개를 저었다.

"아니다. 어디까지 얘기했었지?"

"굉목 노사님 얘기요."

"굉목 얘기?"

"네."

홍오는 영문을 모르겠다며 고개를 설레설레 내저었다.

"오랜만에 만났으니 좀 더 얘기를 하려 했건만 아무래도 안 되겠구나. 좀 쉬어야겠어."

홍오의 나이는 벌써 아흔이 넘었다. 오성을 금제당한 상태에서 이만큼 산 것도 대단한 일이었다.

그러나 장건의 질문에 자꾸 과거를 기억하려 하면서 심력의 소모가 크다보니 지친 것이다.

홍오의 눈빛이 한순간에 기운을 잃는 것을 보며 장건은 깜짝 놀랐다.

"정말 괜찮으신 거예요?"

"괜찮다, 괜찮아."

홍오는 손을 흔들면서 자신의 암자로 돌아가 버렸다.

장건은 홍오가 걱정되었지만 나이가 나이인지라 걱정한다고 될 문제가 아닌 듯싶었다.

"하아……."

장건은 홍오에 대한 걱정을 잠시 접어두고 홍오가 시연한 백보신권을 생각하기로 했다.

"역시 대사님이 보여주신 건 노스님과 좀 다르구나."

홍오의 백보신권은 교본과도 같은 정석적인 동작이었다. 흠잡을 데 없이 깔끔하긴 했으나 노승의 부드러운 권법과 달리 강맹함이 주가 되어 있었다.

꿩봉은 노승의 자세 역시 백보신권이라고 했지만, 장건이 보기에는 어딘가 달랐다. 같은 자세지만 전연 느낌이 달라서 같은 무공이라고 할 수가 없었다.

장건은 연무장 바닥을 쓱쓱 발로 문지르고는 노승의 자세를 흉내내 보았다.

엉거주춤하면서도 편안한 자세로 서고 가볍게 주먹을 내지르는 동작. 그러면서도 붓으로 먹물을 찍어 단번에 일필휘지로 그린 듯한 자연스럽고 미려한 동작.

노승의 작은 움직임까지도 모두 머리에 새긴 터였지만 장건은 그것을 따라할 수가 없었다. 대충 따라하라면 누구라도 하겠지만 손가락 끝, 팔과 허리의 각도와 발목의 위치까지도 섬세하게 따라하고자 하면 되지 않는다.

몸의 전 근육을 미세하게 조절할 수 있는 장건임에도 불가능한 일이라는 게 놀랍기만 하다.

"어휴."

장건은 다시 기본자세로 돌아왔다.

"기본이 백보신권이라고 하셨으니 백보신권의 자세로 다시 해볼까."

한데 홍오의 백보신권 자세를 취한 순간 노승의 동작이 머리에 떠오르며 가슴이 꽉 막혀왔다.

울컥.

자연스럽게 흘러야 할 내기가 딱 멈추어 요동을 친다.

"컥!"

장건은 재빨리 동작을 풀었다. 동작을 취하는 것뿐인데 내상을 입을 뻔했다.

장건에게 동작은 단순한 동작이 아니다. 심생종기에 따라 물 흐르듯 움직여야 할 내공이 그러지 못한다는 건 이유가 있는 것이다.

"헉헉……."

장건은 숨을 몰아쉬면서 자리에 주저앉았다. 식은땀이 송글송글 이마에 맺혔다.

"내가 뭘 잘못한 거지? 정말 그림일 뿐이라서 실제로는 안 되는 건가? 아니면 노사님 말씀처럼 내가 배울 때가 안 된 걸까?"

사실 장건처럼 그림의 동작을 따라한다는 건, 굉운도 생각해 보지 못한 일이었다. 마치 수수께끼처럼 그림과 글귀에 의미가 있을 거라고 생각하는 것이 보통이다.

굉운이나 굉봉이 볼 때에는 노승의 동작은 백보신권을 나타내는 것, 그 이상의 의미가 없어 보였다.

백보신권으로 하늘을 보며 태양을 때리는 것과 마두가 부복하는 것 등이 어떠한 깨달음의 일부를 알리는 것이라 생각하고 있었다.

하나 굉운이나 굉봉이 놓친 부분이 있었다.

문각이 이 그림을 남겼을 때는 사손인 굉목이 젊었을 적이었다. 홍오가 아니라 굉목에게, 그것도 자신이 입적할 날이 머지않았다는 걸 알고 있는 상황에서 말로 설명하거나 할 여유가 없었다.

그래서 문각은 굉목을 위해 최대한 알아보기 쉽게 진전을 남겼다. 홍오를 용서한 후에 진전을 이으라 했지만, 홍오에게 지도를 받지 못할 것도 대비해야만 했다.

아끼는 사손에게 자신의 모든 것을 주고 싶었던 까닭에 문각은 깨달음을 이리저리 몇 번이나 꼬아 비유한 것이 아니라 직접적으로 그림을 그려 나타냈다.

20대였던 굉목이 그 그림을 보았다면 충분히 이해했을 만한 그런 내용이었다.

굉운이나 굉봉은 너무 어렵게 생각한 나머지 문각의 의도를 제대로 읽지 못한 것이었다. 따지고 보자면 오히려 장건이 제대로 된 길을 가는 중이다.

"에잇."

장건은 다시 자리를 탈탈 털고 일어섰다.

오래도록 풍진의 검을 생각하고, 그 검을 막을 수 있는 방법을 찾아왔다. 그런 방법이 눈앞에 있는데 쉬고 있을 겨를이 없었다.

장건은 노승의 동작을 따라 이렇게도 해보고 저렇게도 해보면서 시간이 가는 줄 모르고 수련에 매진하기 시작했다.

* * *

"씩씩."
"씩씩씩."
 머리가 다 헝클어지고 산발이 된 데다, 옷은 여기저기 흙투성이에 찢기기까지 한 두 소녀가 서로를 노려보며 서 있었다.
 당예와 제갈영은 얼굴을 알아보기 힘들 정도로 험한 모습이었다.
 "아하, 꼴좋구나. 그러게 누가 이 언니에게 함부로 대들라든?"
 "얼씨구? 사돈 남 말하시네. 지는."
 제갈영이 코웃음을 치며 말을 덧붙였다.
 "흥! 나이만 먹으면 뭐해? 나 같은 애한테도 지는데."
 "뭐라고?"
 당예가 이를 갈았다.
 빠득!
 "좋아. 누가 이겼는지 건이에게 물어볼까?"
 "당연히 내가 이긴……."
 둘은 고개를 돌려 건이가 있던 자리를 보았다. 하지만 그곳에는 건이 대신 뼈만 남은 노도사가 쪼그리고 앉아 있을 뿐이었다.
 "어려운 일이구나. 내가 판가름하기도 어려워. 둘의 실력이 호각지세이니……. 클클."
 풍진이 나름 고심하며 내린 결론이었다.
 이리 긁히고 저리 긁힌 당예의 얼굴이 절로 일그러졌다.
 '저 노인네는 정말 안 끼는 데가 없어!'
 기운이 빠진 제갈영이 자리에 털썩 주저앉았다.
 "이게 뭐야! 우리 서방님 어디 갔어."

제7장

소림을 향하는 청춘남녀들

남궁호는 두 손자손녀를 데리고 소림을 향하고 있었다. 물자를 실은 짐마차와 무인들보다 더 앞서 가려고 남궁상과 남궁지만 대동하고 있었다.

남궁상은 20대 초반으로 검을 잘 다루고 머리가 명석해 남궁가에서도 손꼽히는 후기지수였다. 구대문파의 후기지수들에 비해 다소 명성이 뒤떨어진다고는 해도, 검의 명가인 남궁가에서 내놓은 아이니 실력은 보증할 만하다.

남궁상은 그래서 더 기분이 나빴다.

자신이 있음에도 불구하고 굳이 소림의 속가 제자를 사위로 맞으려는 가문 어른들의 행동이 못마땅하다.

청성의 검을 받아낼 정도의 인재가 가문으로 들어오게 되면 자신의 입지는 그만큼이나 좁아질 수밖에 없는 것이다.
　하나 남궁호가 있으니 그런 내색은 할 수 없었다. 남궁상은 묵묵히 걷고 있는 남궁지를 힐끗 보았다.
　남궁지는 무표정하다. 어떻게 보면 자신이 팔려가는 셈인데도 담담하다는 것이 이상할 지경이지만, 원래 그런 아이였다. 본가에서도 무슨 생각을 하는지, 어떤 기분인지 좀처럼 자신을 잘 드러내지 않고 말수도 적다.
　'왜 지아를 데려가시는 건지 이해를 못하겠군. 아무리 외모가 예쁘다고 해도 남자들은 저런 여자를 좋아하지 않는단 말이지. 오히려 외모는 떨어져도 싹싹한 편이 낫지.'
　남궁지가 남궁상의 시선을 느끼고 남궁상을 쳐다보았다. 왜냐고 묻지도 않고 빤히 바라보는 시선, 마음을 꿰뚫어 보는 듯한 남궁지의 눈빛이 남궁상은 마음에 들지 않았다.
　'소름끼치게……'
　남궁상은 고개를 돌려 버렸다.
　그때 남궁호가 걸음을 멈췄다. 남궁호의 입가에 웃음이 걸렸다.
　"오랜만일세."
　눈 덮인 사당 앞에서 노인과 젊은 청년이 함께 불을 쬐고 있었다. 건장한 체격의 노인은 신선 같은 풍모를 지니고 있었고, 청년은 마치 거지처럼 행색이 허름해서 대비가 되는 모습이었다.

 마치 기다리고 있었다는 듯 노인이 일어나 반겼다.
 "생각보다 늦었네. 떠난다는 소리를 들은 게 벌써 여러 날 전이었는데 말이지."
 "눈이 많이 와 길이 평탄치 않았네."
 남궁호가 남궁상과 남궁지를 데려와 노인과 청년에게 인사를 시켰다.
 "우리 아이들일세. 이쪽은 상이고 이쪽은 지라네."
 "남아는 젖먹이였을 때 보았으나 여아는 처음 보는구나."
 남궁상은 포권을 해 인사를 하면서도 누군지 미처 알아보지 못했는데 남궁지가 앵두 같은 작은 입술을 열어 말했다.
 "검……성."
 남궁상은 기겁을 했다. 풍기는 기운부터 다르다 했더니 역시나 화산의 검성 윤언강이었다.
 "남궁가의 상이 검성 어르신을 뵙습니다."
 윤언강은 허리까지 꾸벅 숙인 남궁상보다 살짝 고개를 숙인 남궁지를 더 눈여겨보았다.
 "이쪽은 내 제자인 문사명이라고 한다. 연배가 비슷할 테니 서로 인사들 나누고 친하게 지내려무나."
 윤언강은 문사명을 소개해 주고는 잠시 자리를 떠 남궁호와 이야기를 나누러 갔다.
 문사명이 부끄러워하며 포권했다.

"문사명입니다."

남궁상은 자신과 또래인 문사명을 재빨리 훑어보았다. 옷은 여기저기 흙먼지에 다 낡아서 터져 있었다. 씻지도 않았는지 얼굴도 더러웠다.

"지금 수행중이라서 몰골이 이렇습니다. 두 분께 못난 모습을 보였습니다. 스승님께서 잠시도 쉬지 말라고 하시는 터에……."

나이는 비슷하나 검성 윤언강이 스승이니 무림의 배분에서는 상당하다. 그리고 그만큼 실력도 있다는 뜻이다.

하지만 풍기는 기세라고는 조금도 없고 그리 세 보이지도 않는다.

'흠. 검성이 아끼는 제자라더니 겨우 이런 녀석이었나?'

남궁상은 슬쩍 문사명을 얕보았다. 게다가 문사명은 남궁지와는 눈도 마주치지 못하고 있었다.

남궁지가 빤히 바라보니 진흙이 잔뜩 묻은 얼굴에 홍조까지 피어오른다.

"아, 저…… 저……."

사실 문사명은 이미 남궁지를 처음 본 순간부터 가슴이 콩콩 뛰는 중이었다.

남궁지는 얼굴도 조막만 하고 코와 입도 조그마했다. 피부는 눈보다도 하얀데 동그란 눈은 석양을 받은 호수처럼 반짝거렸다.

마치 인형 같은, 아니 정말 인형이라고 해도 믿을 만큼 예쁘장했다. 전신이 보석처럼 빛이 난다. 문사명은 그런 아이를 처음 보았다.

'아아……!'

가슴이 너무 두근거려서 남궁지를 똑바로 쳐다볼 수가 없었다.

남궁지는 그냥 빤히 문사명을 본다. 위아래로 훑는 것도 아니고 그저 바라볼 뿐이지만 문사명은 더 위축되었다.

남궁지가 조그맣고 귀여운 입을 열어 물었다.

"……스승님하고 대련?"

"그, 그렇습니다. 남궁 소저."

"……"

뒷말이 없다.

남궁상은 자기도 모르게 인상을 썼다. 남궁지와 함께 있는 것은 그래서 불편하다. 새삼 왜 남궁지를 데려가는지 이해할 수 없는 일이었다.

"……세네."

남궁지의 짧은 말투에 남궁상과 문사명이 동시에 그녀를 보았다.

"예?"

"뭐라고?"

남궁지가 문사명의 옷 몇 군데를 가리켰다. 남궁상은 살짝 인상을 쓴 상태로 남궁지가 가리키는 곳을 보았다.

더럽고 찢어진 옷에서도 유독 멀쩡한 데를 가리킨 것이다.

"그게 뭐 어쨌……."

남궁상은 순간 소름이 돋았다.

문사명의 옷 중에서도 깨끗한 곳은 요혈이라 불리는 위험한 혈도가 아닌가! 그 주변은 온통 뜯기고 피딱지도 붙어 있어 지저분한데 요혈만 멀쩡하다.

'스승님과 대련을 했다고? 그럼 검성이잖아. 검성과 대련을 했는데 요혈이 멀쩡해?'

스승이 제자를 죽이려고 하진 않을 테니 사정을 봐주었겠지만, 그래도 겉모양새를 보니 실전에 버금간 모양인데 요혈이 멀쩡하다는 건 믿을 수 없는 일이었다.

문사명을 얕본 자신이 우습다. 아무런 기세를 풍기지 않는 게 아니라 문사명의 경지가 너무 높아서 남궁상은 그의 무위를 측정할 수가 없었던 것이다.

'설마 벌써 반박귀진의 경지에!'

이제 갓 검기를 피워올리는 남궁상임에도 강호에서는 상당한 고수이고 가문에서는 동년배 중에 수위로 꼽힌다. 그런데 벌써부터 반박귀진이라니, 이것은 하늘과 땅만큼이나 차이가 있는 것이었다.

문사명은 쑥스러워했지만 입가에는 기분 좋은 웃음이 걸려 있었다. 예쁜 여자아이가 자신을 알아봐주니 기분이 좋을 수밖에 없었다.
뚜르르르—
돌연 남궁지가 하늘을 보았다.
학 한 마리가 비파소리와도 같은 울음을 내며 고고하게 하늘을 날고 있었다.
남궁지의 시선이 조용히 학의 날갯짓을 따라간다.
문사명이 물었다.
"학을 좋아하시는군요."
남궁지가 거의 보이지도 않을 정도로 미미하게 고개를 저었다.
"오늘…… 첨 봐요."
"아, 그렇군요."
"……."
남궁지의 시선이 계속 학을 좇는다.
그리고 툭 말을 내뱉었다.
"맛있겠다."
남궁상은 남궁지가 원래 그렇게 엉뚱하다는 걸 알고 있었음에도 '쿨럭!' 하고 기침을 할 뻔했다.
하지만 문사명은 이미 눈이 돌아간 모양이다.
"제가 잡아다 드릴까요?"
남궁상은 멍해졌다.
'뭐야, 이것들?'

아무리 자기 동생이고 검성의 제자지만, 너무하다는 생각이 들었다.

'군자의 표상이라고까지 불리는 학을 잡아먹는다는 발칙한 생각도 모자라서, 그걸 또 잡아다 주겠다는 놈이라니!'

그제야 남궁지가 문사명을 돌아본다. 호기심이 생긴 건지 아니면 재밌다는 생각이 들어서인지는 모르겠지만, 어쨌든 문사명을 인식하기는 한 것 같다.

"……문 소협은 왜 소림에?"

문사명은 남궁지의 짧은 말투에 개의치 않았다. 조금 전 보다도 더 당당하게 문사명이 대답했다.

"소림의 제자를 꺾으려구요."

남궁상이 '아!' 하고 탄성을 낸다. 소림의 장건은 풍진의 검을 막아냈다. 그래서 검성도 문사명을 그리 혹독하게 수련을 시킨 것인 모양이었다.

"……이길까?"

무공 얘기가 나오니 문사명은 좀 전과 사람이 달라졌다. 웃음에 자부심과 자신감이 가득하다.

"저와 내기 하실까요?"

빤히……. 문사명을 보는 남궁지가 대답했다.

"아예 죽이면."

"네?"

"……죽여 버리면."

외모와 달리 과격한 표현이었다.
 그래도 남궁상이 오빠 노릇은 했다.
 "지아야! 문 대협 앞에서 너무 말이 심하구나."
 그래도 이만큼 남궁지가 속내를 드러냈으면 그만큼 싫다는 얘기였다. 문사명은 곤란해하다가 픽 하고 웃음을 머금었다. 소림의 사정과 장건에 대한 얘기는 그도 들었다.
 "전 사람을 죽이러 가는 게 아니라 단지 제 실력을 확인해 보러 가는 겁니다. 그건 남궁 소저의 말씀이라도 들어드릴 수 없겠군요."
 남궁지는 고개를 살짝 흔들었다.
 "……이길까?"
 아까와 같은 말이지만 어조가 달랐다.
 장건의 명성이 천하를 진동하는 이때에 목숨을 걸지 않고서 이길 수 있느냐는 뜻이라고, 문사명은 그렇게 받아들였다.
 '말은 별로 없지만 정말로 속이 깊은 소저로구나.'
 문사명은 주먹을 꾹 쥐었다.
 "이길 겁니다. 반드시요."
 각오가 철철 넘치는 문사명에게 남궁지는 딱 한 마디 말을 던지고 돌아섰다.
 "건승."
 그것이 문사명과 남궁지의 첫 만남이었다.

*   *   *

다그닥 다그닥.
"아우! 분해! 아우! 억울해 죽겠네!"
양소은은 달리는 말 위에서 연신 소리를 질러댔다.
달리는 말 위에서 고삐를 잡지도 않고 앉은 것만도 대단한데 넘어지기는커녕 말안장에 엉덩이가 철썩 붙어서 떨어지지도 않는다.
"헉헉……. 아가씨. 조금만 쉬어가시지요. 벌써 일꾼들하고는 한참이나 멀어졌습니다."
그녀의 곁에 유일하게 남은 건 양가장의 호위무사였다.
호위무사가 애걸했다.
"아가씨! 이러다가는 말이 못 견딥니다."
양소은이 짜증내며 소리쳤다.
"시끄러워! 자꾸 소리를 지르니까 엉덩이가 더 아파 죽겠잖아."
"제대로 앉지 않으시니까 엉덩이가 아프시죠."
"그게 아니라 아빠한테 맞아서 아프다고."
생각할수록 분한지 양소은은 주먹을 꽉 쥐고 부르르 떨었다. 당연한 일이지만 싸움에 져서 엉덩이만 얻어맞고 소림행을 하게 된 것이다.
양소은은 허리에 찬 호리병을 들어 벌컥벌컥 마셨다.

"캬아!"
호위무사가 또 외쳤다.
"아가씨! 밖이라고 술 드시면 제가 혼납니다."
"그럼 너도 마셔. 추우니까 한 잔 마시면 좋잖아."
호위무사는 아예 울상이었다.
"애초에 내가 양가장에 들어온 게 잘못이지."
"뭐라고?"
"아닙니다."
"다 들었어. 나중에 아빠한테 이른다."
"에이, 맘대로 하세요! 아니, 차라리 절 지금 그냥 죽여주세요! 지금도 죽겠다구요."
 하도 쉬지 않고 찬바람을 맞으며 달렸더니 호위무사의 수염에는 서리까지 끼었다.
 양소은은 '쳇!' 하고 혀를 차더니 천천히 말을 멈춰 세웠다.
 하지만 호위무사의 불평 때문이 아니었다. 죽겠다는 소리를 하고 있어도 호위무사 역시 양소은처럼 생생하다.
"저것들은 뭐야?"
 관도 옆을 가득 메운 무리들이 있었다.
"하하하."
"호호호."
 정확히는 한 여자와 그를 둘러싼 수많은 남자들이었다. 대충 세어 봐도 수십은 족히 되어 보였다.

양소은은 몸을 살짝 털어 자잘한 서리들을 털어냈다.

날도 춥고 길에도 눈이 쌓여 매서운 겨울날씨인데 저들의 주위는 마치 봄나들이라도 나온 마냥 훈훈한 온기가 감돌고 있었다.

"휴우. 잘됐네요. 먹을 것이라도 있으면 좀 얻든가, 아니면 불이라도 쬐게 해달라고 하죠?"

"우리가 거지야?"

"체면이 문젭니까? 손발이 다 얼어서 이젠 감각도 없습니다요."

호위무사는 양소은의 표정을 아랑곳 않고 말에서 내려 봄내음이 감도는 무리를 향해 달려갔다.

"이보시오."

스읏.

웃음소리가 멈추고 남자들의 눈이 호위무사를 향했다. 훈훈한 온기는 온데간데없고 갑자기 싸늘함이 감돌았다.

호위무사가 당황하며 포권했다.

"본인은 산동에서 온 양가장의 무사입니다. 본장의 아가씨를 뫼시고 있는데 잠시 불 좀 쬐일 수 있겠습니까?"

하지만 대답이 없다.

남자들이 날카로운 눈초리로 호위무사를 째려보고 있을 따름이었다.

호위무사는 괜히 오금이 저렸다.

그때 옥구슬이 굴러가는 듯 영롱한 목소리가 들렸다.
"저런, 그러셨군요. 모두가 강호의 친구들인데 응당 도와야지요."
그 순간, 남자들의 표정이 부드럽게 풀린다. 싸늘한 분위기가 온화해진 것은 아주 순식간이었다.
"하하하하."
"백리 소저께서 그리 말씀하실 줄 알았습니다."
"역시 백리 소저께서는 마음씨까지 고우십니다."
"허어, 이 사람. 누구나 다 아는 사실을 뭐하러 입 밖에 내어 소저의 영명(英名)을 더럽히는 건가."
"그러게 말이오. 하하하."
온갖 찬양과 아부의 말이 쏟아졌다.
"이쪽으로 아가씨를 모시고 오십시오, 무사님."
호위무사는 얼떨떨했다.
"감사합니다."
호위무사는 여인의 말소리가 들려온 쪽으로 눈길을 돌렸다.
"헙!"
뭐라고 표현을 해야 할까.
경국지색이라는 말도 아까울 정도의 미인이 자신을 향해 화사하게 웃고 있는 것이다.
양소은도 거친 말투나 행동, 까무잡잡해서 건강해 보이는 피부를 제한다면 미인인데, 눈앞의 여인에게는 비교도 되질 않았다.

　미인의 조건이란 조건은 모두 다 합쳐 놓은 듯했다. 오똑한 콧날과 수줍은 듯 살짝 내리깐 긴 속눈썹은 물론이고 윤기 나는 머릿결과 뽀얀 피부는 너무나도 마음을 설레게 한다.

　청초함에 맑은 미소까지 머금으니, 그야말로 하늘에서 내려온 선녀에 다름 아니었다.

　"하아아."

　몸은 추워서 꽁꽁 얼어 있는데 기분은 나른해진다. 전신이 녹아서 땅바닥에 흘러내리는 듯했다.

　천상의 여인, 백리연이 말했다.

　"추우실 텐데 어서 아가씨를 모시세요."

　목소리만으로도 가슴이 간질거린다.

　"하아아아."

　호위무사의 눈이 몽롱해졌다. 양소은은 예전에 머리에서 잊어버렸다.

　양소은이 말에 걸어둔 창대를 꺼내 호위무사의 등짝을 후려쳤다.

　"크악!"

　쿠당탕탕.

　양소은은 턱하니 어깨에 창대를 걸머지고 호위무사를 짓밟았다.

　"아욱! 살려주세요, 아가씨."

퍽 퍽!

"아주 지랄을 해요, 지랄을."

양소은은 호위무사를 짐짝처럼 발로 차서 밀어 버리고 기묘한 무리들의 앞에 섰다.

여인 중에 그녀처럼 당당한 이는 몇 없을 것이다.

양소은은 키도 훤칠하다. 팔다리도 늘씬늘씬 길어서 다소 이국적으로 보이기까지 하다.

생김새까지도 시원시원해서 누구나 호감을 가질 만한 얼굴이었다.

양소은은 그 늘씬하고 긴 다리를 쭉 뻗고서는 위풍당당히 백리연을 보았다. 무인임이 틀림없는-일부 학사도 눈에 띄었지만- 수십 명을 가볍게 무시하는 대단한 배포였다.

"흐—응, 정말 예쁜데? 날파리들이 잔뜩 꼬여서 앞발을 싹싹 빌 만해."

남자들의 눈빛에 살기가 감돌았다. 그러나 누구 하나도 먼저 나서지 않는다. 그들의 우두머리는 단연코 백리연이다.

백리연이 고운 아미를 찌푸리며 고개를 돌렸다.

"불쾌하네요."

그러자 남자들이 흉흉한 기세를 내뿜었다.

"초면에 너무 무례하잖소!"

"험한 처지에 있어 여기 백리 소저께서 아량을 베풀었거늘, 이 무슨 예의 없는 행동이오?"

"당장 사과하시오."

양소은은 피식 웃었다.

성격에 문제가 있어서 그렇지, 우내십존에 버금가는 무력을 지닌 양지득과 매일 시퍼런 창날을 마주대고 싸웠던 양소은이다.

그녀의 눈에는 남자들이 백리연의 눈치나 보며 아양이나 떠는 애송이들로밖에 보이지 않았다.

"그렇게 무례를 알고 염치를 아는 놈들이 여자 꽁무니나 졸졸 쫓아다니니? 안 봐도 알 만하다. 쯧쯧."

남자들이 분노의 아우성을 질러댔다.

"이런 망할 소저 같으니."

"주리를 틀어서 무릎을 꿇려야 정신을 차리겠나."

양소은이 깔깔대며 웃었다.

탕!

창대를 들어 바닥에 거꾸로 꽂고는 자신의 가슴을 내밀었다. 한 손으로 가슴 앞섶을 여는 듯한 자세였다.

"아무래도 엄마젖이 부족한 모양이구나? 그럼 이 소저의 젖이라도 좀 물려줄까?"

남자들이 순간 흠칫했다.

호위무사가 기겁을 하며 쪼르르 기어와 양소은의 다리를 붙들었다.

"아, 아가씨."

"왜 또."
"이왕 주실 거면 저! 저 먼저!"
양소은이 호위무사를 다시 발로 차 버렸다.
"어이쿠!"
"에라이, 머저리 같은 놈아! 니가 그러고도 내 호위무사냐?"
백리연은 자신을 따르는 남자들이 양소은의 도발적인 말에 넘어갔다는 것이 못내 참을 수가 없었다.
"아아! 소녀의 곁에 이리 많은 분들이 계신데도 정녕 절 위한 분은 없으시단 말입니까."
남자들이 눈에 불을 켰다.
"그, 그럴 리가 있겠소."
"우린 일편단심 백리 소저뿐이오. 그래서 소림행까지 따라나선 것이 아니오."
한 사람이 돌연 앞으로 나섰다.
"소저는 오늘 자신의 가벼운 입을 크게 후회하게 될 것이오. 내 저 소저의 머리칼을 잡아 백리 소저의 앞에 꿇리리다."
머리에는 영웅건까지 쓰고 옷 곳곳에 용의 문양을 수놓은 화려한 옷을 입은 청년이었다.
"움직임을 보아하니 아무 데서나 굴러먹은 솜씨는 아니군. 제대로 된 무가에서 온 것 같은데, 어째 내 눈에는 덜 떨어져 보일까."
영웅건을 쓴 청년이 분노의 일검을 날렸다.

"그 요사한 입을 닥치거라! 타아앗."

여자 꽁무니나 졸졸 쫓아다니는 것 치고는 제법 제대로 된 무공을 익히고 있었다.

검로가 날카롭고 경쾌하다.

양소은이 창대를 막 들려는 찰나, 번개처럼 호위무사가 나타나 청년의 앞을 가로막았다.

따당!

손가락으로 청년의 검을 퉁겼을 뿐인데, 청년의 검이 부르르 떨었다. 청년은 안색이 순식간에 하얗게 질렸다. 손아귀가 찢어져 피가 흐르고 있었다.

"크윽."

청년이 뒤로 물러섰다.

양소은이 눈을 찡그렸다.

"쓸데없는 짓을."

"이런 데라도 나서야 장주님이 잘했다고 봉급을 더 올려주시죠."

히죽대는 가벼운 모습치고는 상당한 무공을 소유하고 있었다.

일단의 청년들이 나섰다.

"호위무사 주제에 제법이구나."

호위무사가 어깨를 으쓱했다.

"댁들도 본 장주 밑에 있어 보시오. 목숨이 열 개라도 살아

남으려면 이 정도는 기본이요, 기본."

거짓말은 아니었다. 양가장의 무사들은 거의 실전을 방불케 할 정도로 양지득에게 가르침(?)을 받고 있었다. 혹은 화풀이 대상이라 해도 무방할 테지만.

아무래도 장주가 개차반이다보니 무사들이나 양소은이나 입이 걸고 행동이 거리낌이 없었다.

"아무리 당신의 무공이 높다 해도 우리 모두를 이길 수는 없을 것이오."

청년들이 우르르 호위무사와 양소은을 둘러쌌다. 하나같이 자신의 실력에 자신이 있는 모양이었다.

"내 이럴 줄 알았다니까."

호위무사가 투덜거렸다.

한 손이 열 손을 못 당한다고, 지금이 딱 그 꼴이었다. 양소은과 자신이 힘을 합쳐도 청년들을 모두 상대하기는 쉽지 않았다.

"아가씨. 우린 이제 죽었습니다."

양소은은 여전히 두려움이 없다.

"여차하면 그냥 좀 패다가 튀면 되지. 뭐가 그리 겁이 나?"

양소은도 맞서서 싸우겠다는 소리는 안 한다.

둘러싼 청년들 중에는 어중이떠중이가 아니라 정말 제대로 된 무공을 소유한 이가 적지 않은 것이다. 정통 무가나 유명한 도장에서 무공을 배운 이들일 터였다.

백리가에서 굳이 호위무사를 둘 필요가 없다고 한 이유였다. 이들은 마치 정예 무사들과도 같았다.
　"이제 그쯤 해둡시다."
　유난히 걸걸한 목소리 하나가 툭 튀어나왔다.
　"종 형."
　청년들이 못마땅한 얼굴로 길을 비켜준다.
　곧 다부진 체격의 무인 한 명이 걸어 나왔다. 다른 이들은 모두 이십대 초중반인데 유독 서른은 훌쩍 넘어 보이는 얼굴이다.
　"산동의 양가장이라면 창의 명가이자 사대명창 중의 한 분인 양 선배께서 계신 곳인데 가문의 명예를 이리 더럽혀서야 되겠습니까."
　양소은이 눈을 가늘게 뜨고 무인을 째려보았다.
　무인은 서슴지 않고 말을 이었다.
　"이쪽에 계신 소저 역시 백리가의 분이니, 서로 간에 더 이상 얼굴 붉힐 일은 하지 맙시다."
　청년들이 수긍했다.
　"종 형이 그리 말씀하신다면야."
　"백리 소저를 욕보인 것은 참을 수 없는 일이나, 양가장의 명성을 보아서 용서해 줍시다."
　"백리 소저는 어떠신지요."
　백리연이 고개를 끄덕였다.

"종 대협께서 하시는 일을 제가 어찌 가로막을 수 있겠나요. 뜻대로 하세요."

놀라운 일이었다. 기분이 상한 건 둘째치고서라도 이 무리에 백리연 말고도 또 다른 실권자가 있었다.

양가장의 호위무사가 '허!' 하고 감탄했다.

"누군가 했더니 철비각(鐵飛脚) 종유 대협이셨군요."

양소은도 눈을 동그랗게 떴다.

"정말? 철비각 종유가 왜 여기에 있어?"

철비각 종유라면 하북에서 이름을 날리는 고수다. 아무리 적게 잡아도 하북에서 열 손가락 안에는 든다. 하북의 패자라면 팽가가 있지만 세력이 없이 혈혈단신인 무인들 중에서는 그가 최고로 꼽힌다.

때문에 이곳저곳에서 그를 초빙하고 영입하려 상당히 애를 쓰고 있다는 소문이었다.

"아."

그러니까 백리연도 종유에 대해서는 함부로 하지 못한 것이다. 철비각 종유가 일행 중에 있다는 것만으로도 대단한 일이다.

양소은이 갑자기 땅을 박찼다.

그녀의 몸이 길게 늘어진다 싶더니 어느 샌가 철비각 종유의 눈앞으로 날카로운 창이 날아든다. 종유는 미리 준비하고 있었다는 듯 허공으로 뛰어 올라 연신 발을 찼다.

파팡!

종유의 발길질에 얻어맞은 양소은의 창대가 제어되지 못하고 이리저리 휘청거린다.

양소은이 떨리는 창을 잡으며 뒤로 성큼 물러났다. 싸우겠다는 것이 아니라 정말 철비각이 맞는지 실력을 확인해 본 것이다.

"정말 철비각 종유가 맞잖아?"

그녀의 양가창법을 쉬이 뿌리칠 수 있는 이는 그리 많지 않다.

철비각 종유는 이어 '그런 사람이 왜 여기 있어?' 하고 말하는 양소은의 말에 '흠흠' 하고 헛기침을 했다.

그리고는 머쓱한 얼굴로 대답했다.

"나도 장가 좀 갑시다."

양소은은 어이가 없었다.

마흔이 다 된 노총각이 아직 스물도 채 되지 않은 여자아이를 쫓아다니다니. 전혀 어울리지 않음에도 불구하고 말이다.

양소은은 할 말을 잃었다.

그녀가 그렇게 멍하니 있는 사이 청년들과 종유는 다시 한 덩어리가 되어 백리연의 화를 풀어 주고 있었다.

좀 전까지 칼을 들이대던 양소은과 호위무사에게는 더 이상 신경도 쓰지 않는다.

"이건 대체……."

한 여인을 향한 지고지순한 연모의 정 정도가 아니라 마치 광신하는 신도들과도 같았다.
빠지직!
때마침 고개를 돌린 백리연과 그녀를 보고 있던 양소은의 눈빛이 허공에서 격렬하게 맞부딪쳤다.
강호는 끝없이 넓으나 인연이 있는 자는 만날 수밖에 없다던 말처럼, 백리연과 양소은은 그렇게 첫 만남을 가졌다.

* * *

장건은 해가 질 때까지 홍오에게 백보신권을 배웠던 작은 연무장을 벗어나지 않았다.
"헉헉, 힘들다."
어람봉을 그렇게 오르내려도 힘들다는 생각을 하지 않았는데 그림 속 노승의 동작을 따라하는 건 정말 힘들었다. 수백 번을 해도 팔다리가 꼬이는 느낌만 들 뿐이었다.
장건은 쉴 겸 잠시 앉아서 가부좌를 틀고 운기행공을 했다. 기가 경락을 돌며 피로한 몸을 가뿐하게 만들어 준다. 주천을 끝내고 나니 단전이 가득 차 묵직한 기분이 들었다.
"이젠 행공도 이렇게 잘 할 수 있는데……, 왜 단순히 동작을 취하는 것도 안 되지? 오늘은 그만 포기할까."
예전에 처음 건신동공을 따라하던 생각이 났다. 어린 장건에게는 느릿한 건신동공이 너무 어려워서 이를 악물고 몇 달을 따라해 겨우 할 수 있었다.

"그래. 그렇게 어려운 것도 했는데 못할 게 뭐가 있어. 내 마음이 부족해서 그런 거야. 초심, 초심이 그렇게 중요하다고들 하시는데 내가 왜 그걸 잊었을까."

장건은 초심으로 돌아가고자 모처럼 건신동공을 하기로 했다. 편하게 앉아서 운기행공을 할 수 있게 되었다고 건신동공을 소홀히 한 것이 부끄러워졌다.

기마자세의 마보를 취하고 천천히 팔을 원으로 그리며 손을 앞으로 내뻗고, 그리고 다시 같은 자세로.

자신의 몸을 천천히 관조하며 내기의 흐름을 파악하고, 그러다보면 고뇌와 시름이 모두 사라진다.

얼마 지나지 않아 장건은 무아지경의 상황에서 마음껏 건신동공에 빠져들었다.

저녁 공양 시간이 한참 전에 지났지만 배가 고프다는 생각을 잊었다. 문각도 잊고 무공도 잊었다.

오랜만에 역근경의 내공이 건신동공을 통해 장건의 몸을 주유했다.

더 이상 몸에 해가 되지 않는 독선의 독기는 내버려두고 탁기만 몸 밖으로 내보냈다.

어느 정도 융화는 되었지만 완전히 하나가 되어 있지는 않았던 세 기운, 독기와 대환단과 장건의 역근경 내공이 서로 조화롭게 돌아가며 장건의 단전을 확장시킨다.
 서서히, 그것은 아주 서서히 진행되어 갔고 그에 맞추어 장건의 동작은 더 느려지고 있었다.

 새하얗게 뿌려진 별들이 까만 밤하늘을 잔뜩 빛내고 있을 무렵까지도 장건은 건신동공을 몇 차례나 반복하고 있었다.
 그 모습을 무진이 찾아와 보고 있다. 경라(警邏)를 돌던 승려가 장건을 보고 알린 것이다.
 무진은 문각의 권자 때문에 장건과 마찬가지로 머리를 싸매고 있던 중이었다. 생각할수록 더 복잡해지기만 해서 지금 무진의 머릿속은 완전히 헝클어져 있었다.
 "사형. 저 애가 장건이 맞죠?"
 "맞아."
 "제가 그냥 깨워서 돌려보내려고 했는데 아무래도 방해하면 안 될 것 같더군요."
 무진은 가만히 고개만 끄덕였다.
 경라를 돌던 무자배의 승려가 감탄하며 조용히 말했다.
 "대단하네요. 동공을 하면서 저렇게 몰아지경에 이를 수 있다는 게요."
 아무리 마음을 비우고 운기행공을 해도 처음엔 잡생각 때문에 제대로 하기가 힘들다.
 "2년."

"예."

"아니. 내가 응법사미였을 때부터 저렇게 행공 중에 몰아지경의 상태에 처음 든 게 그만한 시간이 들었다고."

경라를 돌던 승려가 머리를 긁적거렸다.

"전 4년도 더 걸렸지요. 무공을 배운 지 일 년도 안 된 애가 저렇게 하는데……. 하늘이 내린 사람은 따로 있는 모양입니다."

"그럴지도."

무진은 대견함 반, 씁쓸함 반이 섞인 미소를 머금었다.

하지만 사실 장건은 무공에 입문한 지 8년차다. 언제부터 무아지경에 들었는지는 장건도 기억하지 못한다.

무진은 갑자기 '에잇' 하더니 주먹을 불끈 쥐었다.

"건이도 저리 열심히 궁구하는데 나라고 왜 못할쏘냐. 하면 되지. 하는 거다."

무진은 확 밝아진 안색으로 사제에게 반장을 했다.

"아이가 무사히 행공을 끝낼 수 있게 자네가 좀 지켜봐 주어야겠네. 알겠지?"

"아, 예. 대사형께서 그렇게 말씀하신다면야……."

"난 할 일이 있어서 지금 가봐야겠어. 부탁해."

장경각에도 아직까지 불이 밝혀져 있었다. 굉봉도 나이를 잊은 채 문각의 권자에 온 정신을 쏟고 있는 것이다.

'힘내자, 무진아!'

무진은 함께하는 사람들이 있다는 것만으로도 훨씬 더 기운이 났다.

하지만 정작 곤란해진 것은 무진에게 부탁을 받은 사제 승려였다.

장건의 움직임이 너무 느려져서 거의 움직이지 않게 될 때까지 이틀, 아예 꼼짝도 하지 않는 것처럼 보이지만 반나절이 지나고 보면 조금 움직여 있는 그런 상태에서 이틀을 더 지날 때까지 장건은 깨어나지 않았던 것이다.

무진 역시 방에 틀어박혀 나오지 않았고, 굉자배와 원자배의 승려들도 한 번씩 찾아와 보고 갈 뿐이었다.

동료들은 대신 경라를 돌아주겠다며 대사형이 부탁한 일을 끝까지 해내라고 격려를 해주었으나 조금도 도움은 되지 않았다.

"악!"

댓잎에 싼 주먹밥을 먹다가 꾸벅꾸벅 졸고 있던 승려는 갑작스런 외침에 벌떡 일어났다.

"끝났구나."

승려는 기뻐서 '아미타불!'을 외쳤다.

부스스스.

장건의 몸에 쌓여 있던 눈과 먼지들이 떨어졌다.

장건은 멍하니 하늘을 보고 있었다.

"내가 또 밤을 꼬박 샌 거야?"

노을이 지던 때 시작한 것 같은데 어느 샌가 해가 중천이었다.

승려가 반쯤 울먹이는 얼굴로 다가와 말했다.

"밤을 샌 게 아니라 나흘을 이러고 있었다. 이제 나도 제대로 쉬러 갈 수 있겠구나."

"그, 그랬어요? 그게 정말이에요?"

장건은 믿을 수가 없었다.

"그래. 내가 여기서 꼬박 나흘을 넘도록 네 호법을 서고 있었단 말이다."

승려의 울상인 얼굴을 보니 거짓말 같지도 않았다.

"악!"

장건이 또다시 외침을 질렀다.

승려가 깜짝 놀랐다.

"왜 그러냐?"

"큰일 났어요."

장건은 발을 동동 굴렀다.

제갈영과 당예.

둘을 싸우게 내버려두고 나흘이 지났다.

"이게 다 대사형 때문이야. 괜히 도망가자고 하셔서."

장건도 승려처럼 울상을 지었다.

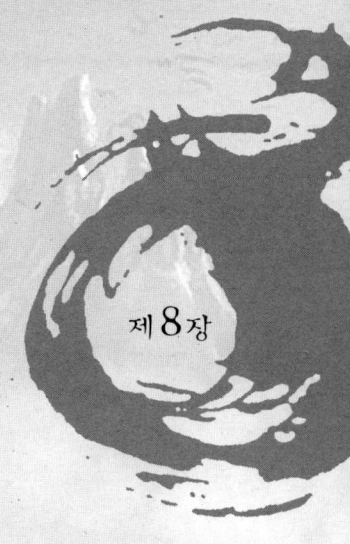

제8장

뜻밖의 깨달음

퀭.

 당예의 눈 아래에는 며칠 사이에 짙은 멍울처럼 그림자가 드리워졌다. 얼굴 곳곳에는 아직 제갈영과의 한판 승부에서 생긴 영광의 상처들이 남아 있었지만, 그런 것쯤은 신경 쓸 겨를도 없었다.

퀭.

 제갈영의 눈 밑도 지독히 거무죽죽하다. 뺨에 붉은 멍 자국이 채 지워지지 않았지만 그녀 역시 그것을 부끄러워하거나 생각할 여유가 없다.

 제갈영과 당예가 서로를 한 번 쳐다보고는 고개를 반대로 돌렸다.

"후우우우."

당예와 제갈영은 겨우 반장 남짓 사이를 떼고 담벼락에 기대 서 있었는데, 누가 먼저랄 것도 없이 폐부에서부터 올라오는 깊은 한숨을 토해냈다.

며칠째, 당예와 제갈영은 외원과 내원의 경계문에서 장건을 기다리고 있었다.

어제까지 둘의 분위기는 흉흉했다. 달아나 버린 장건에 대한 원망과 실망감이 극에 달해 있었다.

게다가 누구에게 물어도 장건의 소식을 제대로 알려주는 이가 없었다. 풍진에게 물어도 '흘흘' 하고 웃으며 기다리라 할 뿐이었다.

아마도 장건이 그때 나왔다면 분명 난리가 났을 터였다.

그러나 지금은 아니다.

바로 오늘 아침, 둘은 놀라운 얘기를 들었던 것이다. 당예는 물론 당유원에게 들었고 제갈영은 지급(至急)으로 온 제갈가의 전서구를 통해 내용을 알았다. 제갈가에서도 사람들이 오고 있지만 워낙 급한 얘기라 먼저 전서구를 보낸 것이다.

"이건 정말 말이 안 돼."

당예가 중얼거렸다.

"어떻게 이럴 수가 있어?"

제갈영도 중얼거렸다.

"어쩐지 부쩍 소림에 찾아오는 사람이 늘었다 싶었더니, 그런 이유인 거야."

요즘 소림에는 오가는 사람이 아니라, 오는 사람들만 늘었다.

하나같이 딴에는 소림을 위문한답시고 바리바리 구호품을 싸들고 온다. 일손이 필요하지 않냐며 머무르게 해달라는 이들도 늘었다.

하루에도 수십 명씩 들어오는데 정작 나가는 이들은 없었다. 손이 부족하니 사람이 많으면 좋긴 한데, 그것도 정도껏이지 계속 들어차기만 하니 소림은 점점 번잡해지고 있었다.

"남궁가에…… 양가장에……."

"백리가의 강호제일미까지."

미녀라고 알려진 여인만 대충 꼽아도 그 정도였다. 그 외에 나머지 여인들의 수는 헤아릴 수도 없다.

제갈영과 당예가 고개를 돌려 서로를 마주 보았다.

당예가 허탈하게 웃는다.

"그래. 우리끼리 싸울 때가 아니지."

제갈영이 입을 꾹 다물고 고개를 끄덕였다.

다른 사람은 몰라도 백리가의 강호제일미는 강력한 경쟁 상대였다.

제갈영과 당예의 표정에 힘이 들어갔다.

서로 말은 하지 않았지만 뜻은 통했다.

가장 큰 경쟁자를 어떻게 해서는 쫓아내야만 그나마 장건을 어떻게 해볼 도리라도 있지 않겠는가.
 둘의 눈빛은 그렇게 말하고 있었다. 서로를 마주보는 시간이 길어질수록 제갈영과 당예는 점점 더 결의에 찬 얼굴이 되어갔다.

 안타깝게도 제갈영과 당예의 딱 표정을 굳히는 순간에, 장건이 내원 안에서 그 모습을 보고 말았다.
 장건은 급히 옆으로 몸을 숨겼다.
 "정말 야단났네."
 꼬르르륵.
 배가 요동을 쳤다.
 나흘간이나 건신동공을 해서 그런지 배도 엄청 고팠다.
 나흘이나 굉목을 찾아가지 않았으니, 굉목이 걱정할 터였다. 우선 굉목부터 만나러 가고 끼니도 해결해야 하는데 제갈영과 당예가 장건을 기다리고 있는 것이다.
 그것도 나오면 가만 안 두겠어, 하는 무서운 표정으로.
 "아고……. 나 같아도 갑자기 사라져서 며칠이나 안 보이면 화내겠다. 독공도 마저 배워야 하고 영이에게는 무공도 가르쳐 주기로 했는데."
 장건은 끙끙댔다.
 둘을 만나면 무슨 일이 있었는지 설명을 한참은 해야 할 것이다. 기분이 풀릴 때까지 사과도 해야 한다.

'그럼 밥은 언제 먹지?'

벌써 점심 공양 시간이 지났으니 공양간에 가서 사정을 하던가 산으로 가서 열매라도 따먹어야 할 판이었다. 그런데 커다란 장애물 둘이 가로막고 있으니 난감하기 이를 데 없었다.

장건은 내원을 나갈 수 있는 방법을 찾아야만 했다.

변장을 해볼 생각도 하고 그냥 무작정 달려 나갈 생각도 해보았다. 하지만 전자는 시간이 걸리고 후자는 더 큰 악영향을 초래할 것 같았다.

"뭔가 방법을……."

그때 장건의 눈에 뜨인 것은 멀찌감치 서서 조용히 비질을 하고 있는 불목하니 노인이었다. 여전히 안법을 쓰고 있지 않으면 알아볼 수 없을 정도로 문원의 존재감은 흐릿하다.

문원이 장건을 알아보고 손을 흔들었다. 장건도 반장을 하며 고개를 숙였다.

"그래! 그러면 되겠다."

문원은 유독 흐릿한 존재감을 가지고 있었다.

원래부터 그렇게 존재감이 없이 태어난 사람은 없을 것이고, 그렇다면 문원은 그런 종류의 수법을 익히고 있는 것이 분명했다.

장건은 문원의 모습을 떠올리며 어떻게 해야 문원처럼 흐릿해질 수 있는지를 생각했다.

'잘 될까?'

 장건은 조금씩 숨을 참으며 기운을 모으기 시작했다.

'내공을 몽땅 단전으로 모아서……'

 무인은 기에 예민하다는 걸 알고 있었다.

 장건은 풍진 정도의 무인에게 들키지 않고 나가려면 기를 완전히 감추어야 한다고 생각했다. 그것이 문원이 사용하는 방법인 것 같았다.

 그래서 온몸에 있는 기를 모조리 단전으로 몰아넣고 꽁꽁 숨기기로 했다. 그렇게 하면 기가 전혀 드러나지 않으니 존재감도 사라질 거라 생각한 것이다.

 이미 숨을 쉬지 않는다고 스스로 폐맥(閉脈)을 한 적이 있던 장건이다. 이번엔 한 군데 경락이 아니라 몸 전체의 경락이라는 게 다를 뿐이다.

 장건은 기경팔맥의 모든 경락을 운기한 후 단전에서 멈추어 다시 경락으로 빠져나가지 못하게 했다.

 그리고 나서 미세하게 흐르는 한 가닥의 기까지도 찾아내 모조리 단전으로 모은 후 문을 닫아걸었다.

'어? 단전이 좀 커진 거 같다?'

 생각보다 훨씬 빠르게 운기가 가능했다.

 장건은 놀랐지만 이내 자신의 기척이 완전히 사라진 것에 더 들떴다.

'우와! 해냈……'

이제 걸어가기만 하면 된다고 생각한 순간.
털퍼덕.
장건은 그대로 뒤로 넘어갔다.

*　　*　　*

문원은 가만히 잠을 자듯 누워 있는 장건의 곁에 쪼그리고 앉았다. 주변에서 비질을 하고 있다가 갑자기 장건의 기척이 사라져서 호기심에 와 보니 장건이 조용히 누워 있었다.
"뭐냐?"
물어도 당연히 대답이 없다.
"멀쩡한 애가 갑자기 날벼락을 맞았을 리도 없고……."
문원이 고개를 갸웃거렸다.
"혹시 귀식대법을 연습했나? 얘야, 건아. 왜 여기서 귀식대법(龜息大法)을 하고 있니? 응?"
귀식대법은 심장 박동을 극한까지 줄이고 숨도 거의 쉬지 않으며 기척을 없애는 방법이다. 일종의 의식적인 가사상태로 빠지는 것이다.
주로 제자리에서 잠복을 하거나 할 때 사용하는 고급 수법으로 이런 대낮에 뻥 뚫린 공간에서 할 만한 것은 아니다.
문원은 아무래도 이상하다 싶었다.
"얼씨구? 얘 봐라. 거의 산송장이네? 거 참, 나중에 살수라도 되려 그러나……. 이런 건 또 언제 배워가지고."

그런데 문원이 가만히 보니 장건이 깨어나질 않는다. 혹시나 해서 손을 대보니 심장이 거의 안 뛰는 게 아니라 아예 안 뛰고 있었다!

"헉."

피도 흐르지 않아 몸이 차갑고 생기가 전혀 느껴지지 않는다.

"귀식대법이 아니라 진짜 죽었잖아?"

문원이 장건의 따귀를 몇 번이나 후려쳤다.

철썩 철썩.

"눈 좀 떠 봐라, 이놈아."

장건의 얼굴이 휙휙 돌아가다가 다시 고개가 축 늘어진다.

"어이쿠! 이게 대체 뭔 일이랴."

문원은 급히 장건을 일으켜 등을 쳤다.

구웅!

강한 진동과 함께 '쿨럭!' 하고 기침을 내뱉으며 장건이 눈을 떴다.

"푸압."

장건이 눈을 끔벅거리며 문원을 본다. 무슨 일이 벌어졌는지도 모르는 표정이다.

장건의 눈에서 맑은 정광이 흐르고 있다. 얼마 전만 해도 녹빛이 서서히 옅어지고 있긴 했는데 지금은 정말로 맑고 빛나는 눈을 하고 있었다.

'얘는 무슨 잠깐 안 보면 사람이 달라져 있냐? 겨우 나흘 동안 내공이 더 깊어졌네.'

문원이 속으로 그런 생각을 하며 장건을 타박했다.

"이 녀석아. 대체 뭔 짓을 하고 있었던 게냐? 너 좀 전까지 죽어 있었어. 조금만 더 있었으면 부처님하고 바둑 둘 뻔 했다."

"부처님이 멀리 보이긴 했는데 바둑판은 안 보이던데요."

장건이 진지하게 말하자 문원은 기가 막혔다.

"장난하는 게 아니라 진짜로 죽을 뻔한 거잖아! 도통 이유를 모르겠구나. 갑자기 왜 이런 짓을 했어."

장건은 머쓱하게 머리를 긁었다.

"아, 그게요. 할아버지처럼 흐릿해져보려고 했는데 잘 안 됐나 봐요."

"잘 안 되는 정도가 아니라 죽었었다니까!"

"아하하……. 전 그냥 배가 고파서."

장건에게 자초지종을 들은 문원은 기가 막혔다. 나흘 동안 장건이 무아지경에서 건신동공을 하고 있던 건 이미 알았지만, 배가 고파서 몰래 빠져나가려 했다는 황당한 이유에는 문원도 뒷골을 잡고 말았다.

"아이고. 이런 무식한 녀석을 보게? 니가 갑자기 날 따라한다고 그게 되냐? 또 그게 어떻게 하는 건 줄 알고 따라해?"

"기를 다 가두면 되는 줄 알고요……."
"이런 바보."
문원은 자신의 이마를 딱 쳤다.
"기(氣)가 아예 없으면 그게 사람이겠니? 시체지, 시체. 내공을 쌓지 못한 일반인들도 몸에 기가 흐르는데 일부러 기를 없앤다는 건 그냥 죽겠다는 말이지, 뭐냐?"
긁적긁적.
"귀식대법을 할 때에도 한 모금의 숨을 들이마시고 최소한으로 생기를 남겨두어야 하는 법이야. 나 참, 일부러 너처럼 기를 완전히 없애는 것도 처음 보지만……. 아무튼 내가 못 봤으면 넌 정말 죽었을 거다."
"그럼 기를 조금만 남기면 되나요."
"하지 말라니까? 그런 거 함부로 막 따라하는 거 아니다. 그리고 내가 한 건 귀식대법하고는 전혀 다른 거야."
"어? 그래요?"
"……."
문원은 말을 하려다 말고 멈추었다.
"아니지. 괜히 또 잘못 가르쳐 주다가 큰일 날라. 에이잉. 그냥 말 안 할란다."
"가르쳐 주세요. 저 꼭 밖으로 나가야 돼요."
"그냥 나가면 되지. 담으로 넘어 가던가."
"안 돼요. 제가 뭘 잘못했다고 담을 넘어 가야 돼요?"

"잘못한 게 없으면 그냥 정문으로 나가."
"하지만…… 지금은 그럴 수가 없어요."
"나이도 어린 녀석이 벌써부터 여난(女難)이나 만나고……. 세상이 어찌 돌아가려는지."

문원이라고 장건의 사정을 모르는 바는 아니었다. 요즘 소림에 부쩍 사람이, 그것도 무림인들이 늘어 문원도 골치가 아픈 상황이었다.

"그래도 가르쳐 주지 않을란다."
"네? 왜요?"
"그게 뭐 그리 쉽게 배워지는 건 줄 아느냐."

장건이 고개를 푹 숙였다.

꼬르르르르륵!

엄청난 뱃가죽의 고동 소리에 문원이 흠칫했다.

"배, 배가 많이 고프긴 한 모양이구나."
"그렇다니까요……."

문원은 가만히 장건을 보다가 입맛을 쩝 다셨다.

"아무래도 내가 전생에 지은 죄가 많은가보다. 이게 다 업이지 뭐."

투정을 부리던 문원이 툭 던지듯 물었다.

"내경(內經)은 공부했니?"
"경락입문서는 보았는데요."
"그럼 영기(營氣)와 위기(衛氣)는 알 거 아니냐."

장건은 경락입문서에서 보았던 위기와 영기에 관한 내용을 떠올렸다.

영기가 몸 내부의 경락을 흐르는 기라면 위기는 경락 주변을 흐르는 기다.

둘은 뿌리가 같은 기운인데 영기는 오장육부에 기운을 공급하는 기이고 위기는 외부로부터 신체를 보호하는 역할을 하는 기운이다.

"책에서 보긴 했지만……. 그게 관계가 있는 건가요."

"관계가 있지. 영기와 위기, 그 두 경기(經氣)는 주로 음식물을 통해 섭취하는 기운이라, 다들 무시하는데 말이다. 사실 무학이라는 것은 인체의 모든 것을 이용하는 학문이다. 거기서 파생된 무공에 어찌 그것이 관계가 없겠냐."

"아하."

"뭐, 보통은 무공을 배울 때 크게 사용되지 않긴 하지. 내공을 통해 영기와 위기를 얼마든지 보강할 수 있으니까."

"그렇군요."

"그런데 말이다. 상승무공으로 가게 되면 영기와 위기, 그 중에서도 위기가 크게 중요하게 된다."

"위기가 신체를 보호하는 힘이라서요?"

"그렇지. 무식하게 내공으로 몸을 둘러싸서 보호하는 방법이 호신강기(護身罡氣)인데, 그보다 적은 내공으로 위기를 강화시키면 도검(刀劍)이 통하지 않는 금강불괴(金剛不壞)가 된다."

 쉽게 말하자면 위기는 인체를 보호하는 방패와도 같은 것이다.

 "우와!"

 무엇보다 '그보다 적은'이란 말에 장건의 귀가 번쩍 뜨였다.

 "뭐 그뿐이 아니다. 상승무학에서 이 위기라는 건 나를 지키는 힘 전체를 아우르게 된다. 나를 지키는 힘은 동시에 상대에게는 내 존재를 각인시키는 기운이기도 한 거지. 쉽게 말하면 '난 이만큼 세다'라고 부지불식간에 알려주는 것이라고나 할까."

 "아."

 장건이 짧게 탄성을 냈다.

 "존재감."

 "머리는 나쁘지 않구나. 그래, 그게 바로 존재감이다. 고수의 존재감이라는 건 위기가 몸 밖으로 확장되어 상대를 압박한다는 뜻인 거고."

 "그럼 할아버지께서도 위기를 조절해서 그렇게 잘 안 보이시는 거예요? 저도 배우면 그렇게 할 수 있어요?"

 문원이 장건에게 핀잔을 주었다.

 "그게 뭐 배우면 그냥 되는 줄 아냐? 다 깨달음이 있어야 하는 거지. 그런 깨달음이 없으면 아까 네가 한 것처럼 무작정 모든 기를 다 차단해 버려서 께꼬닥 하고 숨이 넘어가는 거고."
 긁적긁적.
 "알면 알수록 무공은 정말 심오해지네요. 깨달음이라는 게 오려면 또 선문답을 해야 되잖아요."
 막 그에 관해 얘기하려던 문원은 흠칫했다.
 "아니 뭐……, 굳이 선문답처럼 어렵게 말하려는 건 아니고, 나는 이제 중도 아니고……."
 꼬르르륵!
 "알았다니까? 가르쳐 주고 있잖냐, 지금."
 문원은 생각을 멈추고 투덜거렸다. 굉목도 그랬는데 문원도 장건의 뱃소리에 심한 압박감을 느끼는 듯했다.
 "물아일체(物我一體)."
 "네."
 "사람이든 동물이든 모두가 대자연의 일부이니, 대자연의 흐름을 거스르지 않고 받아들이는 거야. 홍오나 굉목이라는 이름의 사람이 아니라 그냥 자연 속에 존재하는 인간이다, 생각하는 거지."
 "그러면 할아버지처럼 없어질 수 있어요?"
 "없어지는 게 아니라 자연에 동화되는 거란다. 길가의 돌멩이나 처마 밑에 매달린 고드름처럼 나도 그것들과 다를 바 없이 존재하고 있는 것이지. 누가 길가의 돌을 신경이나 쓰고 다니냐? 그것처럼 나도 그냥 돌멩이가 되고 고드름이 되고 그래 버리는 거야."

장건이 생각해 보니 문원은 정말 그러했다. 신경 쓰지 않으면 그냥 스쳐 지나가는 평범한 '무엇'이었다. 사람이라는 인식조차 할 수가 없었다.

"물아일체라는 게 그런 거야. 내가 굳이 너와 나를 구분하지 않으니 누구도 나를 '너'라고 생각할 수도, 또 '너'라는 존재로 보지도 않는 거란다. 그러면 저절로 사람들은 나를 대자연의 다른 것들과 구별할 수 없게 되지."

물아일체의 경지는 문원의 말처럼 결코 쉬운 일이 아니었다. 운기행공을 한다거나 하여 무아지경에 이르렀을 때에는 느낄 수 있는 것이나 평소에 그런 상태로 있다는 것은 굉장히 힘든 일이다.

"어렵네요."

"그래서 이게 그냥 쉽게 되는 게 아냐. 그래도 우리는 불가의 가르침에 기반을 둔 무공이니 이게 가능하지, 다른 문파는 아예 이런 방법을 펼치지 못해."

문원이 줄줄 설명을 했다.

"또 물아일체도 한 번에 할 수 있는 게 아냐. 내가 나와 너를 구별하지 않으려면, 우선은 진정으로 사물을 구별할 줄 알아야 한다. 진정으로 구별한다는 게 또 뭐냐면 살아온 경험과 그에 따른 감정, 즉 오욕칠정으로 사물을 판단하지 않는다는 거야. 그게 여실지견(如實知見)이고, 또 여실지견을 위해서는……."

장건이 질릴 정도로 문원의 설명이 이어지려 했다.

꼬르륵.

흠칫.

그래도 문원은 끝까지 설명을 했다.

"해서, 소림에서는 오욕칠정을 벗기 위해 마음을 버리고 또 비우는 수행을 하느니라. 이를 기사탁연수라 하여 조금씩 진정한 공(空)을 이루어 가게 된단다. 진정한 공을 이루면 바로 아까 말한 물아일체가 되는 거야."

기사탁연수!

불가인 소림의 무공은 결국 그 근원이 기사탁연수에 있었던 것이다.

문원이 시를 읊듯 기사탁연수를 설명해 주었다.

"마음에 혼탁한 것과 맑은 것이 끼어 있는데 그것을 구분하지 못하니 우선은 무작정 버린다. 억지로 잊으며 버리니 버리는지 버리지 못하는지도 모르나 스스로 버리고 있다 생각하는 것, 이것을 기(棄)라 한다. 이 기의 단계를 넘어서면 버리지 못하는 것을 포기할 줄 알게 되니, 이것이 사(捨)이니라."

그래서 사랑하는 제자를 잃었을 때 굉운은 겨우 기의 단계에 들 수 있었다.

"계속해서 버리고 또 버리다 보면 버릴 것과 버리지 말아야 할 것을 알게 되어 혼탁한 것을 골라 버리게 된다. 이것이 탁(擢)이요. 자신이 크게 아끼는 것 또한 버릴 수 있게 되면 연(捐)에 이르게 되느니라."

버리고 또 버린다는 말에 장건은 기가 질렸다.

'뭘 그렇게 자꾸 버려요?' 하고 묻고 싶었으나 문원의 말을 끊을 수는 없었다.

문원은 잠시 숨을 고르다가 말을 이었다.

"하나 마침내는 혼탁한 것이나 맑은 것이나, 버리는 것과 버리지 않는 것을 구분하는 것조차 번뇌라는 걸 깨닫게 되니, 버린다고 생각하는 것조차 부질없는 것임을 알게 되느니라. 버리려는 마음조차 버리는 것, 그것이 바로 모든 것을 떨어버리는 수(擻)란다."

만약 지금 문원의 이야기를 어느 정도 수준이 있는 무인이 들었다면 커다란 깨달음을 얻었을 지도 몰랐다. 공을 이루어가는 것은 비단 소림 무공의 근간일 뿐 아니라 만류귀종(萬流歸宗)으로 가는 깨우침이었다.

문원이 기사탁연수를 마지막으로 전수한 것이 십 년 전이었으니 참으로 오랜만이다.

문원은 왠지 가슴이 뜨끈해져 장건을 흐뭇한 표정으로 바라보았다.

불가의 심오한 내용을 이해하지 못하는 장건을 위해 쉽게 풀이해 설명을 했으니 무언가 깨달음이 있었을 것이다.

장건이 잠시 생각하더니 물었다.

"그러니까 할아버지처럼 되려면……, 어떻게 해야 되는 건데요? 그냥 있는 대로 막 버려야 돼요?"

"막 버리라는 게 아니라 마음을 비우라는 거지."

"노사님이 언젠가 말씀해 주신 적 있어요. 무념무상에 대해서요."

"무념무상은 아까 말한 수의 경지란다. 그렇게 되도록 자꾸만 노력하라는 뜻이기도 하고."

그러나 장건의 표정은 문원의 기대를 벗어나 있었다. 떫은 감을 입에 문 것 같은 표정이었다.

문원이 참지 못하고 물었다.

"왜 그러느냐?"

장건이 버릇처럼 머리를 긁었다.

"아니에요."

게으름과 쓸데없이 움직이지 않는 것이 다르듯, 아끼는 것과 필요 없는 것을 버리는 건 다르다.

장건은 이제껏 하나라도 더 아끼려고 아등바등 살아왔다. 그것이 몸에 완전히 배어 있다. 해서 사소한 것조차도 함부로 버리지 못하는데 마음은 오죽할까?

그런데 문원은 모든 것을 다 버리라고 한다. 마음을 비워야 하니 배가 고파 음식을 먹고 싶다는 감정이나, 아껴야 한다는 생각조차 버려야 한다는 것이다.

장건에게는 정말로 힘들고 어려운 일이었다.

장건이 고민하는 것을 보고 문원은 빙긋 웃었다.

무공은, 특히나 소림의 무공은 심신이 고루 균형을 이루어야 한다. 지금의 원자배들처럼 강함만 추구하는 것은 패도(覇道)요, 사도(邪道)다.

그런 면에서 장건에게 조금이라도 더 생각할 기회를 만든 것은 잘한 일이라 생각되었다.

"무공이든 법(法)이든 마찬가지다. 결국은 자기 자신을 얼만큼 아느냐에 따라 성취의 고하가 나뉘는 게지. 자기 자신을 아는 만큼 여실지견하여 상대를 가늠할 수도 있는 것이고 샛길로 빠지지도 않는 거란다."

기사탁연수에서 수의 단계까지 오를 필요도 없었다. 기의 단계, 그 의미를 깨닫기만 해도 장건은 물아일체를 알고 자신의 위기를 대자연 속에 녹여 존재감을 없앨 수 있게 될 터였다.

해야 할 게 너무 많아서 장건은 머리가 복잡했다. 장건의 눈이 핑글핑글 돌아가는 걸 보며 문원이 혀를 찼다.

"그냥 머리 깎고 중이 되지 그러냐? 내가 잘 돌봐줄게."

"안 돼요. 저 집에 가고 싶어요. 독자니까 대도 이어야 하고요."

"독자라서 대를 이어야 한다는 녀석이 왜 신부감은 못 고르고 쩔쩔매."

"부모님이 골라주셔야 장가를 가죠."
"장가를 가고 싶기는 하고?"
장건은 머리를 긁적이며 '히' 웃었다.
"사실은 별로 생각해 본 적이 없어요."
"뭐, 그럴 줄은 알았다만."
문원은 허리를 두드리면서 빗자루를 들었다.
"아무튼 난 간다."
"네, 감사합니다."

사실 장건에게 문원의 길고 긴 가르침은 큰 도움이 되지 않았다. 무인으로서의 길도, 승려로서의 길도 제대로 걸어오지 못한 장건은 그의 말을 담기조차 힘들었다.

'배가 고프다'에서 시작한 무공이다. 불가의 가르침 속에서 자란 것도 아니고 스스로 깨우쳐 가며 무공을 익혔다. 문원의 가르침은 좋았으나 장건이 가는 길과는 다른 것이다.

"치. 할아버지처럼 되는 법을 알려달라고 했더니 어려운 얘기만 하고 가시네."

장건은 입을 삐죽 내밀었다.

뒤통수를 보이며 걸어가고 있던 문원이 장건의 혼잣말을 어떻게 들었는지 곧바로 전음이 날아왔다.

『떽!』
"이크! 들으셨나."

장건은 헤실거리면서 머리를 긁었다.

그러다가 문득 손을 멈췄다. 홍오에게 들은 말과 문원이 한 말에서 어딘가의 공통점을 찾은 것이다.

"어?"

존재감.

"위기는 자신을 보호하는 기이고 그것이 곧 존재감……."

문각이 남긴 그림속의 마두는 희미하게 그려져 있었다.

"거무불거유. 유에 있지 않고 무에 있다……."

홍오가 무는 아예 없는 것이 아니라 유와 반대되는 것이라고 했다. 아예 없는 것은 문각이 말한 버리고 또 버려서 아무것도 없는 공(空)이다.

거무불거유(居無不居有)!

그 다섯 글자가 갑자기 장건의 가슴에 꽉 들어 박혔다.

장건이 고개를 들어 하늘을 보았다.

눈부신 햇살을 내리쬐고 있는 태양!

그림 속의 노승은 태양을 향해 권을 내지르고 있었다.

"아무것도 때리고 있는 것 같지 않지만 무언가를 때리고 있다. 그것이 아무것도 없는 공이 아니라 무……."

눈에 보이지 않는 무언가를 때리고 있다는 뜻이다.

"위기."

장건은 갑자기 머리가 번쩍하고 정신이 들었다.

영기와 위기, 그 두 경기(經氣)는 톱니처럼 돌아가며 순환하는데 낮에는 위기가 25번, 밤에는 영기가 25번을 돈다. 즉 위기는 양기이고 영기는 음기여서 음양의 기운이 조화되는 것이다.

태양은 양기를 나타낸다. 그렇다면 혹시 그것이 위기를 의미하는 것이 아닐까?

장건은 급히 자신의 생각을 정리해 보았다.

영기와 위기 중에 하나만 조화가 무너져도 사람은 지극히 무기력해진다.

때리고 두들겨서 상대가 일어서지 못하도록 만들 필요가 없었다. 두 기운의 조화를 무너뜨리는 것만으로도 같은 효과가 날 테니까.

하지만 영기는 답이 아니었다.

경락을 흐르는 영기에 손상을 주려면 내가중수법을 이용해야 하는데, 그러면 경락이 파괴되어 사람이 크게 다치게 된다.

"해답은 위기에 있었어."

문원은 고수일수록 위기가 몸 밖으로 확장이 된다고 했다. 심지어 문원이 사용하는 은신술도 위기를 없애는 것이 아니라 오히려 흐릿하게 퍼뜨려서 주변에 동화되는 수법이다.

문각이 고수를 상대로 더 강했다는 것은 바로 그러한 의미였던 것이다. 고수일수록 위기가 더 드러나니 말이다.

"하아……"

장건은 자신의 추론이 얼추 들어맞는다고 확신했다.

위기를 타격하여 스스로 상대가 물러서도록 만든다.
몸을 보호하는 기운인 위기가 사라지면 극도로 예민해져 엄청난 피로감을 느끼게 된다. 싸우려고 해도 기운이 없고 의지가 나지 않는 것이다.
문각에게 백보신권은 단지 그것을 위한 수단이었을 뿐이다.
"어떻게 문각 선사께서는 그런 생각을 하실 수 있었을까."
만약 문각이 지금의 장건을 보고 있었다면 웃으면서 같은 말을 했을지도 몰랐다.
자신이 너무 강해져서 사람을 크게 다치게 하기 싫다는 장건의 마음씨가 결국은 여기까지 이르게 해주었다고.
장건은 마음을 가다듬고 일어나 그 자리에서 크게 절을 했다.
무인이면서 승려인 문각이 사람을 상하게 하지 않는 방법을 찾아내기까지의 고심이 자신에게까지 전해진 듯했다.
무림인이라고 사람을 마구 때리고, 힘이 있다고 자신의 마음대로 남을 구속하는 행동이 난무하는 지금에 문각의 마음은 장건에게 너무나도 큰 감명을 주었다.
무공을 통해서 그의 마음이 전해진다.
장건은 가슴이 따스해졌다.
"저도 큰스님의 뜻을 꼭 잊지 않겠어요."
이제 남은 것은 하나였다.
어떻게 위기를 타격할 수 있느냐.

뜻밖의 깨달음 255

그것은 허공에 떠다니는 기를 손으로 잡으려 하는 것과 똑같은 일이었다.
꼬르륵. 꼬르르륵.
장건은 배를 붙들었다. 창자가 꼬여서 비틀리는 것 같다.
"아, 큰스님의 뜻도 중요하지만 일단 뭘 먹든지 해야겠다."
결국 장건은 담을 넘었다.

*　　*　　*

장건은 몰래 공양간에서 남은 찬밥을 얻어먹고 굉목에게까지 들렀다가 속가 제자의 숙소로 돌아왔다.
중간에 제갈영과 당예를 만나 한참 동안 잔소리를 들은 것은 당연한 일이었다.
숙소로 돌아온 장건은 자신의 짐 속에서 경락입문서를 찾아 열었다. 그 중에서 위기와 양기에 관한 부분을 찾아 읽었다.
"사람의 경맥이 상하, 좌우, 전후로 뻗어 있는 것이 28경맥인데 온몸을 돌아간 길이가 162자이므로 28수에 상응하며 누수(漏水)의 백각(百刻)으로 일주야를 나누었기 때문에 1만 3천 5백 번 숨을 쉬고 기는 50번을 돌아서 몸을 영양한다."
하루를 백으로 쪼갠 시간, 즉 이각에 한 번 일주천을 한다는 뜻이다.
장건은 고개를 끄덕이며 다시 구절을 읊조렸다.

"위기는 성질이 거칠고 민첩해서 경맥을 가지 않는데, 낮에는 눈에서 나와 수족의 태양, 소양, 양명의 경맥 밖을 순환한다. 이어 음의 경맥인 족소음의 경맥 밖을 순환한다. 야간에는 경맥을 순환하니 이것이 영기가 된다."

위기의 흐름 순서에 관한 내용이다. 내공이 깊은 무인일수록 위기가 몸 밖으로 드러나니 순서를 기억해 두면 위기의 경로를 예측할 수 있다.

이미 장건은 위기를 볼 줄 안다.

바로 남들과 다르게 익힌 안법을 통해서였다.

자세한 위기의 흐름은 볼 수 없으나 몸 주변에 희미하게 흐르는 위기는 본다. 무공을 익힌 사람을 한눈에 알아보거나 은신을 사용하는 문원을 본 것이 바로 그 위기였다.

아직은 흐릿하지만 좀 더 수련을 하고 연습을 하면 제대로 위기를 볼 수 있을 터였다.

'문제는 위기의 흐름을 무너뜨리는 방법인데……'

문각은 그것을 백보신권을 통해 해내었다.

장건은 기를 잔뜩 뿜어내는 백보신권을 사용하고 싶지 않았지만, 기를 타격하려면 역시나 내공을 사용하는 수밖에는 없었다.

장건은 아까워 죽겠다는 표정으로 주먹을 쥐었다.

허공을 지르자 팡! 소리가 난다.

공력을 내보내 바로 앞에서 터뜨린 것이다. 풍진과 홍오가 감탄한 그 수법이었다. 나흘 동안의 건신동공을 마친 후로 기의 운용이 더 쉬워졌다.

"그나마 백보신권처럼 멀리 떨어진 데까지 때릴 필요가 없으면 내공도 조금만 쓸 수 있으니까 괜찮긴 한데……."

장건은 침상 위로 엎어져 데굴데굴 굴렀다.

아무리 조금이라 해도 아까웠다.

데굴.

"아까워."

데구르르.

"아까워어."

장건은 그 후로도 한참이나 고민하며 침상 위를 굴러다녔다.

제9장

한걸음 더 가까이

소림의 수뇌부는 난리가 났다.

어떻게 보면 즐거운 비명인데 다르게 생각하면 그리 좋은 일은 아니라는 게 문제였다.

"허허허허."

대부분의 원주들이 어이가 없는 얼굴로 웃었다.

누군가 짜증이 섞인 투로 말했다.

"웃을 일이 아니오. 이대로라면 환자보다 찾아오는 사람들이 더 많아질 겁니다. 숙소는 벌써 거의 다 들어찼소."

원자배의 승려 한 명이 물었다.

"본문은 예전부터 상당한 인원을 모두 수용할 정도의 시설을 갖추고 있었습니다. 그런데 숙소가 다 찼다니요."

"중독된 환자들을 증상에 따라 일일이 격리시키는 것만으로도 부족한데…… 찾아오는 향객들의 반이 여시주일세. 아무렴 여시주와 남시주들을 같이 묵게 할 셈인가."

소림의 시설은 결코 작지 않았지만 상황이 여의치 않았다.

도감승 굉정이 한숨을 쉬었다.

숙소만이 문제가 아니었다. 하루에도 수십 명씩 방문객이 늘고 있는데 그 수가 더 불어나고 있었다. 벌써 그 수가 천 명이 넘어섰다.

공양간의 공양주 굉료가 말했다.

"끼니도 문젤세. 공양간에서 갑자기 천 명분의 식사를 더 준비하는 것도 무리고, 식재료도 문젤세."

굉정이 말을 덧붙였다.

"물론 찾아오는 시주님들께서 조금씩 희사를 하고 있어 재정적으로는 부족하지 않은데, 그 대부분이 약초와 재화라네. 이런 겨울에 어디서 갑자기 그 많은 시주님들이 먹을 쌀을 마련해 오겠는가. 그렇다고 본사를 찾은 시주님들을 돌려보낼 수도 없고……."

그것이야말로 정말 큰일이었다.

숙소야 정 모자라면 산문 밖의 마을에라도 머물게 할 수 있었지만 식사는 어찌할 것인가.

"곳간이 순식간에 비어가고 있네. 시주님들이 늘어나는 추세로 보아 이대로라면 일주일내로 비축해 둔 양식이 모두 떨어질 것일세."

굉정이 크게 한숨을 내쉬었다.

보현전주 굉읍이 한탄했다.

"허, 이것 참. 대체 이런 일이 어떻게 일어날 수가……. 아니, 도대체 왜 소림에 여시주들이 그렇게 몰려오시는 거랍니까?"

문수각주 원전이 대답했다.

"이번에 장건이란 아이가 청성의 검을 상대하고 나서 크게 유명세를 타지 않았습니까. 문제는 그 아이가 속가 제자라는 거지요. 혼인을 통해 자파로 영입할 수 있는 가능성이 얼마든지 있으니까요."

"그 아이라면 당가에 보내는 것으로 합의가 되지 않았던가?"

"제갈가의 여아가 또 오면서 복잡해졌지요. 장건이 그 아이를 건드렸다는 소문이 파다합니다."

그 소문을 모르는 이는 없었다.

"쯧. 제법 쓸 만한 아이인 줄 알았더니만 그렇지도 않은 모양이구려. 그래서 당가로 가는 일이 흐지부지되었다는 거요? 당가에서 가만히 있었을 리가 없는데."

이쯤 되니 굉운이 입을 열었다.

"혼인은 건이의 자율에 맡기기로 했네. 건이의 부모님이 오시면 결정이 되겠지."
 굉운과 당가 사이에 모종의 얘기가 오갔다는 건 누구나 알 수 있었으나, 이제는 어쩔 수 없는 얘기였다. 오히려 당가가 뜻을 이루지 못했다는 말에 고소해하는 승려도 있었다.
 "중요한 건 당분간 소림에 계속해서 손님들이 찾아올 것이고, 우린 그에 대한 대비를 해야 한다는 것이네. 그 중에는 홀대하기 어려운 이들도 있으니 만반의 준비를 해야 하네."
 굉운이 굉충을 보며 고개를 끄덕였다.
 백의전주 굉충이 헛기침을 하며 서류를 들고 읽었다.
 "지금 찾아오는 대부분의 시주분들은 강호인들인데 방장 사형의 말씀처럼 명문가나 각 문파의 명숙들도 곧 도착할 예정이오. 속내는 어떨지 모르나 소림의 어려운 사정을 돕기 위해 오시는 것이니, 따로 준비를 마쳐야 하오."
 굉충이 지금껏 모은 정보로 곧 도착할 예정인 무가나 문파들의 이름을 쭉 부르고, 주요 인물들의 명호까지도 불렀다.
 하나하나 이름이 거론될 때마다 수뇌부들의 얼굴색이 나빠졌다. 특히나 소림의 살림을 도맡은 굉정은 주름살이 순식간에 늘어나는 듯했다.
 무림의 문파 간에는 알게 모르게 알력이 존재하니 숙소를 배정하는 것에도 신경을 써야 한다. 자칫, 남궁가나 양가장의 숙소를 가까이에 둔다면 아무리 소림의 사내라 해도 무슨 일이 벌어질지 아무도 모르는 일이었다.

게다가 무림인이란 자신의 명성에 걸맞은 대우를 받기를 원하니, 그 또한 개별적으로 염두에 두어야 했다.
 "……섬서의 무영문에서 백혈검 강구 대협과 현 3대 제자들 일부, 종남파의 4대 검수……, 그리고……."
 잘 듣다 보면 하나같이 각 문파의 명숙 한 명과 제자 한둘 정도로 구성원이 이루어져 있다. 그 제자들의 나이도 십대 후반에서 이십대 중반까지가 가장 많다.
 듣다 못한 천불전주 원당이 불만을 터뜨렸다.
 "이건 뭐 소림이 길가의 다원(茶園)도 아니고……."
 굉충이 원당을 째려보았다.
 "아직 안 끝났네."
 원당이 입을 다물자 굉충이 말을 이었다.
 "가장 큰 문제는 백리가의 백리연 소저가 되겠소. 처음 스물 정도가 백리가에서 출발했다 들었는데 어제까지 불어난 수가 백오십 명이었소."
 승려들이 땀을 삐질거리며 흘러댔다.
 "과연 강호제일미의 명성 그대로군요."
 굉운이 말했다.
 "꽃이 있는 곳에 나비가 모여드는 것은 당연한 자연의 섭리. 하나 젊은 혈기가 모인다면 어떤 사건사고가 발생할지 예측하기 힘드네. 이제까지 모두 고생했으나 지금부터는 한층 더 신경을 써야 할 것이네."

승려들이 모두 반장하며 굉운의 말에 답했다.
이번 일의 장본인격인 원호는 고개를 들었다가 굉운과 눈이 마주쳤다.
마치 원호가 한 일을 알고 있는 듯한 눈빛이다.
원호는 찔끔하여 다시 고개를 숙였다.
'나라고 일이 이렇게까지 될 줄 알았겠소이까. 나는 그저 남궁가에만 알렸을 뿐인데 어쩌다가······.'
남궁가에서 시작했고 양가장이 불을 지폈다. 거기에 욕심이 생긴 백리가가 나서면서 걷잡을 수 없이 불이 번져나갔다.
그러나 원호가 상세한 사정까지는 알 수 없는 노릇이었다.
'끄응······.'
원호는 죄지은 사람이기에 머리를 들 수가 없었다.
식은땀이 뻘뻘 흘렀다.
'방법을 찾아내야 한다. 이러면 난 소림을 두 번이나 죽이는 꼴이 되고 말아.'
아무리 상황이 좋지 않다 하더라도, 준비가 되어 있지 않더라도 수많은 강호의 명숙들이 찾아오는데 대접이 소홀하다면 소림은 크게 명망을 잃을 것이다.
장건이란 아이와 관련이 되면 왜 그리도 일이 커지고 꼬이는 걸까.
정말 알다가도 모를 일이었다.
원호는 지금 이대로 죽고 싶은 심정이었다.

'이게 다 장건이 때문이다.'

그러나 원호에게는 참으로 불행하게도 장건이 이제껏 벌인 일들은, 앞으로 장건이 벌일 일들에 비하면 조족지혈이나 마찬가지였다.

* * *

무진은 창문을 활짝 열었다.

새벽에 또 눈이 왔는지 밖이 온통 새하얗다. 밤을 꼬박 샜더니 눈이 부시다.

아침 수련도 공양도 걸렀다.

무자배의 대사형이라는 막중한 책임감과 문각의 진전을 이어야 한다는 부담감이 어깨를 짓눌렀다.

"이렇게 고민해 봐야 당장에는 익힐 수도 없을 것을."

장건은 어떨까?

장건은 여러모로 놀라운 아이였다. 무공의 기초도 제대로 배우지 못했으면서 실력향상은 엄청나게 빨랐다.

단순히 동공에 몰입한 줄 알았더니 나흘이나 그 자리에서 있었다고 한다.

"녀석, 뭔가 깨달음을 얻은 건가."

찾아가서 물어보고 싶지만 그러기에는 자존심도 좀 상하고 부끄럽기도 하다.

한걸음 더 가까이 267

"에잇, 부끄러울 게 뭐가 있냐. 속가라고 해도 사형제 지간인데."

무진은 막 문을 나서려다가 살짝 얼굴을 붉혔다.

"그래도 그냥 가르쳐 달라는 것보다는 비무를 하자는 게 더 낫겠지."

자신이 생각해도 무색한가보다.

"흐음. 아무래도 오늘은 길보다 흉이 더 많은 날이겠는걸. 게다가 대사형으로서의 체면도 말이 아니게 될 것 같고."

무진은 피식 웃었다.

"오늘 이 무진이 생애 최대의 난적을 만나겠구나."

강호행에서 수많은 실전을 겪으며 무위가 원자배에 거의 근접해 있다던 무진조차 장건은 힘겨운 상대였다.

* * *

장건은 숙소에 덩그러니 혼자 앉아 있었다.

가부좌를 틀고 앉아 명상에 잠겨 있다. 언제부턴가 생각을 정리할 때에는 그렇게 하는 게 편했다.

무진은 그런 장건을 본 순간 흠칫 놀랐다.

장건의 주변에서 기의 파동이 일렁인다. 단순한 공상에 잠긴 것이 아니다.

무진은 잠시 기다렸다.

곧 장건의 전신에 땀이 송글거리고 맺히더니 얼굴과 목에, 드러난 팔에 핏줄들이 불룩거렸다.

'심상 수련?'

가상으로 상대를 만들고 대결을 하거나 수련을 하는 방법이었다.

무진은 '허!' 하고 속으로 신음을 삼켰다.

'심상 수련은 사숙님들의 경지에서나 가능한 것인데.'

가까이서 느껴보면 기의 파동이 고르지 못하다는 걸 확실히 알 수 있다. 눈썹이 꿈틀거리고 표정이 바뀌는 것으로 보아 분명히 누군가와 가상의 대련을 하는 모양이다.

'괜히 왔나?'

그래도 이왕 온 것, 무진은 장건이 깨어날 때까지 기다리기로 했다.

얼마 지나지 않아 장건의 전신은 흠뻑 젖었다. 땀이 아니라 물이라도 뒤집어 쓴 것처럼 온몸이 젖었다.

"푸하."

장건은 콜록대며 기침을 하더니 목을 매만졌다.

"휴우. 휴우. 또 목을 베였어."

무진은 상대가 궁금했지만 누구인지 묻지 않기로 했다. 들어봐야 그리 좋을 것 같지도 않았다.

물론 장건의 상대는 풍진이었다. 풍진과 노승의 대결에서 노승을 빼고 장건이 그 자리에 섰지만, 새로 배운 무공을 제대로 쓰기도 전에 목을 베인 것이다.
 장건이 앞에 무진이 있는 걸 알고 어리둥절한 눈으로 올려다보았다.
 "어? 대사형이 웬일이세요?"
 "잘 되고 있나 해서 와봤다."
 장건은 겸연쩍게 대답했다.
 "잘 안 되네요. 아무래도 생각만으로는 한계가 있나 봐요. 그렇다고 다른 사람에게 말하지 말라 하셨으니 누구에게 해 달라고 할 수도 없고……."
 무진이 기꺼워하며 말했다.
 "그것 참 잘 됐구나. 그렇잖아도 나도 그래서 널 찾아왔는데."
 "그래요."
 장건은 좋아하다 말고 걱정스러워했다.
 "하지만 전 아직 제대로 익히지 못했는 걸요. 위험하면 어떡하죠?"
 "무인은 칼끝에 목숨을 두고 사는 사람이다. 그런 걸 겁낸다면 살아남기 힘들지. 자자, 일단 나가자."
 "어? 저 땀도 닦아야 하고……."
 무진은 거의 무작정 장건을 데리고 밖으로 나갔다. 어쩌면 자기보다 어린 사제의 깨달음을 훔치려는 자신의 못된 마음이 부끄러웠는지도 몰랐다.

"아."

장건이 눈을 휘둥그레 떴다.

"눈이 와요."

하늘에서 하얀 눈송이들이 나풀거리며 떨어지고 있었다. 앙상한 나무에도 작은 풀밭에도 온통 눈꽃이 피어 있었다.

"아침에 잠깐 그치더니 또 오는구나. 춥진 않으냐."

"별로 춥진 않아요."

얇은 옷 하나만 걸치고 있는데도 춥지 않다는 건 그만큼 공력이 심후해졌다는 뜻이다. 공력이 심후한 만큼 주화입마의 여파는 더 크기 때문에 무진은 조금 불안한 생각도 들었다.

장건은 하얀 눈밭에 조심스럽게 발자국을 남겼다.

바스락.

소복이 쌓인 눈 위에 장건의 발자국이 생겨났다. 장건은 차가운 눈을 뭉쳐 동글동글하게 만들기도 하고 입에 넣어 맛을 보기도 했다.

수련을 할 수 있는 작은 연무장은 바로 속가 제자의 숙소 뒤편에 마련되어 있었다. 약간은 외진 곳이라 사람들의 눈에 띄일 염려도 없어서 좋은 곳이다.

"눈이 오는데 괜찮을까요? 연무장부터 치워야 할 텐데요."

"괜찮아. 누가 다 쓸어 놨더라."

"누가요?"

"내가."

연무장은 깨끗했다. 다른 곳에는 한 뼘이 넘도록 눈이 쌓여 있는데 연무장에만 눈이 하나도 쌓여 있지 않았다. 정말로 무진이 미리 치워놓은 모양이었다.

"건 사제."

사제라는 말에 장건이 눈을 크게 뜨고 무진을 보았다.

"너도 소림의 정식 제자이고 난 네 사형이니 불러봤다만······. 어색하냐."

"아뇨."

장건은 왠지 신이 나서 가슴이 들떴다. 그동안 배분에는 크게 관심을 두지 않은 게 사실이었다. 커다란 울타리가 있어서 그 안에는 들어가지 못하고 왠지 동떨어져 있는 듯했다.

그런데 무진의 말 한마디에 장건은 가슴이 두근거렸다.

'나도 정말 소림의 제자였구나.'

이제야 실감이 나는 것 같다.

장건은 심호흡을 하며 들뜬 마음을 가라앉혔다.

무진은 그런 장건을 가만히 보며 솔직히 말했다.

"사실은 말이다. 난 아직 문각 태사조의 비전을 이해하지 못했다. 혹시 너는 알까 해서 비무를 하자고 한 거야."

"그러셨군요. 저도 확실히 안다고는 할 수 없는데······."

한동안 장건은 백보신권이 아니라 다른 방법으로 위기를 무너뜨릴 수 있는 방법을 찾고 있었다. 몇 가지 방법을 생각하긴 했는데 실전에서 어떻게 사용할 수 있을지는 미지수였다.

"괜찮다."

장건은 딱히 불만스러운 표정이 아니었다. 어차피 장건도 새로 생각해낸 방법을 연습할 상대가 필요한데 다른 사람들하고 할 수가 없으니 곤란하던 차였다.

세상 모든 사물에 다 기가 있다고는 하나 영기와 위기를 시험하려면 사람하고 대련을 하는 수밖에는 없었다.

"생각해 보니 너도 곧 소림을 나가게 될 게 아니냐. 강호에는 생각도 못한 비열한 수를 쓰는 사람들이 많이 있다. 그저 무공만 믿고 있던 이 사형도 숱한 죽음의 고비를 넘겼단다."

장건은 무진의 말을 들으며 고개를 끄덕였다.

당장에 독선만 해도 선물이라며 치명적인 독을 주고 갔다.

"너는 무공에 비해 경험이 부족하지. 해서 난 네게 실전적인 수법들로 너를 상대하고, 넌 네가 깨달은 무공으로 나를 상대하는 거야. 서로에게 도움이 되는 거지. 어떠냐?"

소림으로 수많은 무인들이 몰려들고 있는 이때에 무진의 판단은 꽤나 정확한 것이었다.

장건은 기꺼이 받아들였다.

"그렇게 할게요. 하지만 제가 대사형께 도움이 될지 모르겠어요."

"둘 중에 한 사람이라도 얻는 게 있다면 그것도 나쁘진 않은 일이지."

"그럼, 잘 부탁드려요."

"나야말로 잘 부탁한다."

곧 무진이 호흡을 가다듬으며 공력을 끌어올렸다.

장건은 기의 흐름만으로 무진이 공력을 얼마나 끌어올렸는지 대략 알 수 있었다.

"내가 봐줄 거라는 생각은 버려라. 네가 막을 수 있다는 생각으로 정말 위험한 방법들을 쓸 테니까."

"예."

무진의 승복이 펄럭인다. 고요히 떨어지던 눈송이들이 무진의 주변에서 소용돌이를 그리며 천천히 퍼져 나간다.

무진이 팔을 크게 휘저으며 마보에서 독립보로, 독립보에서 다시 한 발을 살짝 내딛어 허보를 취한다.

장건은 집중했다.

위기를 보고 느끼기 위해서다.

어슴푸레하게 무진의 몸에서 기운이 풍겨 나온다. 내공을 활발히 주천시키면 위기 역시 강해진다. 위기를 알게 된 이후 장건은 지나가는 무승들을 열심히 살펴보았으나 평소의 위기는 아주 미약해서 감지하기가 힘들었다.

장건은 눈을 크게 뜨고 무진을 지켜보았다.

공력을 끌어올려서 흘러나오는 기세가 대부분인데 그 중에 미약하게 다른 기운이 섞여 있다. 그동안은 위기를 굳이 구별하려 하지 않아 제대로 느낄 수가 없었던 기운이다.

장건의 섬세한 감각이 위기를 감지했다.

'느껴진다!'

하지만 아직 확실하게는 보이지 않는다. 내공을 한층 더 끌어올려 안법을 극대로 강화했다.

무언가 희끄무레한 연기, 혹은 실 같은 것이 무진의 몸을 맴돌고 있었다.

무진이 멀뚱하니 가만히 서 있는 장건을 보고 말했다.

"어서 준비를 하라니까 뭘 하고 있는……."

무진은 말을 미처 끝맺지 못했다.

'이런!'

그냥 멍청하게 서 있는 것 같은 장건의 자세는 보통의 자세가 아니었다.

자연스러운 자세도 아니고 심하게 힘이 들어가 경직되어 있는 듯 보이지만, 실제로 어딘가를 공격하려 하면 빈틈이 보이지 않았다.

'이게 뭐지?'

혹시나 눈앞에 있는 이가 열다섯 어린아이가 아니라 최소한 마흔은 넘은 무인이라면 무진은 쉽게 받아들일 수 있었을지도 몰랐다.

하나 도저히 보고도 믿을 수가 없었다.

'저런 말도 안 되는 자세가…….'

가능한가?

사실상 보통의 고수들은 이런 자세를 취하지 않는다. 온몸을 두르듯 방어태세를 취한다고 해서 결코 좋다고는 할 수 없다. 그렇게 되면 심력도 크게 소모될 뿐더러 움직이는 순간 빈틈이 생겨 오히려 위험할 수도 있었다.

그래서 대부분의 기수식은 상대의 기선을 제압하는 형상이거나 자신의 몸을 가다듬는 자세, 혹은 일부러 빈틈을 만들어 상대를 유인하는 자세를 하기도 한다.

쉽게 말해서 백 개의 공격에 대한 대비책을 세우는 것보다 일부러 빈틈을 만들어 한 개의 공격에만 대비하는 것이 훨씬 유용한 것과 마찬가지다.

'무슨 의도지? 나더러 먼저 공격해 보라는 의미인가?'

무진이 고소를 머금었다.

청성의 검까지 받아낸 장건을 자신이 이길 수 있을지는 의문이었으나 무인으로서의 도전정신이 슬슬 끓어오른다.

"그럼 내가 먼저 손을 쓰마."

무진이 힘껏 진각을 밟으며 앞으로 튀어 나왔다. 순식간에 서너 걸음을 격하고 주먹이 날아들었다.

어찌나 동작이 강맹한지 무진의 등 뒤로 눈보라가 소용돌이치며 스쳐 지나갔다.

장건은 정신을 팔고 있다가 무진의 기가 크게 출렁이는 걸 깨달았다.

"으앗!"

장건은 발끝을 살짝 돌리며 몸을 옆으로 했다.

무진은 주먹을 회수하며 장법으로 바꾸었다. 강호행을 하며 초식의 응용능력이나 공력이 한층 깊어진 무진이다.

첫 수로 장건을 제압하려는 생각은 애초부터 없었다.

무진의 손바닥이 몇 개로 불어나며 장건을 덮치려는 그 순간, 무진은 자신도 모르게 장건의 손이 자신의 손목을 잡고 있다는 걸 깨달았다.

장건의 주특기인 용조수다.

'언제!'

손이 움직이는 걸 보지 못했다. 싸늘한 감각이 무진의 등줄기를 흘렀다. 자신의 장법이 미처 펼쳐지기도 전이었다.

장건의 손이 부채가 펴지듯 무진의 양팔을 감싸 봉쇄했다. 무진은 흡결에 의해 장건에게 중심이 빨려드는 느낌을 받았다.

'무경 사제가 당했다는 수법이다. 용조수와 유원반배!'

무진은 급히 빠져나가려 했으나 팔이 장건에게 착 달라붙어 떨어지지 않았다. 유원반배는 흡결로 상대를 끌어들인 후 밀어내는 추결의 형식으로 이어진다.

무진이 마찬가지로 금나수법을 사용하며 유원반배의 힘을 흘으려 했으나 장건이 교묘하게 무진의 팔을 붙들어 맨다. 무진은 장건에게서 좀처럼 벗어날 수가 없었다.

'금나수법이 절정에 이르렀구나! 이 정도의 금나수법을 쓰는 이는 강호에서도 본 적이 없다!'

하지만 방법이 없는 건 아니다. 유원반배도 용조수도 무진이 잘 아는 수법이다.

무진은 몸이 최대로 장건에게 쏠리는 순간 힘을 풀어 버렸다. 공력도 분산시켰다.

팡!

장건이 무진을 유원반배의 추결로 밀어냈다. 그러나 크게 공력을 싣지 않고 있던 무진은 겨우 한 걸음 정도 밀려났을 뿐이었다.

"어?"

장건은 예상외의 상황에 당황했다.

독정의 기운과 대환단의 기운을 흡수한 장건은 내공이 벌써 일 갑자를 넘어서고 있었다. 이만하면 무진이 크게 밀려나야 정상인데 그러지 못한 것이다.

유원반배는 상대의 힘을 이용해 반탄처럼 되돌리는 방법. 무진이 순간적으로 힘을 풀었기에 그만큼 밀려난 힘도 적었다.

무진이 반격에 나서며 소리쳤다.

"중요한 것은 초식 자체가 아니라, 초식이 담고 있는 뜻이다. 아직 그것을 이해하지 못했구나."

"초식이 담고 있는 뜻……."

장건이 뭔가를 생각해내려 하는데 무진은 틈을 주지 않았다. 기다려 줄 수도 있었지만 지금은 무공의 깨달음보다 더 중요한 것을 알려주어야 했다.
 무진이 무영각의 슬차(膝車)로 장건의 무릎을 밀었다. 장건의 중심이 틀어져 몸이 기우뚱한 틈에 어깨로 가슴을 밀치려는 생각이었다.
 그런데 다리가 흔들거렸음에도 장건은 중심을 잃지 않았다. 장건만이 할 수 있는 세세한 근육들을 이용해서 중심을 잡고 버틴 것이다.
 강호에서 생사의 위기를 몇 번이나 겪은 경험이 무진의 경각심을 일깨웠다.
 무진은 탄성을 지를 겨를도 없이 주먹을 뻗었으나 그것은 허초였다. 허초이며 실초였다. 장건이 '이크' 하고 상체를 뒤로 뺀 사이 무진이 곧바로 뛰어올랐다.
 장건의 허벅지를 밟고 머리 위로 뛰어올라 어깨를 밟았다. 예상치 못한 처음 보는 동작에 장건은 당황해 피하지 못했다.
 "으윽!"
 장건은 어깨를 커다란 돌로 누른 것 같았다.
 무진이 천근추의 수법으로 힘껏 내리누르자 장건은 견디지 못하고 주저앉았다.
 털썩!
 "앗!"
 앉은 상태에서는 아무것도 할 수가 없다. 특히나 피하는 건 더더욱 어렵다.

무진은 살짝 도약하여 몸을 거꾸로 돌아 위에서 아래로 권을 날렸다.

쿠—웅!

무진의 주먹이 바닥을 강타하며 그 충격으로 바닥에 쌓였던 눈이 풀쩍 위로 튀어올랐다. 마치 눈으로 만든 지붕처럼 튀어올랐던 눈들이 후두둑 떨어졌다.

바닥에는 무진의 주먹자국이 깊이 남았다. 강력한 권경에 원을 그리며 땅이 패어지고 금이 갔다.

장건이 맞았으면 필히 큰 부상을 입었을 것이다.

장건을 상대로는 무진도 적당히 할 수 없었다. 얼마만큼 할 수 있는지 확인하고도 싶었고 더불어 실전의 감각을 가르쳐 주겠다는 말도 지켜야 했다.

그러나 장건은 거기에 없었다. 어떻게 몸을 피했는지 앉은 자세 그대로 몇 걸음이나 떨어져 있는 것이다.

"응?"

무진은 툭 튀어올라 다시 자세를 잡았다.

"어떻게 피한 거지?"

장건만이 할 수 있는 '앉아서 나한보'였다.

장건은 입을 딱 벌리고 어버버 거렸다.

"무, 무진 사형. 절 죽이시려는 거예요?"

무진이 웃으면서 손을 내저었다.

"에이, 설마 내가 널 죽이겠냐."

그 말이 더 무서웠다.

"방금 어떻게 피했냐면서요!"

장건이 외치는 순간을 무진이 노렸다.

무진은 아직 일어서지 않은 장건에게 달려가 그대로 걷어찼다.

소왕무나 아이들하고 대련을 할 때에도 이런 상황을 접해 보지 못한 장건은 기겁해서 몸을 뒤로 제꼈다.

부—웅!

장건의 코끝을 무진의 발바닥이 스치고 지나갔다. 무진이 몸을 회전시키며 한 번 더 발뒤축으로 장건을 찼다.

장건은 발끝에 힘을 주어 튕겼다. 거짓말처럼 몸을 일으키며 무진의 공격을 피해냈다. 그것도 무진의 사각인 우측 뒤편으로 돌아간 상태였다.

별수 없이 무진은 앞으로 뛰어나가 몸을 돌림으로써 장건의 간격에서 달아나야 했다.

"이것 참."

무진은 당황스러웠다.

무공의 대결이라는 게 일방적으로 공격하고 피하는 건 아니지 않은가.

서로 공방을 겨루다 보면 몸을 맞대어 부딪치기도 하고, 같이 얻어맞기도 하고 그러는 게 일반적이다.

그런데 이건 뭐 공격을 계속하기도 힘들게 중간중간 뚝뚝

끊어지질 않나, 이상한 수법으로 반격을 하질 않나.

그가 이제껏 해온 것과는 전혀 다른 양상이었다.

보통은 뒤로 달아나는 것보다 공격하는 쪽이 빠른 게 당연하다. 그래서 막거나 피하기만 하다보면 궁지에 몰리기 마련인데, 이 아이는 그렇지도 않다. 피하다 보면 어느 샌가 유리한 위치로 가 있으니 무진도 피할 수밖에 없다.

그래서 비무의 흐름이 자연스럽지 못하다.

지금으로써는 그가 원하는 데까지 끌고 가기에 뭔가 부족하다.

"계속 피하기만 할 거냐?"

"실전에서는 정말 이렇게 해요?"

"이것보다도 더 심하지. 어? 사숙님!"

무진이 다른 데를 보며 놀란 눈을 하자, 절로 장건도 무진의 시선을 따라 고개를 돌렸다.

그 순간 무진이 발로 땅을 찼다.

팍!

눈과 흙이 섞인 더미가 장건의 눈에 튀었다.

"앗! 비겁해요."

하류 잡배들이나 사용할 비겁한 방법이었다. 하지만 무진은 일부러 그렇게 하고 있는 것이다.

"정신을 똑바로 차리라고 했잖으냐!"

무진이 소리치며 달려들었다.

장건은 시야가 가려져 난감했다. 흙모래가 눈에 들어가 눈물이 났다.

무진에게서 줄기줄기 느껴지는 기세는 오싹할 지경이었다. 기세를 비껴내는 순간 무진의 무지막지한 권경이 장건의 어깨를 스쳐갔다.

푸앙—

권풍 때문에 고막이 찢겨지는 듯 아프다.

"악!"

맞았으면 정말로 팔다리 하나가 떨어져 나갔을지도 몰랐다. 풍진의 검에 비할 바는 아니나 치명상을 입는 건 마찬가지였다.

"대사형! 자, 잠깐만요!"

장건은 흙 때문에 따끔거리는 눈을 겨우 떴다.

무진이 잠시 기다려 주고 있었다.

장건은 식은땀이 났다.

'생각한 방법을 몸이 안 따라줘. 큰일이다.'

머릿속으로 생각한 것과 실전은 확실히 달랐다.

잘 보이지 않는 위기를 잡아내는 것도 쉽지 않은데 무진은 온갖 방법을 사용하며 계속해서 움직이고 있었다. 더구나 위기 역시 계속해서 몸을 순환하니, 정확한 순간을 포착할 수가 없었다.

그냥 단순히 피하는 데만 집중한다면 무진이 무슨 방법을 쓰든 장건은 피할 자신이 있었다. 하지만 그 와중에 정말 실낱같은 흐름을 잡고 공격을 해야 하니 절로 손발이 어지러워졌다.

풍진을 상대할 때에도 마찬가지였다. 장건이 다치는 것을 각오하고 비껴내는 것만 생각했으니 그나마 죽지는 않은 것이지, 그 사이를 뚫고 공격을 하려 했다면 반드시 죽고 말았을 터였다.

'우선은 위기의 흐름을 찾아내야 해. 한 번만 흐름을 찾으면 다음 경로를 찾아낼 수 있어. 그 다음 무슨 수를 써서라도 그때를 놓치면 안 돼.'

장건이 생각을 정리하고 눈을 씻어냈다.

"이제 됐지?"

갑자기 무진이 달려온다. 장건은 눈에 내공을 집중하며 무진의 위기를 확인하는 한편, 무진의 공격을 대비해야 했다.

무진이 달려오다 말고 휙 하고 몸을 돌렸다.

'발차기? 주먹? 아니면 공중으로 뛰어오를까?'

장건은 짧은 순간에 무진의 근육들이 움직이는 모습을 보았다. 무진의 공력이 어디에 집중되어 있는지도 희미하게 느껴졌다.

'아무것도 아니다!'

무진이 몸을 한 바퀴 돌린 것은 허실이었다.

휙 하고 뭔가가 날아왔다.

엄지 손가락만한 돌멩이였다. 지척에서 쏘아진 것이라 어지간한 사람은 피할 수도 없었을 터였다.
핑—
그나마 감각을 완전히 곤두세워 예측한 것이 다행이었다.
"으헉!"
장건은 전신의 근육을 모두 사용해 허리를 틀었다. 날카롭게 공기를 가르며 돌멩이가 장건의 바로 눈두덩 위를 지나갔다.
워낙 미미한 움직임이었기에 무진은 다음 공격을 할 기회를 놓쳤다. 다른 무인들이었다면 피하는 동작이 컸거나 돌멩이에 맞아 큰 빈틈이 생겼을 것이다.
"와! 이런 것도 피하는구나."
무진은 장건과 자신과의 격차가 생각보다도 훨씬 더 크다는 걸 알았다. 장건이 안법을 수련하던 때만 해도 이렇지 않았다.
정말 놀라운 일이었다.
그때 장건이 눈을 크게 떴다.
'찾았다!'
무진의 몸을 돌던 기운 중에 유독 희미하게 잿빛을 띠고 있는 기운의 줄기가 마치 긴 꼬리를 가진 유성처럼 팔꿈치에서 승복의 어깨선을 타고 올라가는 것이 보였다.
잿빛 기운은 무진의 몸 외부에서 움직이고 있지만, 인체 안쪽의 경맥에서 따지자면 대장경(大藏經)의 경맥을 흐르는 셈이다.
 '저게 위기!'
 대장경을 다 돈 위기는 위경(胃經)을 돈다.
 '대장경의 순환을 마치기 전에 틈을 만들어내 위경에서 위기의 흐름을 끊는다!'
 장건이 계산을 끝내고 먼저 달려들었다.
 장건의 주먹이 처음으로 뻗어졌다.
 "소홍권!"
 무진이 눈을 찌푸렸다. 소홍권인데 궤도가 특이하다. 잠깐 시야에서 벗어났다가 갑자기 주먹이 날아온다.
 너무 빠르다고 생각한 순간 몸을 피했기에 망정이지 막으려 했다면 막을 수 없었을 터였다. 무진은 가까스로 장건의 주먹을 피해냈다.
 무진은 피하면서 일부러 가슴에 빈틈을 보였다.
 장건에게는 불행하게도 바로 위경이 바로 그곳이다.
 함정이라고 생각지도 못한 장건은 여지없이 그곳으로 공격해 들어왔다.
 "잡았다!"
 무진은 완벽히 장건의 공격을 간파했다.
 "아무리 네 권이 빠르고 특이하더라도 완전히 읽힌 상황에서는……."
 하지만 어이없게도 장건의 주먹은 무진의 가슴에 닿았다.

팡!

무진이 주춤했다.

'뭐가 이렇게 빨라?'

한데 소리는 컸는데 살짝 몸이 떨린 것뿐, 별다른 타격은 없었다.

'봐준 건가?'

그러나 장건의 표정을 보니 봐준 것이 아니다.

"어어?"

장건은 생각대로 되지 않아 당황하고 있었다. 위기가 이미 가슴의 위경을 지나간 후였다.

무진이 가만히 있는 것이 아니라 계속 보법을 밟으며 움직이기 때문에 조금만 위치가 흔들려도 정확한 타격이 어려운 것이다.

이런 기회를 놓칠 무진이 아니다. 장건이 뭘 하려 했는지는 모르지만 그것은 나중 일이다.

곧바로 공격이 이어진다. 원래부터 노리고 있던 한수다.

바람처럼 빠르고 매섭기가 달을 깎아 내릴 정도라 하는 심의권의 추풍간월!

장건은 찰나에 무진의 섬전과도 같은 추풍간월에 어깨를 내주고 말았다.

뻑!

무진의 권에 실려 있던 권경이 폭발하는 소리를 냈고 장건의 몸이 크게 휘청거렸다.
 피한다고 피했는데 완벽히 걸렸다.
 "으악!"
 무진이 쇄도했다.
 퍼퍽!
 무진은 장건의 가슴과 배에 다시 이권을 퍼부었다. 장건의 몸이 붕 떠서 뒤로 날아갔다.
 대팔에게 맞았던 것과는 비교도 되지 않는 강한 권경의 파괴력이 장건의 몸 내부를 뒤흔들었다. 소림의 후기지수란 말은 괜한 것이 아니라는 걸 무진은 이번 일격으로 여실히 보여주었다.
 "우엑!"
 내장이 진탕되며 순식간에 내상을 입었다.
 "켁!"
 장건의 기침에 피와 독기가 섞여 나왔다. 하얀 눈 위에 떨어진 피가 눈을 녹이면서 녹빛이 은은히 배었다.
 터벅터벅.
 장건의 앞에 무진이 와 섰다. 장건은 무릎을 꿇고 손으로 바닥을 짚은 채 위를 쳐다보았다.
 쏟아지는 눈을 맞으며 무진이 실망한 투로 입을 열었다.
 "어떻게 된 거냐? 청성의 검을 받은 녀석이 왜 이 정도에 맞고 쓰러져?"

하지만 장건은 기죽지 않았다. 장건의 입가에 어느덧 미소가 맺혀 있었다.
"이제 알았어요."
상대의 빈틈을 노려서 타격하는 것이 힘들다면, 빈틈을 만들어내면 된다.
장건은 지금 그것을 깨달았다.
"너무 늦지 않았느냐. 내상을 그렇게 입었는데."
"그래서 알았어요. 방금. 다시 해요."
장건이 옷을 툭툭 털고 일어섰다. 방금까지 왠지 갈피를 못 잡고 있던 표정이었다면 지금은 오기가 서린 눈빛이다.
"좋은 눈빛이다."
무진은 갑자기 공격을 감행했다.
이것도 분명 비겁한 짓이었다. 하나 장건은 이미 무진의 공력이 움직이고 있음을 느끼고 있었다.
공격이 있을 거라는 걸 알고 있었다.
장건은 무진보다도 뒤늦게 대응을 했다.
하지만 무진보다 빨랐다.
타타탓.
무진의 손과 장건의 손이 얽혔다. 여전히 감탄할 만한 최고의 용조수다.
그러더니 무진의 몸이 장건에게 쓱 빨려가는 듯하다.
"같은 수법은 안 통한다, 이 녀석아."

그런데 방금과 같으면서도 달랐다.

"엇!"

장건은 무진의 양손을 용조수로 낚아채서 유원반배로 끌어들인 후, 한 손으로 무진의 양팔을 아래로 내리눌렀다. 흡결은 그대로였는데 추결의 방향을 밑으로 바꾼 것이다.

'아차!'

무진은 마치 양손을 아래로 내리고 허리를 반쯤 굽힌 자세가 되었다.

그러더니 다시 손이 빨려들어 가는 느낌이 들었다. 그 찰나에 거의 미동도 없이 쑥 하고 장건이 주먹을 뻗었다. 마치 장건의 가슴에서 주먹이 튀어나오는 듯했다.

'그래서 그렇게 빨랐구나.'

팔다리를 크게 움직일 필요가 없었다. 세세한 근육들을 모두 움직여 충분한 파괴력을 끌어낼 수 있다. 최소한의 움직임으로 최소한의 궤도를 타며 무진에게 장건의 주먹이 날아든다.

그런데도 빠르지 않으면 그게 더 이상한 일이다.

무진의 등줄기가 쭈뼛거리고 소름이 돋았다.

'위험……!'

어디서 많이 본 것 같은데……란 생각이 들었다. 하나 대체 무슨 권법의 종류인지 파악할 틈도 없었다.

무진은 피하려고 애는 썼으나 여전히 장건의 손이 흡결과 추결을 적절히 사용하며 놓아주지 않는다.
 픽.
 가벼운 격타음이 났다.
 머리가 가장 때리기 쉬운 부위였을 텐데, 장건은 겨우 오른쪽 어깻죽지 바로 옆을 쳤을 뿐이다.
 '자꾸 뭘 하려고 하는 거야?'
 무진이 그렇게 생각하는데 돌연 어깨가 찌잉 하고 울린다. 무언가 알 수 없는 미친 듯한 기운이 피부를 파고든다. 살갗이 찢겨 나가는 듯하다.
 투앙!
 무진의 팔이 튕겨지며 벌려졌다. 몸속에서 야수 한 마리가 마구 날뛰는 듯하다.
 "이, 이게 뭐야!"
 내부 경락이 마구 뒤흔들린다. 그것은 마치 몸 안에서 지진이 일어난 듯한 진동이었다.
 "우왁!"
 무진은 갑자기 회오리에 말린 듯 튕겨지며 날려졌다. 순식간에 머리에서 무언가 끈이 끊어지는 듯했다.
 장건의 발밑에서 작은 회오리바람이 일고 있었다.
 고오오오오.
 나선형의 경기를 따라 눈발이 거꾸로 하늘로 치솟았다.

* * *

꿈벅꿈벅.

무진은 얼굴로 쏟아지는 차가운 눈송이의 감촉을 느끼며 눈을 깜박거렸다.

불쑥.

장건의 얼굴이 디밀어졌다. 걱정스러운 표정이다.

"괜찮으세요? 힘이 조금 과했나봐요."

"나 안 죽었니?"

"제가 대사형을 왜 죽여요."

"죽는 줄 알았거든."

"잠깐 기절하셨던 것뿐인걸요. 절 죽이려고 하셨던 건 대사형이셨잖아요."

장건이 입을 삐죽 내밀었다.

"하하……."

무진은 힘없이 웃었다.

일어나야 하는데 일어날 생각이 들지 않았다. 마냥 귀찮아서 왠지 이대로 누워 자고 싶은 생각만 든다.

"이상하구나. 왜 이렇게 기운이 없지."

내상을 입은 것도 아닌데 힘이 하나도 들어가지 않는다. 더구나 거의 무게도 없는 눈송이가 살갗에 닿을 때마다 몸이 얼 것처럼 시리다.

왠지 눈이 무섭다는 생각까지 든다.
"이상하구나. 내 그렇게 강호에서 숱한 격전을 치렀지만 이런 적은 처음이다."
장건이 헷 하고 웃었다.
"괜찮아요. 조금 지나면 나아지실 거예요. 대사형이 기절해 계실 때 봤는데 다치신 데는 없어요."
가만히 누워 있던 무진이 허탈한 목소리로 물었다.
"이게……, 문각 태사조의 비전이니?"
장건이 고개를 끄덕인다.
"예. 제가 보기엔 그런 것 같아요."
"그럼……."
장건의 마지막 일권.
"그게 백보신권이었던 거구나. 백보신권의 느낌은 있었지만 좀 달랐는데……."
"백보신권은 너무 어려워서 할 수가 없더라구요. 내공의 소모도 심하고요. 그래서 유원반배에 금강권을 이용했어요."
그림 속 노승, 문각의 백보신권은 자신의 내공을 쏟아내 멀리 있는 상대를 격하는 초식의 동작이었다. 그러니 내공이 아깝다 생각하는 장건이 따라할 수 있을 리가 없었다. 하려고 해도 몸이 먼저 거부를 한 것이다.
무진은 '푸헐' 하고 노인처럼 웃었다.
"그럼 내가 내 힘에 이렇게 쓰러진 거란 말이냐?"

장건이 또 고개를 끄덕였다.
"대사형의 힘을 그대로 돌려주면서 거기에 금강권의 권경을 조금 더했어요. 잘 될지 확신은 없었는데 이렇게 됐네요."
장건으로서는 최소의 내공으로 최대의 효과를 내기 위한 방법을 찾다가 알아낸 것인데, 그걸 할 수 있다는 것만으로도 무진은 놀랍기만 하다.
"허어……."
무진은 문각이 생전에 사람에게 상해를 입히지 않고 물러나게 만들었다는 걸 안다. 그리고 지금 자신이 그런 상황이 되었다.
강호행을 할 때에는 팔다리가 마비되어 싸우기 힘든 상태가 되었어도 끝까지 싸우고 또 싸웠다. 죽기 전까지는 물러서지 않는 게 당연하다고 생각했다.
그런데 지금은 조금도 싸울 마음이 남아 있지 않다. 두렵고 나른하다.
문각의 백보신권이 아니었는데 결과는 마찬가지다.
장건이 약간은 들뜬 표정으로 말했다.
"대사형 덕분에 알아낸 거니까 방법을 말씀드릴게요."
하지만 무진은 웃으면서 고개를 저었다.
"아니다."
"예?"
"이건 문각 태사조의 무공이 아니라 너만이 가진 너의 무공이다."

"하지만······."

"문각 태사조와 네가 가진 뜻이 같다고 같은 무공인 것은 아니다. 보다시피 전혀 다른 무공이지 않으냐. 그러니 네가 가르쳐 준다 해도 난 너처럼 할 수가 없어. 나도 나만의 방법을 찾아낼 수밖에 없는 거지."

장건은 고개를 푹 숙였다.

"죄송해요······."

"죄송할 것 없다. 나도 덕분에 배운 게 있으니까."

몸에 기운은 없지만 장건을 보는 무진의 표정은 흐뭇하기만 하다.

"아고고. 그나저나 나 좀 일으켜 다오. 추워서 얼어 죽을 지경이다."

"예."

장건이 무진을 재빨리 부축했다.

무진은 몸을 부르르 떨었다. 내공이 깊어지면서 느끼지 못했던 추위가 지금은 마치 살을 에는 듯 느껴지고 있었다.

장건의 수법이 무엇인지는 모른다.

하지만 무진은 거기에서 자신이 가야 할 길을 보았다. 그래서 웃을 수 있었다.

제10장

쌍코피의 전설

 다음날, 원호는 무진이 장건과 비무를 하다 자리에 누웠다는 얘기를 듣고 한달음에 찾아왔다.
 "이게 대체 어떻게 된 일이냐."
 무진은 몸을 일으켜 세웠다. 얼굴에는 빙글빙글 웃음을 띠고 있다.
 "보시다시피 비무를 했고 졌습니다. 한 대 맞고 일 장은 날아간 것 같습니다. 하하."
 "단순히 비무에 진 것이 문제가 아니잖으냐!"
 장건과 무진은 문각이 남긴 비전을 보았다. 절묘한 상황에서의 비무다.

원호가 다그치듯 물었다.

"의원에게 물으니 오한과 발열이 있는데 내상은 없다고 했다. 눈에 띄는 부상이 없으니 푹 쉬면 일어날 거라고 하더라만, 일권에 일 장을 날아갔는데 어찌 외상도 없고 내상도 없어?"

"그게……, 저도 모릅니다."

원호의 눈에 힘이 들어갔다.

"그 아이가…… 벌써 문각 태사조의 무공을 자기 것으로 만들었더냐?"

"진전을 이었다고는 할 수 없으나, 뜻은 이었다고 볼 수 있겠더군요. 사숙께서는 너무 걱정하실 필요가 없을 것 같습니다."

"그게 무슨 뚱딴지같은 소리냐."

"건이는 소림을 떠나도 소림의 정신을 이을 테니까요."

원호의 눈썹이 꿈틀댔다.

"너는 무자배에서 최고 실력을 가진 무재다. 이번 강호행에서 숭산잠룡이라는 자랑스러운 별호까지 얻은 너다. 네가 소림의 정신을 이어야지, 곧 소림을 나갈 속가 아이가 왜 소림의 정신을 잇는단 말이냐."

"그게 사실이니까요."

그렇게 말하는 무진의 표정은 어딘가 모르게 편해 보였다.

"허어……."

무진은 빙긋 웃으며 되물었다.
"소림의 권이 어떤 권입니까?"
원호의 표정이 굳었다.
무진이 계속해서 물었다.
"조양권의 형을 가졌으면 소림의 권인지요? 칠성권과 소림 포권의 투로를 따르면 소림의 권인지요? 금강권과 소홍권의 오의를 깨달으면 그것이 소림의 권인지요?"
"네가 지금 나를 기만하는 것이냐."
원호가 화를 내는데도 무진은 여전히 싱글벙글이다.
"불손하다 여기지 마시고 소질의 말을 들어주십시오. 소질은 험난한 강호행 중에 소림의 명성을 더럽히지 않으려고 죽을 애를 썼습니다. 살기 위해서 다소는 험한 수법도 배울 수밖에 없었습니다. 그런데 아까부터 자꾸만 그런 생각이 들더군요."
원호는 가만히 무진을 노려보았다. 무진은 원호의 말을 기다리지 않고 말을 이어갔다.
"내가 악적을 많이 처단할수록 소림의 명성이 높아지는가. 고수가 될수록 소림의 이름이 드높아지는가. 그렇다면 소림은 그저 무(武)를 숭상하는 강호의 여타 문파와 다를 것이 뭐가 있는가. 그런 생각들이었습니다."
원호가 노하여 언성을 높였다.
"네가 세치 짧은 혀로 나를 가르치려 드는구나."

"사숙님."

무진은 웃음을 지웠다.

"소림을 소림답게 하는 것이 무엇입니까? 소림의 정신은 어디에 있는 것입니까?"

원호는 대답하지 못했다.

무진은 점점 표정을 굳히며 말했다.

"소질의 못난 생각에 소림은 절입니다. 소림이란 절에서 사람을 해치지 않는 권을 쓰는 자가 있다면 그 권이 바로 소림의 권이고 소림의 정신이 아니겠는지요. 그것이 소질의 생각입니다."

원호는 침잠했다.

"네게 그런 쓸데없는 것을 묻지 않았다. 나는 속가 제자가 본산의 제자도 익히지 못한 선대의 무공을 이었느냐 물은 것이다."

"그래서 말씀드렸지 않습니까. 무공이 아니라 뜻을 이었다구요. 건이가 사용한 것은 자신의 무공이지 태사조의 무공은 아니었습니다. 태사조의 무공은 올바른 생각을 가진 건이에게 길을 열어준 것뿐입니다."

원호는 고개를 설레설레 저었다.

"아니다. 네가 틀렸다. 앞으로 소림을 이끌 사람은 너다. 네가 태사조의 무공을 얻었어야 했어. 그 애에게 보여 주어서는 안 되었다."

"사숙. 제가 이리도 부탁드립니다. 건이를, 그냥 두십시오."
원호의 얼굴이 일그러졌다.
무진이 계속해서 말했다.
"그냥 두면 스스로 잘 할 아이입니다. 소림에 결코 위해를 끼칠 아이가 아닙니다. 소림의 명성을 드높이면 드높였지, 떨어뜨리진 않을 겁니다."
"으음……."
"절 믿어 주십시오. 제가 제 법명을 걸고 약속드릴 수 있습니다."
원호는 고뇌에 찼다.
장건, 그 한 아이 때문에 얼마나 많은 일이 일어났는가.
앞으로 또 얼마나 장건 때문에 고생을 해야 할지 생각하면 까마득할 정도다.
그러나 무진이 이렇게까지 말한다면 그에 걸맞은 이유가 있을 터다.
'내가…… 그 아이에게 너무 선입견을 가졌던 것일까?'
원호는 고통스러웠다.
'무진이는 건이에게서 무언가를 보았는데, 정작 나는 아무것도 보지 못했고 볼 생각도 하지 않았구나. 참으로 부끄럽다.'
원호는 마음을 굳게 먹었다.
'그래. 이제부터라도 건이를 다시 보자. 그 아이가 소림에

큰 도움이 된다는 무진의 말을 믿어 보자.'

그렇게 생각하니 원호는 한결 마음이 편해졌다.

"무진아……."

원호가 막 자신의 생각을 말하려 하는데, 와당의 문을 거의 부술 듯 무자배의 승려가 뛰어 들어왔다.

"사백님! 대사형! 큰일 났습니다."

"무슨 일이냐."

무자배의 승려가 마른침을 꿀꺽 삼키며 말했다.

"저, 정문에서 큰 싸움이 났습니다."

"뭐라고?"

무진은 벌떡 일어나려 했으나 머리에 현기증을 느끼고 다시 침상에 몸을 눕혔다.

그러나 원호는 크게 대노했다.

"어떤 놈들이 감히 소림의 산문 안에서 싸움질을 벌였단 말이냐!"

"백리가의 여시주와 여시주를 따르는 각지에서 올라온 무인들이……."

"뭣이?"

백리가의 백리연이 몰고 다니는 청년들의 수는 이백이 훌쩍 넘는다. 그들이 싸움을 일으켰다면 난리도 보통 난리가 아니다.

정문을 통과하지 않았으니 무장을 풀지 않았을 테고 수백여 명이 병장기를 들고 싸웠을 것이다.

"상대 패거리는 어디의 누구더냐."

"그, 그게······."

"어허! 왜 말을 못해!"

무자배 승려가 한숨을 길게 내쉬며 대답했다.

"본문의 속가 제자인 장건이란 아이······ 혼자입니다."

"컥!"

그 말에 하마터면 원호는 울혈을 토할 뻔했다.

무진도 눈을 동그랗게 떴다.

막 원호에게 장건을 잘 보아달라고 부탁을 했던 터다. 소림의 명성을 절대 떨어뜨리지 않을 거라고 말이다.

무진은 머쓱하게 헛웃음을 지었다. 당장이라도 나가보고 싶었으나 아직까지도 팔다리에 힘이 없어 일어서기가 쉽지 않았다.

당황한 것은 무진만이 아니었다.

막 장건에 대한 얼어 버린 마음을 풀던 원호는 더 당황했다.

"내 그럴 줄 알았다! 소림의 명예는 무슨! 그놈이 소림을 망하게 하지나 않으면 다행이겠구나."

"사숙! 고정하십시오. 본문의 제자가 당하고 있다는데 아이를 돕는 것이 우선 아닙니까."

"입 닥치거라."

원호는 당장이라도 장건을 요절내겠다는 굳은 표정으로 무진이 있는 와당을 나섰다.

*　　*　　*

사건의 발단은 백리연이 상당히 언짢은 기분이었다는 데에서 시작되었다.

소림의 정문에는 줄이 길게 늘어서 있어서 크게 번잡했다. 한참을 지나도 줄은 좀처럼 줄지 않았.
단순히 상인이나 재료를 공수하는 마차가 통과한다면 상관이 없는데, 전역에서 무인들이 몰려오니 방명록을 작성하고 숙소를 배정하는 절차를 거쳐야 했던 것이다.
게다가 무인들의 무기도 맡아 두어야 해서 여러모로 실랑이까지 벌어지고, 소림에 기부하러 가져온 품목들도 확인해야 하는 둥, 정신이 하나도 없었다.
가뜩이나 소림으로 오는 동안 양가장의 건방진 둘을 만난 탓에 백리연은 심기가 내내 불편해 있었다.
백리연의 이마가 살포시 찌푸려진 것을 본 그녀의 추종자들이 서둘러 대책을 마련하러 부산을 떨었다.
"소림에 높으신 분과 잘 아는 분 없소?"
"누가 지객승에게 가서 얘기를 좀 해보시구랴. 백리 소저께서 이 추운 날 밖에서 떨고 있는 게 말이나 되오?"

결국 안 되겠는지 몇몇이 앞으로 가며 줄을 선 사람들에게 양보를 요청했다.

줄을 선 사람 중에 일부는 몇백 명이나 되는 그들의 일행 수에 놀라 자리를 양보했으나 대부분은 백리연의 미모에 혹해 자리를 양보했다.

"살아생전에 강호제일미를 내 눈으로 보게 될 줄이야."

"정말 하늘이 내린 선녀 같구만."

"저런 미인이 밖에서 벌벌 떨고 있다는 건 말도 안 되지."

차가운 겨울바람에 살며시 발그레해진 볼과 가늘게 떨리는 긴 속눈썹을 보면 누구라도 양보를 하지 않을 수가 없었다.

사실상 백리연도 무공을 익히고 있어 크게 추위를 타지는 않았으나, 그건 큰 관계가 없는 일이었다.

백리연은 까마귀 속의 한 마리 고고한 백로와도 같은 모습이었다.

유난히 추운 겨울 속에서 피어난 가련한 한줄기 매화라고 해도, 그 어느 쪽이든 백리연의 존재감을 감출 수는 없을 것 같았다.

어중이떠중이 무인들은 물론이고 강호에 꽤 이름을 날린 무인들도 기꺼이 백리연에게 자리를 양보했다.

백리연의 추종자들 중 가장 말을 잘하는 학사 출신의 선비 이병이 앞장서서 사람들에게 양해를 구했다.

대단위의 일행은 그 자리에 둔 채, 그렇게 백리연과 추종자

몇은 줄을 앞서가며 계속해서 앞으로 나아가고 있었다.

 어느덧 소림의 정문이 코앞이었다.
 이병은 커다란 수레를 몇이나 끌고 있는 한 무리에게 양해를 구하러 갔다.
 '쯧, 이런 짐짝들을 잔뜩 들고 왔으니 줄이 막히지. 무식하게 소림에 퍼주기만 하면 다 되는 줄 아나.'
 이병은 속으로 무리의 주인을 욕했다.
 '어쨌든 이 행렬만 앞서고 나면 훨씬 나아지겠군.'
 이병이 무리의 주인을 찾았다.
 "누가 이 수레를 이끌고 계시오?"
 수레를 지키던 몇몇 무사들이 눈짓했다. 곧 마차에서 풍채가 좋은 중년의 남자가 모습을 드러냈다.
 중년인은 한눈에 보기에도 화려하고 비싸 보이는 옷과 장신구를 걸치고 있었다.
 "나요. 무슨 일이시오."
 선비인 이병은 눈살을 찌푸렸다.
 '척 보아하니 졸부가 된 상인인가 보군. 하여간 상인 놈들은 돈만 처바르면 다 잘난 줄 안다니까.'
 속마음을 드러내지 않은 채 이병이 읍을 하며 공손히 허리를 숙였다.
 "다름이 아니라, 뒷줄에 계신 저희 소저께 자리를 좀 양보해 주셨으면 합니다."

중년인은 인상을 찡그렸다. 그러나 화가 나거나 짜증을 내는 표정은 아니었다.

"환자시오?"

"아닙니다."

"그럼 안 되오."

중년인이 단번에 거절하자 이병이 거듭 말했다.

"뒷줄에 계신 분은 백리가의 백리연 소저십니다."

뒷줄이라고 해도 짐을 가득 실은 수레가 몇이나 있어 백리연의 모습은 보이지 않는다. 게다가 이병은 백리연이 기다리게 하지 않기 위해서 몇 줄이나 앞서서 양해를 요청하고 있었다.

"호북의 백리세가 말이오?"

"그러합니다."

굳이 백리연의 이름을 걸고 넘어지지 않더라도 강호에서 백리가의 명성도 낮지 않다.

"백리가의 분이셨구려."

"전 그저 식객입니다."

중년인이 마주 읍을 하며 답했다.

"호북의 백리가에 대한 명성은 익히 들어왔으나, 본인도 피치 못할 사정이 있어 양보할 수 없음을 이해해 주시오. 백리가의 분들이라면 무공을 익히셨으니 추위도 잘 타지 않으시겠지요."

 나름대로 격식을 차린 거절이었다.

 하나 이병은 허리를 쭉 폈다.

 "이보시오! 그래봐야 겨우 한 줄 아니오? 한 줄을 양보한다고 세상이 무너지는 것은 아니지 않소."

 비쩍 마른 이병이 카랑하게 소리를 치니 중년인의 표정이 좋지 않았다.

 "그렇게 말하자면 그쪽도 같은 입장이 아니오? 겨우 한 줄이니 조금만 참고 기다리면 될 것을."

 "당신네 짐과 사람이 너무 많지 않소! 당신은 조금만 기다리면 되나 우리는 한참을 기다려야 한단 말이오."

 중년인이 고개를 저었다.

 "그래도 안 되겠소. 다른 때, 다른 곳이었다면 이 장 모가 백리가의 분들을 성의를 다해 모셨을 것이나 지금만큼은 도저히 양보할 수가 없소."

 그렇다.

 풍채 좋은 중년인은 바로 장건의 부친인 장도윤이었던 것이다.

 중원 전역과 거래를 하는 거상(巨商) 장도윤이니 평소라면 인맥을 위해서라도 백리가의 청을 들어주고는 싶었다. 하지만 하나밖에 없는 아들의 안위가 걱정이 되어 지금도 안달이 난 상태였다.

소림에 독이 퍼지고, 풍진이란 청성의 절대고수가 장건에게 큰 상처를 입혔다는 말에 이미 손 씨 부인은 몇 번이나 혼절을 했다.

 그때마다 장도윤도 속이 시커멓게 타들어 갔지만 부인에게는 소림에서 다 알아서 잘 해줄 것이라며 다독이곤 했었다.

 그러다가 또 느닷없이 혼인에 대한 얘기를 해야 한다며 소림에서 직접 초청을 받게 되자, 장도윤은 그 길로 잔뜩 구호물품들을 챙겨 소림으로 달려온 것이다.

 장도윤도 귀가 있었다. 소림으로 오는 동안 장건에게 닥친 일을 시시각각으로 들을 수 있었다.

 한낱 상인의 집안으로써는 넘보기 어려운 제갈가의 여아를 겁탈했다는 소문까지 들었을 때에는 하늘이 노래질 지경이었다.

 제갈가에 사죄를 하고 보상해 주는 건 어렵지 않으나 무인이란 자들은 말보다 칼이 앞서는 법이다. 혹여 장건이 해코지를 당하지 않았을까 노심초사하다가 흰머리가 몇십 개나 늘어버렸다.

 지금도 앞쪽에 지객승들에게 사람을 보내놓고 기다리고 있는 중이었다. 하나 워낙에 줄이 선 사람이 많아 장도윤이 왔다는 사실도 채 전해지지 않고 있었다.

 그러니 백리가든 뭐든 양보를 할 입장이 아니었다.

 그런 사정을 모르는 이병은 자신이 대단한 사람이라도 되는 양 큰 소리를 쳤다. 본래 글을 아는 선비들이 상인들을 우습게 보는 사회 풍조 탓도 있었다.

"내가 모시는 사람이 바로 백리가의 백리 소저란 말이오! 이렇게 말귀가 어두워서야 무슨 장사를 한다고! 그럼 자리를 양보해 주는 것으로 알고 내 가겠소이다."

이병은 '킁!' 하고 콧김을 내뿜으며 장도윤의 행렬을 앞질러 가려 했다. 다음 줄에 또 자리를 양보받기 위해서였다.

"안 된다니까!"

장도윤이 소리치자 짐을 호위하던 무사들이 이병의 앞을 가로막았다. 허리에 찬 검을 뽑지는 않았으나 선비인 이병이 기겁을 하기에는 충분했다.

"이, 이게 무슨 지, 짓이오!"

"내 몇 번을 간절하게 말씀드리오. 이쪽의 사정이 여의치 않으니……."

그때 뒤쪽에서부터 여유롭게 줄을 추월하던 백리연이 장도윤의 행렬에 도착하고 말았다.

이병이 무사들에게 가로막혀 있는 것을 본 백리연은 걸음을 멈출 수밖에 없었다.

"무슨 일이죠?"

이병은 구세주를 만났다는 듯이 재빨리 백리연의 앞으로 와 허리를 굽혔다.

"아, 글쎄, 소저. 저자들이 자리를 비켜줄 수 없다 한사코

떼를 쓰지 뭡니까. 아무리 미천한 장사꾼이라지만 이렇게 사람을 몰라보고 창검부터 뽑아드니, 이 무지한 자들을 어찌해야 할지요."
　백리연은 기분이 재차 나빠졌다.
　"할 수 없지요. 양보를 해줄 수 없다니 기다리는 수밖에."
　추종자들 몇이 불같이 화를 냈다.
　"아니, 세상이 그런 법이 어디 있습니까."
　"저런 무식한 상인들은 힘을 써서라도 혼구멍을 내줘야 합니다."
　분위기가 흉흉하자 장도윤의 무사들이 장도윤의 앞을 가로막았다.
　장도윤이 고개를 저으며 앞으로 나섰다. 상인은 누구와도 척을 져서는 안 되며 가능한 충돌을 하지 말아야 한다는 것이 장도윤의 생각이었다.
　"제가 급한 사정이 있어 양보를 할 수가 없습니다. 이해해 주신다면 다음에 백리가에 기필코 보답을 하겠습니다."
　이미 무사들에게 위협을 느꼈던 이병이 코웃음을 쳤다.
　"흥! 어디 우리 소저를 속여 넘기려 하느냐."
　"상인은 신용이 제일이오. 한 번 내뱉은 말은 반드시 지키오."
　"돈만 밝히는 저속한 속물이 어디서 함부로 입을 놀리느냐."

이병의 나이는 고작해야 약관이나 되어 보인다. 장도윤은 참고 또 참았으나 그의 호위무사들은 참지 못했다.

"보자보자 하니 말이 너무 심하구나! 네놈은 아비어미도 없느냐!"

이병이 다시 코웃음을 쳤다.

"머리에 아무것도 들지 않은 무지렁이 칼잡이가 어디 선비의 상투를 쥐려 하느냐. 짖지 말고 썩 꺼져라."

무사들이 발끈했다.

"장주님! 허락해 주십시오. 저 입만 나불거리는 서생 놈을 잡아다 족쳐야겠습니다."

장도윤은 후덕한 인품의 소유자다. 자신을 따라주는 사람들에게 잘 대해 주고 결코 홀대하지 않는다. 무사들은 그에 반해 장도윤을 마음으로 따르고 있었다.

"그만들 물러서거라."

"장주님!"

장도윤에게 소림은 악운을 가지고 태어난 장건을 키워준 고마운 곳이다. 자존심이 상하고 화가 난다고 그런 소림에 폐를 끼칠 수는 없었다.

장도윤이 나서서 백리연의 앞에까지 와 읍했다.

"제가 결례를 저질렀습니다. 앞으로 먼저 가시지요."

장도윤은 백리연에게는 눈길도 주지 않았다. 아내와 정이 깊은 장도윤은 아무리 미인이라 한들 혹할 남자가 아니었다.

그 점이 백리연에게는 더 기분이 나빴다. 게다가 있는 대로 소란을 피워 자신들을 바보로 만들고 관대한 척 쏙 빠지는 것도 마음에 들지 않는다.
 백리연은 장도윤을 완전히 무시했다. 허리를 숙이고 있는 장도윤이 대답을 기다리는데 쳐다보지도 않았다. 장도윤의 체면이 크게 손상된 것이다.
 그때 백리연은 유독 한 무사의 낯이 익다는 것을 발견했다. 무사는 태연한 척하고는 있으나 안색이 좋지 않았다.
 백리연은 장도윤에게는 대답도 않고 무사를 보며 말했다.
 "너 예전에 본가에 있었던 양삼이가 아니냐."
 무사, 양삼은 어쩔 수 없이 살짝 고개를 숙였다.
 "아가씨, 오랜만에 뵙습니다."
 양삼은 예전에 백리가에 들어가 무공을 배우던 적이 있었다. 보통 세가들이 그러한 것처럼 아주 뛰어난 재능이 있다거나 하지 않으면 일류 무공은 가르치지 않는다. 딱 써먹을 만큼만 가르치고 내보내거나, 아예 세가의 전속으로 만들기도 한다.
 양삼은 백리가에서 더 상승의 무공을 배울 수 없다 판단하고 제 발로 나온 경우였다.
 백리연의 시선이 양삼의 팔에 묶인 노란 천에 가 닿았다.
 "완장을 보니 네가 이 무사들의 대장인가 보구나."
 "미력하나마 그런 책임을 지고 있습니다."

백리연이 피식 하고 조소를 날렸다.
"본가에 있을 때에는 물이나 퍼 나르고 마구간이나 치우던 녀석이 많이 출세했구나."
양삼과 무사들, 그리고 장도윤의 표정이 굳었다. 물론 양삼이 그럴 리 없다. 쓸 만한 재주를 가져 대장으로 삼았으니 말이다.
백리연은 괜히 트집을 잡고 얕잡아 말하고 있었다.
양삼이 굳은 얼굴로 말했다.
"예전에는 아가씨를 모셨다고 하나 지금은 평생토록 모실 주인을 찾았습니다. 제게 뭐라 하는 것은 괜찮지만 주인어른께 함부로 하는 것은 아가씨라 해도 용납할 수 없습니다. 저는 이제 백리가의 사람이 아닙니다."
백리가는 평생의 주인감이 되지 못한다 일침을 놓은 것이다. 무사들은 속이 다 시원했다.
백리연의 눈이 표독해졌다.
"건방지게 네놈이 나를 능멸하는 것이냐!"
놀랍게도 그에 대답을 한 것은 장도윤이었다.
장도윤은 백리연을 똑바로 쳐다보며 말했다. 장도윤도 참을 만큼 참았다. 화를 낼 때에는 낼 줄 아는 것이 또한 장도윤의 장점이기도 했다.
"내 호위무사를 함부로 대하는 것도 나를 욕보이는 것이오. 더 이상 트집을 잡지 말고 서로의 갈 길을 갑시다."

무림인도 아닌 장도윤이 당당하게 말하자 무사들은 깊이 감복했다. 그만큼 자신들을 생각하는 장도윤의 마음이 느껴지고 있었다.

백리연의 눈썹이 파르르 떨렸다. 늘 수많은 남자들에게 둘러싸여 있어 이 같은 수모를 당한 적이 거의 없었다.

이 모습을 화산의 문사명과 남궁가의 자제들이 줄을 서서 기다린 채로 보고 있었다. 검성 윤언강과 검왕 남궁호는 오랜만에 만났다며 마을에서 술을 마시고 있었다.

남궁상은 자신들의 신분을 밝히면 들어갈 수 있을 거라 했으나, 남궁지는 줄을 서길 원했다. 남궁지는 남궁상의 짜증에도 불구하고 면사를 쓴 채 사람들의 틈에서 줄을 서 버렸다.

어쨌거나 그래서 그들도 백리연에게 자리를 양보해 준 이들 중의 하나였다.

무슨 일이 있었는지는 처음부터 알고 있었다.

멀리서도 그들의 말을 들을 수 있는 문사명이 눈살을 찌푸렸다.

"백리가의 소저가 외모에 비해 마음이 너그럽지 못하군요."

남궁지가 모처럼 한마디를 했다.

"……예쁜 것들은 다 그래요."

"소저도 예쁘십니다. 하지만 소저는 안 그러시죠."

남궁상은 둘의 말장단을 맞춰주고 싶은 생각이 없었다. 남궁상은 스치듯 보았던 백리연의 미모에 완전히 넋이 나가 있었다.

"이게 다 미천한 장사치들의 탓이지, 어째서 저 소저의 탓이란 말입니까?"

남궁지는 입을 헤 벌리고 백리연을 바라보는 남궁상을 가만히 올려다보았다.

그리곤 문사명에게 말했다.

"……저 쓸모없는 덩어리, 두들겨 패서 보낼 수 있어요?"

남궁가에 있을 때보다 말이 길어진 남궁지였다. 하나 남궁상은 그에 놀랄 틈도 없이 섬뜩한 기분이 들었다. 문사명은 왠지 남궁지가 시키면 할 것 같았다.

"남궁 소저께서……."

아마도 뒷말은 '원하신다면야' 일 터였다. 남궁상은 화급히 문사명의 말을 막았다.

"지아야! 내가 생각하기에도 백리 소저가 너무한 것 같기는 하구나. 아무리 상대가 상인이라 하더라도 저렇듯 예를 갖추었으면 자신도 좀 숙일 줄 알아야지. 안 그러냐?"

남궁지의 평가는 잔혹했다.

"……바보."

남궁상이 아무 말 못하고 쭈그러져 있는데 남궁지가 마차를 가리킨다.

마차에는 진(晉)자가 동그랗게 써져 있다.

남궁상이 말했다.
"진상인가."
진상이면 천하 상단 중에서도 수위를 다투는 상단이다. 백리가에서도 함부로 해서는 안 되는 영향력 있는 상단인 것이다.
남궁지가 물었다.
"장건……이란 애, 상인 출신이지?"
남궁상은 그제야 남궁지가 하려는 말을 깨달았다.
"아! 그럼 혹시 그 건이란 소림의 제자와 관계가 있다는 건가."
남궁지는 표정도 없이 대답했다.
"어쩌면."
문사명이 나서려 했다.
"말려야겠군요."
"……늦었어요."
남궁지의 말 대로였다.
백리연을 따르던 무리들은 백리연에게 일이 생긴 것을 알자 한꺼번에 앞으로 나아가고 있었다.
겨우 무사 십여 명과 짐꾼들을 대동하고 있던 장도윤은 수백의 청년들에게 순식간에 둘러싸이고 말았다.
문사명이 검의 손잡이를 쥐었다.
"불의를 보고 참는 것은 화산의 제자가 아닙니다. 걱정 마십시오, 남궁 형. 남궁가에는 피해가 가지 않을 겁니다."

남궁상도 대충은 보는 눈이 있어서 백리연의 추종자들이 적당한 실력이 아니라는 걸 안다. 하나하나가 남궁상보다는 한두어 수 아래지만, 그 수가 수백이었다.

남궁상이 기세 좋게 외쳤다.

"까짓 거! 문 형과 함께라면 협의를 행하고 목숨을 잃어도 좋을 것이오."

하지만 결정적으로 남궁지가 툭 내던지듯 말을 내뱉었다.

"……저 무리에 엄청난 고수가 있어."

남궁상은 똥 씹은 표정이 되었다.

그때 이미 문사명은 엄청난 경신술로 높이 뛰어올라 앞으로 날듯 달려가고 있었다.

양가장의 양소은도 그 광경을 보았다.

호위무사가 침을 퉤 뱉으며 말했다.

"저 떨거지들, 결국은 사고 치네."

양소은이 창대를 들어올렸다.

"네가 철비각 종유를 맡아. 나머지 떨거지는 내가 맡을게."

"두말 하면 잔소리……."

호위무사가 씨익 웃으며 양소은을 따르려다가 멈칫했다.

"……네? 누구요?"

"철비각 종유를 맡으라고."

"제가 왜요!"

"그럼 내가 맡을까?"

호위무사가 오만상을 찌푸리며 양소은을 보았다.

"철비각 종유는 양 장주님 쯤은 되어야 맡는다고 하죠. 쫄다구인 제가 무슨 수로 철비각 종유를 막습니까? 그냥 비실거리는 애들이나 좀 줘어 패다가 튀죠?"

그때 벌써 소란이 시작되었다.

백리연의 추종자들이 상인과 상인의 무사들을 공격하고 있었던 것이다. 아니, 그것은 공격이 아니라 일방적인 매타작이었다.

겨우 여자를 쫓아다닌다고 보기에는 아까울 정도로 출중한 무공을 지닌 이들이 바로 추종자들이었다.

"가만히 있으면 저 사람들 죽어!"

양소은은 창대를 크게 휘두르며 사람들의 머리 위로 뛰어올랐다.

호위무사도 울상을 지으며 양소은의 뒤를 따랐다.

* * *

장건은 부친인 장도윤이 곧 소림에 도착한다는 전갈을 받았다.

아침부터 깨끗하게 목욕을 하고 소림의 속가 제자임을 나타내는 새 무명옷도 걸쳐 입었다. 당예와 제갈영도 신경 써서 단장을 하고 두근거리는 마음으로 기다리고 있었다.

이제는 슬슬 걸을 때가 된 굉목이 내원 앞에서 장건과 함께 서 있다가 물었다.

"그렇게 좋으냐?"

굉목의 핀잔에 장건은 어쩔 줄 모르는 얼굴로 대답했다.

"네. 너무 좋아요. 엄마를 못 봐서 아쉽지만, 그래도 아빠를 본다니까 정말 좋네요."

"엄마 아빠가 뭐냐, 이놈아. 이젠 어머니, 아버지라고 해야지."

타박하는 굉목의 표정도 흐뭇하기 이를 데 없다.

그때 내원의 문에서 제갈영이 외쳤다.

"오라버니! 아버님이 산문에 도착하셨대요."

"정말?"

장건이 반색하며 굉목에게 반장했다.

"저 가볼게요. 날 추우니까 무리하지 마시고 들어가 계세요."

"알았다."

장건은 제갈영, 당예와 함께 외원을 지나 정문까지 갔다. 엄청난 인파가 와글거리고 몰려 있었다.

"와! 사람 많다. 여기서 어떻게 아버님을 찾죠?"

장건처럼 당예도 정신이 없어 두리번거리고만 있었다.

그런데 어디선가 사람들이 웅성거리며 말하는 것이 들려왔다.
"싸움이 났대."
"뭐?"
"몰라. 무슨 상인이 길을 안 비켜 준다고 백리가에서 횡포를 부리나봐."
장건과 당예, 제갈영의 눈이 휘둥그레졌다. 왠지 모를 불안함이 든 것이다.
장건은 높은 곳으로 올라가 안법을 사용했다. 수많은 인파들과 그들의 얼굴이 한꺼번에 머리에 들어온다.
장건의 눈에 곧 누군가가 들어왔다.
"아, 아빠!"
장가장의 무사들은 이미 맞을 대로 맞아서 널브러져 있고, 장도윤은 나이가 있어 맞지는 않은 모양이나 머리가 헝클어지고 옷이 찢겨져 낭패를 당하고 있었다.
장건은 가진 힘을 모두 동원해 달렸다.
"장 소협!"
"오라버니!"
당예와 제갈영이 부르는 소리도 들리지 않았다.
그 촘촘한 사람들의 벽을 마치 아무것도 없는 것 마냥 장건은 뚫고 내달렸다.
귀를 스쳐가는 바람이 따갑다고 느껴질 정도로, 아니 바람에 베어 상처가 나는데도 장건은 그것조차 깨닫지 못할 정도로 빠르게 달렸다.

'아빠!'

건장한 청년들이 한 소녀의 앞에 장도윤을 무릎 꿇리려 하고 있다. 무릎을 꿇지 않으려 버둥대는 장도윤을 바라보는 냉막한 소녀의 얼굴에는 비웃음이 가득하다.

그 옆에 선 쥐수염을 한 서생이 무언가 말하고 있다.

백리 소저, 이자를 어찌 할까요…….

서생의 입모양을 본 장건의 눈에 불이 켜졌다. 백리가에서 횡포를 부린다고 하지 않았던가!

'저 애다. 저 애가 우리 아빠를 핍박하고 있어!'

그제서야 추종자들도 미친 듯 질주하는 장건을 발견했다. 너무 빨라서 뭔지도 모르고, 막으려는 찰나에 이미 장건은 추종자들의 벽을 모두 뚫고 지나갔다.

장건의 눈에는 소녀만 보인다.

소녀를 때려죽이고 싶을 정도까지는 아니었다. 그러나 8년만에 만나는 아빠를 괴롭히는 소녀를 도저히 용서할 수는 없었다.

그런 장건의 눈에 소녀의 몸을 흐르는 잿빛 기운이 흐릿하게 보였다.

소녀는 자신에게 달려오는 장건을 발견하고 놀란 얼굴이었다. 한데 하필이면 잿빛 기운, 위기가 대장경을, 그것도 얼굴의 한가운데를 지나고 있었다.

양옆에서 소녀의 앞을 가로막으려 한다.

장건이 좀 더 빨랐다.

장건은 더 볼 것도 없이 주먹을 내질렀다.

"이야아아앗—!"

용조수와 유원반배를 제외하고 금강권의 권경만을 품었다. 그것만으로도 장건은 최대한 양보한 셈이다.

이어 소녀의 코에서 엄청난 폭음이 울렸다.

퍼—엉—!

소녀는 흑단처럼 검은 머리카락을 휘날리면서 공중으로 떠올랐다.

휘이잉—

그렇게 떠오른 소녀는 바람개비마냥 팽그르르 돌며 몇 번이나 땅에 박혔다가 튕겨져서 굴렀다.

쿠당탕탕.

데구르르르르르.

썩은 수수처럼 소녀는 구겨졌다.

이를 지켜본 모든 추종자들과, 그리고 모든 남자들이 경악했다.

"……."

"배, 백리 소저!"

누구도 손가락 하나 까딱할 수 없었다.

대부분은 지금 이 순간 강호제일의 미녀가 명부에서 사라지는 모습을 생각하고 경악해 마지않았다.

"주, 죽었나."

"우, 우리 백리 소저가…… 우리의 소저가……."

벌써부터 울먹이는 추종자도 있었다.

그러나 예상과는 반대로 백리연은 금세 엉망으로 헝클어진 머리를 붙들고 상체를 일으켜 세웠다. 곱디고운 흰 옷은 눈과 진흙으로 더럽혀져서 엉망이었지만, 의외로 멀쩡하다.

놀랍게도 백리연은 폭음소리와 튕겨져 날아간 반동에 비하면 거의 상처 하나 없었다.

하지만.

주룩.

코피가 터졌다.

양쪽 코에서 붉은 핏물이 줄줄 흘러내린다.

사심이 담겨서 장건이 마지막 순간에 힘을 좀 더 준 것이다.

추종자들은 안도의 한숨을 내쉬면서도 이 참혹한 광경에 절규했다.

"백리 소저어어어!"

그것은 정말로 믿고 싶지 않은 광경이었다. 흰 백옥에 검은 티가 하나 딱 박혀 있는 것처럼 끔찍한 모습이었다.

강호제일미가 한 소년에게 얻어맞아 쌍코피가 터졌다!

 사람들은 새삼 그 대단한 일을 저지른 소년을 바라보았다. 일부는 살기를, 또 일부는 존경의 눈빛을 띠고 있었으나, 그들이 생각하는 것은 모두 같았다.
 '쟤는 이제 죽었다.'

『일보신권』 6권에서 계속

십지신마록(十地神魔錄) 2부
환영무인

우각 신무협 장편소설

『전왕전기』, 『십전제』의 작가 우각!
그가 호방한 필치로 그려낸 십지신마록(十地神魔錄) 3부작.
그 태초의 시작이자 두 번째 이야기!

나는 그림자[幻影]가 되어 영원히 너를 지킬 것이다.
이것은 나의 약속이다!

dream books
드림북스

파워풀 작가 3인 3색
드림 출간기념 이벤트!

제 3 탄!

문피아 판타지 베스트 1위, 골든 베스트 1위!
『리버스 담덕』의 작가 태제의 신작 판타지 장편소설!

신들의 꼭두각시가 되기를 거부한 황제의 마지막 선택이
미를란 대륙의 역사를 송두리째 뒤흔든다!

역천의 황제
Rebirth the Great

베헬린 대전과 함께 정복황제 샤르엔의 시대는 끝이 났다.
그러나 새로운 철혈군주의 시대는 이제부터 시작이다!

제1탄, 김강현 작가의 신무협 『천신』(12월 21일 출간)
제2탄, 권용찬 작가의 신무협 『신마협도』(1월 6일 출간)

푸짐한 사은품 증정!!

일대기협(一代奇俠), 명시동(冥屍童)!
달이 뜨지 않는 밤에 그들이 만들어 낼 바람은 어떤가!

무림지존을 꿈꾸며 강호를 종횡하던
무득한 세계가 펼쳐진다.

'야광귀'의 광폭적인 살풍으로 중사태를 떨치
벽사 공문이 신무림 강호성!

훤풍 신무협 장편소설

ORIENTAL FANTASYSTORY & ADVENTURE

EVENT ONE

이벤트를 진행하는 3곳의 채널 '꿈꾸는 가양이들 중 구입처에 따라 사은품을 드립니다.

[사은품]
1권 : <낭만고 DS> + 3권의 (작가 친필싸인)
(EVENT ONE 행사이후 남은 물량 중 30명 에게 차기 캐릭터싸인 등이 있는 3권이 3권을 드립니다.)

[응모법]
1,2권 때까지 사용된 응모권 6매를 모아 드림북스로 보내주세요.

EVENT TWO

이벤트를 진행하는 3곳의 채널 ' 개별적으로 3권의 구성장본 중 추첨을 통해 사은품을 드립니다.

[사은품]
3권 : <예비적 장공주에게> + 3권의 (작가 친필싸인) ((당), '미완품', (당), '액션가 강남 (당))

[응모법]
1,2권 때까지 사용된 응모권 2매를 모아 드림북스로 보내주세요.

EVENT THREE

채널 읽고 강강점을 응모자들 들 중 11명을 추첨하여 사은품을 드립니다.

[사은품]
드림북스 : <예비적 장공주에게> + 사용을 중 드사이 3권(작가 친필싸인)

수은예이 (당) : 꿈꾸는가양이들(예니기) + 사용을 중 드사이 3권(작가 친필싸인)

[응모법]
1. 이벤트 진행 중 하나를 읽고 이벤트 사이트(YES24) 리뷰란에 강강강을 올려주세요.
2. 그 강강강을 복사하여 각 이벤트 채널 홈페이지(예니기)에 올리신 후, 게시물의 URL등 드림북스 홈페이지 이메일로 보내주세요.

[주문처] 주 : (우)142-815 서울시 강북구 미아동 322-10
        (주)강강강북스 2층 드림북스 이벤트 담당자 앞
드림북스 편집부 e-mail : sybooks@empal.com

[이벤트 기간] 2009년 12월 21일~2010년 2월 10일

[당첨자 발표] 2010년 2월 22일 (당사 블로그 및 강강강북스 공식 사이트에 발표합니다.)

드림북스 블로그 http://blog.naver.com/dream_books
공식 사이트 http://www.munpia.com/품장가 도시/드림북스
조아라 사이트 http://www.joara.com/품장가 도시

※ 응모권 접수시기를 적는 이름, 연락처, 주소를 꼭 함께 기입해 주세요.
※ 사은품은 이벤트 진행중시 3권이 3권이 있는 후 각 응모권 차증 별로 배송됩니다.
※ 사은품은 부기 이미지와 다를 수 있습니다.